キャラ文庫
アンソロジー

III

瑠璃

Chara Precious
Collection
- lapis lazuli -

英田サキ
尾上与一
樋口美沙緒
松岡なつき
宮緒 葵
夜光 花

contents

カバーイラスト

円陣闇丸

［初恋をやりなおすにあたって］番外編
午前零時の紫の上
尾上与一

扉イラスト
木下けい子

「――負けました」

不意に、盤の前の青年が頭を下げた。

昨年、棋士になったばかりの四段、年齢は二十一歳と言っていたか。

まだ粘ると思っていたが、確かにこの局面では遅いか早いかの違いで粘っても無駄だろう。相手が経験の浅い五段くらいの棋士ならば闘志も残るだろうが、《終盤のパズル王》と呼ばれる自分だ。無駄だと思ったのだろう。

《この人には歯が立たない》《この人なら間違えないだろう》相手に対するそういう思い込みを、将棋界では《信頼》と呼ぶ。あと五年もすればそれが思い込みではなく本当なのだとわかるのだから、若く、何も知らないうちに見苦しいほど粘って、無鉄砲に突っかかってくればいいのに――と思いながら、弦《げん》間《ま》柊《しゅう》一郎《いちろう》は彼の投了を受け入れた。

すぐに行われる《感想戦》という、対局を振り返っての意見交換会を終わらせて、スーツの上着を手に時計を見るとまだ六時過ぎだ。

雪《せつ》の対局はどうなっただろうと思いながら、ロッカーに預けていた持ち込み禁止の電子機器類を取り出す。今日は関西で対局中だ。明後日は東京《とうきょう》で対局だから、明日こちらに来るはずだった。

朝《食事でもどうだ》とラインを投げたあと、東京将棋会館に着いたのでそのままスマートフォンを預けてしまった。

電源ボタンを押し、画面に映るフルーツマークを見ながら起動を待つ。

雪──灰谷《はいたに》雪は弟弟子《おとうとでし》だ。有吉《ありよし》門下、七段、二十四歳。伸び盛りの、期待の新鋭棋士だ。神経質な細い攻めを繋《つな》ぐタイプで、やや危なっかしくも、印象的な将棋を指す。小学生の頃から彼を知っていて、五つ年下の彼を本当の弟のように見守ってきた。彼も自分を兄弟子《あに》、兄弟子、と呼んで兄弟弟子の中で一番慕ってくれている。

身体が弱く、途中で不幸な事故に遭ったことも知っている。そのときは自分の心臓が潰《つぶ》れそうなくらい心配したものだ。

とても懐いて、対局に勝てば頬を上気させ、潤んだ目で見つめてくれて、棋戦で優勝すれば泣いて喜んでくれて、憧れてくれて纏《まと》わりついてくる。自分も仕事で関西に出向くことがあれば、時間を割いて練習対局の相手をしてやった。

アプリを起動する前に、画面からラインの着信音があった。雪だ。

《今、終わりました》

そのメッセージを見て、ああ、と息をついた。勝敗が書かれていないときは必ずと言っていいほど負けている。

だが、将棋は勝負だ。全国から選《え》り抜かれた将棋の天才たちが、わずかな力量の差で鎬《しのぎ》を削り、指運《ゆびうん》に勝負を左右される厳しい世界だ。五分《ごぶ》勝てば上々だった。確かにこのあと順位を上げ、棋戦のシード権を保ち、タイトルを狙《ねら》ってゆくならば五分では少々足りないが、長い将棋人生、必ず勝敗の波はある。多少負けが続いたとしても気に病んではいけない。

続けてメッセージが来た。

《食事のお誘い、ありがとうございます。しかし、兄弟子も忙しいと思うので、お気遣いなく。お身体大事にしてください》

こういうところもかわいらしい。

先日、タイトル戦のストレスで胃を痛めてしまった。タイトル戦が終わるまでは薬を飲んで凌《しの》いだのだが、終わった途端熱が出て、吐き気が止まらなくなってしまった。朝を待って病院に転がり込むと、急性の胃腸炎で入院が必要だと言う。

その日は棋戦の解説の仕事が入っていた。急いで痛み止めを打って新幹線に乗らなければ間に合わないと言ったのだが、《このままでは胃に穴があく》と言われ、師匠を通じて弟弟子の雪に代打を頼んだ。

《解説の代役のお礼だから、気にしないでくれ。最近通っている店があってね》

そろそろ、と、柊一郎は思っている。小さい頃からかわいがってきた雪だ。親友からは《紫の上計画》とからかわれながら彼が、こうなる日を待っていた。一人前の棋士として、大人の男性として、自分を見てくれる日を――。

身体が弱いので、大切に将棋だけを指させてきたが、そろそろ彼を恋人にしたい。あんなに自分に憧れて慕ってくれる雪だ。断りはしないだろう。
《明日は、ギリギリまで自宅にいます。研究が途中なので》
《夜は遅くてもかまわないよ？》
《あの》
と言ってラインのメッセージがしばらく黙った。
《兄弟子にも報告させてください。恋人ができました。今よりもっと気を引き締めて、兄弟子のようにしっかり将棋を指したいです》
「……」
画面にポップアップする、長めのメッセージを凝視したが、内容が頭に入ってこない。
――雪に恋人ができた――？
泣き崩れそうな告白だ。思わず手で口元を覆ってしまう。
しかしいつも、どこかに予感はあった。見た目もよく、優しく収入も未来もある若手棋士だ。パーティー会場では一〇〇％若い女性ファンに囲まれていて、隙あらば個人的に誘おうとするメールや出待ちがあとを絶たない。
その毒牙にかかったというのか。芸能人を見るような目で自分たちを見る彼女たちの中に、雪が見初《みそ》めるにふさわしい女性がいたというのだろうか。柊一郎は奥歯を嚙《か》みしめた。
《彼女ができたならいっしょに連れておいで》

今繕える、精一杯の強がりだ。どんな女性を連れてきても、自分の目に適うことはないだろう。だがここで別れろというのも大人げないし、本当に雪が結婚したいと思うような女性がいるのなら、兄弟子として祝福してやる度量くらいはあるつもりだった。

やはり、今度も雪のメッセージはなかなか返ってこなかった。

ポケットにスマートフォンをしまおうかと思うタイミングで、返ってきたのはさらに衝撃的な言葉だった。

《男性なんです。でもいい人なので》

いい人だから何なのだ。

スマートフォンをぶるぶる震わせながら何かメッセージをと思うが、何も浮かばない。

逃げるような雪のメッセージが先に来た。

《もうそろそろタクシーが着きます。明後日、対局後にご挨拶《あいさつ》に上がります。今日は本当にお疲れ様でした》

将棋の駒がぺこりと頭を下げているスタンプが送られてくる。会話を終了するつもりだ。

引き留めたくともとっさに言葉が出ない。男ってどういうつもりだ。それは誰なんだ。俺よりいい男か？　まさか棋士じゃないだろうな。

柊一郎は瞬時に諦《あきら》めて、通話の画面を出した。

関西に住みながら、東京の将棋会館に属している腐れ縁の親友だ。

コールをするとすぐに出た。

「蛍《ほたる》」

——お疲れ。中継見てたよ。あんまり新人の心を折りにいくのは感心しないねえ。勝ちようってのがあるやろ？　今日のはまだ指導対局風でよかったんじゃない？

ニュアンスだけの関西訛《なま》りで答えるのは、腐れ縁の同期、東海林《しょうじ》蛍だ。

「雪に彼氏ができた」

——……紫の上に？

小さな頃から雪の成長を見守りつつ、恋を始めるのを待ちかねている自分を、蛍はそう言ってからかうが、それにもかまえないほど心に余裕がない。雪に彼氏ができた。彼女ならともかく、相手は男だ。

「そう。心当たりはないか？　誰かが迎えに来るとか、一緒に歩いてたとか」

蛍は奈良《なら》在住だが、関東棋士に所属している。食事が好みに合わないという理由で、試合ごとに上京してくるのだ。非効率極まりないと思っているが、人当たりのいい彼は平然と関西将棋会館に出入りするから、雪のお目付役にはうってつけだ。そろそろ新幹線での往復が面倒になってきたなと言う彼に《金を払うからそこにいろ》と頼んだこともある。

——あー、そういえば初恋の人がどうのこうの言うてたような……。

「もっと詳しく」

――最近初恋の人に再会したとか言うて、事務室の利香子《りかこ》ちゃんが悲鳴あげてはったな。

利香子ちゃんは昔からの雪のファンだ。いや、それはいい、初恋の人の話なら柊一郎も知っている。

――サッカーをしていて、僕にミサンガを編んでくれたんです。今でもそれが宝物で――。

小学生のときの話だそうだ。ぜんそくで学校にも満足に行けなかった雪に、優しくしてくれたスポーツ少年がいたらしい。

――兄弟子には話しますね。それが僕の初恋なんです。

はにかみながら雪が打ち明けたのは何年前だったか。少年時代をほとんど入院して過ごしていた雪には、さぞかし彼の存在がキラキラしたものに見えただろう。

事故に巻き込まれ、横浜《よこはま》の小学校から転校する前の話だ。自分の記憶では十四年も前の話ではないか。

幼い日の優しい思い出だ。うっとうしくはあるが、ほの甘い思い出の一つ二つあってもいいと思っていた。

――その、初恋のサッカー少年が今頃雪と――？

「認めない」

そう言って柊一郎は通話を切った。

そいつは棋士ではないはずだ。（もしも棋士なら俺より強くなければ許さないし）一般人に棋士の何がわかる。しかも今頃雪に言い寄ってくるということは、最近テレビや雑誌の露出が多い雪に目をつけた、収入や名声目当てに違いない。そうでなくとも一般人なら常に注目されて生きる棋士に、同性の恋人がいるとマスコミに知られるリスクを何もわかっていないに決まっている。

† † †

すっかり暗くなった正面玄関のロータリーに、タクシーのヘッドライトが滑り込んでくる。

負けて将棋会館の玄関先に立つ夜は、これ以上ないほど虚《むな》しく寒々しいと、灰谷雪はいつも思う。

負けという現実は、ここ数ヶ月の研究や試行を無駄なものだと否定し、その方向で行こうと決めた自分の失敗を突きつけてくる。なぜ、何がいけなかったのか――。その理由に思い当たる日はまだマシだ。問題は、なんとなく負けてしまった、いつの間にか悪くなっていた、さしたる悪手はなかったのに――そんなときだ。それが続くと八方塞がりに陥った気分になる。

今日の敗戦も雪にとって手痛い一敗だった。自分より下の五段、これまで勝率のよかった相手で、戦法の相性もいい。手堅い手筋で当たったつもりだったのに、途中で迷ったところからみるみるうちに悪くなってしまった。立て直そうとしたが、押し切られて投了だ。悪い負けかただった。

これで連敗は六。自分で不調を感じられないだけに出口が見えない——。

タクシーの運転手は顔見知りだ。「駅までお願いします」と告げてシートに背を投げて咳き込《こ》んだ。ハンカチで口元を覆って咳を続ける。ストレスでぜんそくが出はじめていた。

連敗の理由は一応わかっている。ここ最近、トーナメントを勝ち上がることが増え、A級やタイトルホルダーとの対局が増えたこと——つまり相手が強くなったことと、そういう煌《きら》びやかな場所に立つことが増えたせいで、雪のマークがきつくなってきたせいだ。

注目《マーク》されると、その棋士の対局は昔に遡《さかのぼ》って徹底的に研究される。指し手をコンピューターで解析され、読み筋や癖を洗いざらい暴かれるのだ。

若手でノーマークのうちは、面白いように勝つ新人も珍しくないが、頭ひとつ抜けると途端に叩かれる。それが一流棋士の試金石で、それを越えられずにずるずると下降する棋士も多い。

正念場なのはわかっている。

雪はため息をつき、何気なく事務室に届いていた雑誌の表面を眺めた。最近、囲碁や将棋などの、室内型ゲームが得意な男性が注目されているという記事だ。敦也《あつや》と出会う前に受けたインタビューで、多めに写真記事が載っている。《若手の星》とか《タイトルに一番近い棋士》などという華やかな見出しが躍る。《後退王子》と大きな文字が添えられた自分の写真と、六連敗——一ヶ月くらい負け続け——という落差がいたたまれなくて、雪は車の天井を仰いで目を閉じた。

タクシーを降り、家へ向かう。

雪の家は、敦也が佐賀《さが》に帰るにあたってスマートホーム化が進んでいた。スマートフォンから《帰宅する》と入力すると、時刻に合わせて風呂が沸き、エアコンのスイッチが入って玄関の灯りが灯る。

誰もいない家にあたたかく迎えられると、気休めだとわかっていても悲しさが少しだけ和らぐ。

時刻は午後九時だ。敦也から《二十三時までオンラインにしておくから都合がつけば話しかけてくれ》と言われていた。

荷物を置き、二階に行ってパソコンをつける。

《帰宅しました。敦也くん、いる？》

メッセージを投げてみる。すぐに向こうからビデオ通話の申し込みがあった。承諾を押すと、Tシャツ姿の敦也が映る。

――お疲れ様。早かったな。今日は無理かと思ってた。

「早く、終わったから」

――そうか。電車、混んでなかった？

敦也はタイトル戦以外の自分の対局結果を、翌日以降に見ることにしているそうだ。各種情報サイトにはもう掲載されているが、敦也が自分の負けを知るのは明日だ。本当かどうかはわからないが、そのおかげで気が楽なのは確かだった。

「うん。そんなに。平日だからね。敦也くんはお風呂まだなの？」

仕事用のTシャツで、帰ったばかりといった風情だ。

——ああ。絵の具の調整に熱中してたらいつの間にか真っ暗で。

光が照れば影が生まれる。今の弱った心では、敦也の日常的な眩《まぶ》しささえ、羨《うらや》ましいという影を落としてしまう。

「……今日——負けたんだ」

珍しく、自分から報告した。

——そうか。お疲れ様でした。一人で帰ったのか？　爽真《そうま》は？

「爽真はまだ対局してると思う」

爽真というのは雪の友人で、同期と思っている棋士だ。メンタルをフォローし合う間柄で、負けたときは奢《おご》ってくれたり、勝ったときは祝ったり、両方負けたときはヤケゲームセンターに行ったりする。が、今日はまだ爽真は長引きそうだった。彼は最近調子がよく、敗勢の将棋をひっくり返すような、粘り強く、地に足のついた将棋を指す。

「ちょっと……連敗してて。抜け出せなくて」

——旨いもの、送ろうか？

「ううん。いい。敦也くんの声が聞けただけで少し気が楽になった。食欲もないし」

——雪。

「わかってる。ちゃんと食べるよ。体調管理も仕事だから」

敦也が来るたび、雪の好きなものをつくり置きしてくれる。それでもどうしても食べられない日がある。食べる時間が惜しい。お茶を飲んでいてもこんなことをしている暇はないのではないかと思ってしまう。そうなると片手で食べられるものばかりを選んで、ついにはお菓子ばかりを食べるようになって、体調を崩してしまう。《敦也がつくったものだから食べなければ》そういう気持ちさえ、今は負担になって、負担にしてしまう自分に自己嫌悪だ。

「……ごめん、今日はもう疲れたから、お風呂入ってくる」

――ああ。ゆっくり休んでくれ。体調は大丈夫か？

「うん。大丈夫。薬も持ってる」

――何かあったらいつでも呼んでくれ。

「ありがとう、敦也くん。……大好き」

縋《すが》るようにそう言うと「俺も好きだよ」と優しい声が返ってくる。八つ当たりをしたくない。今は恋人として取るべき甘い態度も取ってやれない。

「おやすみ」

僕を嫌わないで――。身勝手な言葉が零《こぼ》れる前に、雪は通話の終了ボタンを押した。

こんこんと咳き込みながら、机の上にうずくまった。

苦しい。でも誰の助けも得られない。師匠も兄弟子も技術的な指導はできるだろう。だが今勝敗を分けているのは、メンタルとか、勘とか、形には出ないところなのだ。

自分で勝ちを引き寄せるしかない。それが自分が生きる世界の則《のり》だ。誰にも手は出せない。たとえそれが敦也くんだって。


東京のまん中で記憶を失う——。

雪の肌感覚では、それが一番今の気持ちに近いと思う。

みんなが当たり前に歩いている。たいして考えもせずに電車に乗る。なのに自分だけが行き先を忘れたように、人の流れから弾かれて、何もわからずうろたえている。

今日も負けがついた。

相手は八段だが、戦型の相性がいい相手で有利な戦いができるはずだったのに、昼過ぎにひとつ読み抜けて、それを挽回《ばんかい》できずに徐々に引き離されて終局を迎えた。

「ここで、こう行かれてたらまずいなと思ったんですよ」

四十代のベテラン棋士は、感想戦で早速雪の読み抜けを指摘した。

「僕もそこがまずかったと思っています」

そう答えて、手にしていたハンカチで口を押さえて咳き込んだ。

咳は長引き、喉が詰まったような不快を訴えてくる。ぬるい汗が滲《にじ》んでも咳はなかなか止まらない。

「ここまでにしましょうか」

相手の気遣いに頷《うなず》いて、雪は正座をし直し、礼をした。

荷物を持って対局室を出た途端、急に目の前が暗く、目眩《めまい》がしそうだった。

七連敗――。

これ以上負けると、出場できる棋戦も減る。今日の敗退で、シード権もひとつ、なくなってしまった。

消えてしまいたい、と、あまりのつらさに息を止めながら廊下に踏み出す。向こうのほうに爽真の姿が見えた。

彼は、自分に気づいてこちらに歩いてくる。

負けたとき、何が一番傷つくかというと哀れみの瞳だ。弱いと罵《ののし》られるのはいい、研究が足りないと軽蔑《けいべつ》されるのもいい、だが自分の心を心配され、労《いたわ》られると恥ずかしさで逃げたくなる。

まさに爽真の瞳がそれだった。

「何か手伝おうか？」

今日の対局は、スマートフォンで棋譜が中継されているはずだ。爽真は普段、雪が負けると声をかけてこない。手の内も状態も全部知ってる爽真に哀れまれるのが一番嫌なのを知っているからだ。わかっていても見かねたのだろう。

「いい。ありがとう。少し頭を冷やすよ」

「調子悪いときって、研究会やるのも手だって言うだろ？　付き合うよ。飯とか食いながらさ、考えを整理してみるのもいいと思うし」

「いい。今はそういうの駄目みたい」

「でもこのままじゃ――……！」

「わかってるよ！」

近づいてくる爽真から、一歩足を引いて雪は距離を取った。

「人に口出しされたくない。爽真は勝ってるから研究会なんていらないだろ？　僕に付き合って調子を落としたら大変だから、自分のことやりなよ。放っておいて」

爽真の気持ちはありがたい。でも今は受け入れられない。勝ち越している彼の目の前で、自分のふがいなさが恥ずかしい。

爽真は引かなかった。

「いやね、ほっといていいならほっとくよ？　でも連敗が込んでるし、そんなに体調崩して、また倒れたりしたらどうするんだ？」

「棄権するだけだろ？　爽真との対局がそうなるように祈ってれば？」

「いい加減にしろって！」

爽真は雪の腕に手を伸ばしてきた。爽真は自分より真剣な表情をしていた。

「飯、行こ？　カフェでもいい。気分転換になるかも」

「ならない」

「行ってみないとわかんない」

「ならないって！」

爽真の手を振りほどいた。ついでに咳き込む。

「ありがとう。でも放っておいてくれ――！」

感謝を示す余裕もない。自分に触れる何もかもが痛い。謝りたいのに声が出ない。口を開いても酷いことしか言えそうになくて、雪はきびすを返してエレベーターに急いだ。

エレベーターに乗り込んで、自己嫌悪のため息をつく。人に当たったってどうしようもない。

研究して練習して、指運が向くのを祈りながら乗り越えるしかない。

わかっているから、誰もかも、自分を放っておいてくれないか――。

泣きたい気持ちでエレベーターを降りると、ショップの手前に背の高い人影があった。

「兄弟子……」

弦間柊一郎九段だ。

雪は彼の元に歩み寄った。

「一昨日はすみません。せっかく誘っていただいたのに。最近少し調子が悪くて、できるだけ勉強時間をギリギリまで取りたくて」

彼に近づくと、ほっと気が緩む。

兄弟子に見せられない弱みなどなかった。小さい頃、負けるのが悔しくて盤にすがりついて泣いているところも、有吉師匠から叱《しか》られているところも、退院したてで、薬の副作用で駒が持てなくて泣いているところも、二歩を指して反則負けの衝撃で放心しているところも、他の兄弟子と掴み合って喧嘩《けんか》しているところも全部見られている。もし、この調子の悪さを相談するなら彼しかいなかった。できない、と弱音を吐いて、彼の意見や体験談を聞いて、心の支えにしたい。

彼は、自分の誇らしい兄弟子だ。

二つのタイトル保持者、弦間二冠。

名人位こそ持っていないが、他の棋戦でも常にタイトルに迫っており、実力は折り紙付きだ。《名人に一番近い男》《将棋界の新しい帝王》と呼ばれ、その麗しくも凜々《りり》しい姿から《関東の光《ひかる》源氏《げんじ》》とあだ名される男だ。彼がいるからこそ、自分なんかが王子と呼ばれても鼻で笑われるだけで済んでいる。

高身長で、俳優と言われればたいがいの人がすんなり認める美男子で、将棋雑誌以外からの取材申し込みが引きも切らない。収入は、賞金だけで八千万円だ。なのに株の収入のほうが多く、就位式などの華やかな舞台では、芸能人のガールフレンドからのフラワースタンドが山ほど届く。タイトル防衛経験もある、五歳年上の、いつも自分の目標として輝き続ける憧れの兄弟子だ。

彼は関西棋士の有吉九段門下で雪と同門だが、関東将棋連盟に所属している。強い場所で戦いたいと言って、高校生のときに移籍した。以来、有吉師匠の弟弟子・八重樫《やえがし》九段の預かり弟子として過ごしている。圧倒的に人数の多い関東将棋棋士の間で図抜けた成績で君臨しているので、キングオブキングと言っても過言ではない。

「今日も残念だったね」

「すみません」

励ましてくれる様子はなく、本当に失望したような表情で彼は雪を見る。

「勉強はしているつもりなんですが、なかなか抜け出せなくて」

理由のない不調は、棋士には珍しくないことだ。以前相談したときは散歩の量を増やしたほうがいいとか、あまり一手に時間をつぎ込みすぎず、早指しを試して勘を戻してみるといいとかそういうアドバイスをくれた。

「浮かれすぎているんじゃないか？」

「……兄弟子……？」

「恋人ができたと言ったけど。男性だって？」

「い、いえ、それと成績とは関係がありません」

「そうだろうか？」

兄弟子に向けられた視線に、雪は戸惑った。皮肉そうな軽蔑を含んだ笑顔。彼のそんな表情を見るのは初めてだ。

「お相手は棋士じゃないんだね。一般人の恋人なんて、足を引っ張る要素にしかならないじゃないか」

「そんなことはありません。ちゃんと気遣ってもらっています」

「その結果がこれかい？」

「これは――。これは、僕の修練が足りないだけです。恋人とは関係がない」

「あると思うよ。今将棋以外に、お前が目を向けるべきことなんてあるだろうか？」

「ちゃんとがんばってます」

「そうだったらこんな結果になっていないと思うけど？」

返す言葉に窮して兄弟子を見上げると、兄弟子は美しい眉の下の、くっきりとした二重の目を細めた。

「言おうかどうか、迷ったけれど。雪。……好きだ。ずっと。お前の様子を見ながら、いつか告白しようと思っていた。プロになってから、昇段してから、俺がタイトルを取ったら――。お前にふさわしい棋士になれるよう俺が精進を重ねている間に、どこの馬の骨ともしれないヤツに攫《さら》われるってどういうことだろう？」

「そんな――兄弟子が、僕を？」

「そうだよ。気がつかなかった？　確かに俺は優しい兄弟子だったし、不純な気持ちを何かに装ってお前に触れたことは、誓って一度もない。雪にそのつもりがないのもわかっていた。だから俺はお前が一人前の棋士になるまで、《お前に憧れられる、いい兄弟子》になれるよう、努めてきたんだよ」

「で、でも、そんなことを言われても——わかりません」

信じがたいことに、兄であり、憧れの人に告白されている。でも不思議なくらい、嬉しいという感情はなかった。すぐに理由はわかった。憧れと恋愛感情の在処《ありか》が別だからだ。例えば雪は有吉師匠にも憧れ、尊敬をしている。柊一郎はそれと同じだ。尊敬すべき先人。誇らしい同門。家族的な親愛や絆《きずな》は強くとも、そこに恋愛感情は少しもない。

「わからなくてもいい。お前が恋人として選ぶべきは俺のほうだ。俺は雪のことをよくわかっている。スランプを抜け出すアドバイスもしてやれる。研究会だって納得がいくまで付き合おう。相手はどうせ、せいぜい一般の会社員とかだろう？　初恋の人だって聞いたけど、いつか話してくれた、サッカーの彼だろう？」

「どうしてそれを……」

「狭い世界だからね。それなりに情報網はあるさ。外に漏れないよう気をつけなさい。後退王子・灰谷七段の恋人が男性だなんて、マスコミにバレたら騒動になる」

「そんなことにはさせません！」

「そうだろうか？　そうでなくても灰谷七段の長いスランプの原因を尋ね回ってる人は結構多いよ？　案外簡単に漏れちゃうんじゃないだろうか。お前の顔をメディアで知っている人も多いしね。——ねえ、後退王子？」

「そんなことになったら、僕がなんとかします」

「その一般人のために？」

「敦也くんが何だって関係ないでしょう⁉」

「そういうところが迂闊《うかつ》だって言うんだよ」

出来の悪い弟弟子を哀れむような目で、彼は雪を見た。

「外部の人間など、すぐにお前が理解できなくなる。お前だって、金目当てでちやほやしてくれる男にのぼせ上がってるだけだ。すぐに退屈なのがわかって飽きるよ」

「兄弟子には何もわからないのに、そんなことを言わないでください」

怒るというよりも悲しくて堪《たま》らなくて、耳を塞ぎたい気持ちで首を振る。雪の頬にそっと指が添えられた。

「わかっているよ？　棋士だから」

「兄弟子……」

「伊達《だて》に二十年も、お前を見ていない。戻ってきなさい、雪」

「違います」

「一般人にはお前の恋人なんて無理だ」

「そんなことないです。失礼します——！」

雪は、逃げ出すように彼の前を去った。

心臓が痛いくらい打っていた。

知らない人に会ったようだ。あれは本当に兄弟子だっただろうか。蛍光灯が暗い将棋会館の一階を飛び出し、玄関先から道路へ出る。道ばたにある小さな稲荷の前で咳き込んで立ち止まった。

ここはどこだろう。

自分が知っている将棋とは違う将棋が指されているのか。知っている顔の中身は別人か。そんな馬鹿馬鹿しい妄想さえうまく否定できない。

通りかかったタクシーを止めた。開いたドアに息を呑んだ。

このタクシーに乗ったらもっと違う、さらにおかしな世界に連れ去られるのではないか――。

そんなことまで考えてしまう自分に嫌悪感を抱きながら、「駅まで」とようやく声を絞り出した。

京都《きようと》駅に着いたのは夜遅くのことで、疲れていたのでタクシーを使った。

ぜんそくが酷くなりつつある。原因はどう考えたってストレスだ。連敗して、爽真に八つ当たりをしてしまって、柊一郎が――柊一郎にまであんなことを言われてしまった。

今も信じられない。

彼が自分をそんなふうに思っていたなんて、少しも気がつかなかった。それよりも、兄弟子があんな風に、頭ごなしに自分や自分の恋人を否定するとは思っていなかった。誰が反対しても、兄弟子だけは理解してくれると思っていた。雪の選んだ人だからそれでいいと励ましてくれると思っていた。

つまり自分が弱いのがいけないのだけれど——。

何を考えたってここに行き着く。

いつもの場所でタクシーを停めてもらって、お金を払っている最中に、スマートフォンで《帰宅》の操作をするのを忘れていたことを思い出した。駄目なときは何もかも駄目だ。でも暗い家に帰るのは慣れているし、あれこれしばらく待ってもかまわない。

のろのろと路地を歩いてふと、玄関の灯りがついていることに気がついた。

門の鍵も、玄関の鍵も締まっている。つけっぱなしで外出してしまったのだろうかと思いながら、開けて中に入ると、玄関に、朝はなかった靴があった。

「敦也くん」

思わず声を出したのと、敦也が玄関を覗《のぞ》いたのは同時だった。

「ラインしといたんだけど、既読がつかなくて。まだ試合やってるのかな、と思ってたんだけど」

「あ……いや、対局は終わって……ごめん、スマートフォン、見てなかった。どうして？　来る予定だったっけ？」

「いや、そこもラインに書いたんだけど、ちょっと雪が心配で、様子を見に来たんだ。週末三連休が貰えてな。明日でもよかったんだけど、一晩、佐賀で過ごすのが勿体《もったい》なくって」

ふっと涙が溢《あふ》れそうになって、玄関口から急ぎ足で奥へ向かい、敦也に抱きついた。

「ごめん……ごめん、敦也くん」

「おお？　お？　どした。どうした？」

「なんかもう、僕、ぜんぜん何にもできなくって」

「いやいや、結構散らかり具合はキープしてるぞ？　もっとめちゃくちゃかと思った」

「それも、僕が駄目なせい――」

集中できなくて、不安になって、家の中をうろうろした挙げ句、普段なら触りもしない簡単に片付けられるものを少し振り分けた。それも不調の表れだ。家がきれいなのも調子の悪さを突きつけてくるようで恐い。

敦也は優しく雪の髪を撫《な》でてくれ、手にしたままだった鞄《かばん》を雪から優しく奪い取って床に置いてくれた。

「持って来たカブで、クリーム煮、つくっといた。食べてきたなら明日でもいいぞ？」

「食べてない」

「今食べるか？」

「食べられない。急に家に来て、そんなこと言われても」

心がぐだぐだに折れていて、ぐずる子どものような返事になる。

「ごめん。俺のことはいいけど、食事だけはできれば三食、予定に入れてくれ」

「敦也くん……」

敦也の優しさを受け止めるときにさえ、自分の罪悪感は噴き出してしまう。忙しい中自分を心配してきてくれて、ご飯をつくってくれたのに、敦也にすら当たろうとするなんて。

「──ごめん……」

それ以上の言葉が出ない。敦也が好きなことに違いはないのに、心の底が枯れてしまったようにどれだけ絞り上げても一滴も、何も出ない──。

「調子悪そうだな。着替えて、手を洗っておいで」

心配そうな囁《ささや》きに、ようやく雪は頷いてリビングを出た。

着替えを済ませ、降りてくると敦也がつくってくれた有田《ありた》焼の器に、クリーム煮が盛られている。角の取れた餅《もち》のような白いカブとウインナーに、色鮮やかな葉が絡んでいる。陶器の模様が赤いから、とてもクリームの色が際立って、あたたかそうに見えた。

「フランスパンは冷凍庫の使った。ガーリック控えめトースト」

敦也は氷を二つ入れたグラスを最後において、雪にテーブルに座れと促した。

「まずはゆっくり食べてくれ。俺は向こうでお茶飲んでるから」

言い訳より先に、謝罪の言葉より先に、栄養と体温と水分を取れと敦也は言う。

敦也くんのせいじゃない。本当は嬉しいのに自分のせいで受け入れられない。ごめんなさい。

涙になりそうな言葉を、食事の前に吐き出すなと言うのだ。

静かに、長い時間をかけて、雪は食事をした。久しぶりに味がわかる気がした。勝負を挟んで食べる出前の食事は、単純に脳のためで、おいしいと思って食べた最後の食事はいつだったのか——。

よく煮込んだカブは蕩《とろ》けるくらいやわらかくて、優しい甘さが神経を和らげるようだった。指先がゆっくり温まる。

クリーム煮が冷たくなっても少しずつ食べて、でも完食した。これも久しぶりだ。

小さな音でテレビのニュースを流していた敦也のところに行き、ソファの隣に座る。

敦也がそっと腕を回して肩を抱いてくれた。

「しんどそうだ」

「うん」

「痩《や》せた気がする」

「体重計には乗ってない」

乗るだけで体重の増減の記録ができる機種があるから買えと言われていた。でも痩せたのがわかっても、食べられないときは食べられない。

リビングの灯りは薄暗く落とされていて、テレビで流れるニュースはまるで別世界のことのようだ。

その距離のある雑音がいい。敦也と二人でいるのだという実感を雪に与えてくれる。

「あまりにも——あまりにも将棋がつらかったら、逃げていいよ」

「敦也くん？」

「俺は雪がどれくらい調子が悪いかわからない。どのくらいつらいかもわからない。それに雪がどれくらいこの世界に縋りつきたいと思ってるかもわからないんだ。棋士でいられる限り何があっても指すという人と、自分が決めた下限を切ったら辞める人がいるだろう？」

「うん」

負け続ければ、残酷なまでに明確に、プロの資格は剥奪《はくだつ》される。そうなるまで淡々と指す人と、自分の衰えを実感して、フリークラスというプロ棋士とは一線を置いた身分に転出する人もいる。

自分はどうなんだろう、と今まで考えたこともない可能性に思いを巡らせたとき、敦也の指がそっと、雪の髪を梳《す》いた。

「今度は俺が逃げないから」

「敦也くん……？」

「これ見て？」

そう言って敦也がポケットの中から取りだして、何かを目の前にかざす。

「根付け……？　前の？」

牡丹《ぼたん》の根付けのキーホルダーだ。ビー玉より少し大きな白地の珠《たま》に、赤と緑で牡丹が描かれている。紐《ひも》は緋色《ひいろ》。鍵や鞄につけるものだ。前に、敦也の思い出の品だと言って見せてもらった。敦也が初めて塗った有田焼だ。記念にきちんと仕上げてもらったと言っていた。

「いいや、よく見て？　これは最近つくったやつなんだ。すごく正確だろ？」

言われて目をこらすと、明らかに絵が違う。線に強弱があり、花びらの濃淡で立体的に見える。緑色は鮮やかに美しく、瑞々《みずみず》しく張りのある手触りが伝わってきそうだ。

「すごいね。上手になったたって……僕が言っていいものかどうかわからないけど」

「いいよ。まああれが下手すぎるっていうか、あれが今の出来だったら絶望してるっていうか」

敦也は根付けを手のひらに収め、しみじみと眺めた。

「でもさ。不思議とあっちのほうがイイのな」

「どういうこと？」

「絵の具の濃さがデタラメで、下絵は塗りつぶしてるしはみ出してるし、絵の具の溜まりもボテボテなのに、向こうのほうがなんとなく好きなんだ」

「僕も好き。でも、それはたぶん敦也くんが初めて塗ったとか、僕のいないときの敦也くんがつくったものだとか、そういう要素もあると思う。でも絶対にこっちのほうが上手いよ。だってこういうと敦也くん、怒るかもしれないけど――あれなら僕にも塗れそうだと思ったもの」

実を言うと将棋のイベントで招かれた地方で、何度か皿に絵を描いたことがある。有田の窯《かま》ではなかったし、観光客向けの体験制作だったが、あの経験を踏まえたところ、何日か練習すれば、あの根付けの絵くらいは塗れる気がした。

敦也は、指先で根付けをあれこれ傾けながら笑う。

「違いない。何だろうな。味とか、作風とか、風情とかいうやつ、――っていうか、今あんなに下手くそに塗れって言われたってもう無理なんだ。身体が拒否する。手が勝手に修正する」

「そうなの？」

「商品は絶対こっち。上手いのもこっち。でも愛《いと》おしいのはあっち。過去の下手くそな自分に勝てないっていうのはどうにも悔しいんだけどね。でもあれがあるからこそ、俺は両立地点を探していける」

「両立？」

「そう。技術と心の間のところ。心に技術を乗せたいんだ」

初めて焼き物に色をつけたときの感動と、今の真面目な仕事。どちらもかけがえのないものだけれど、気持ちだけなら初めてのときの感動に勝るものはないのかもしれない。でも過去には戻れない。あれでは技術が足りない。

「うまくいかないのは、悪いことばかりじゃないよ。――っていうのは、今、そこにどっぷり嵌《は》まってる俺からの感想です」

「敦也くんも？」

「そう。こんなに上手く塗れてるのに上手くいった気がしない。食器と割り切れば全然いいんだけど、手にしてくれた人のお気に入りになれるかと言うとまったく自信がない。まだあっちのほうが可能性はある」

「わかるような、わからないような」

「そんな感じでいい。とにかく俺はもう一回逃げたから、逃げないよ。だから雪は安心して逃げておいで。お金はないけど、絶対に飯は食わせる」

その言葉が聞ければ、恋人として十分だ。敦也がいればいい。敦也と再会できて、心底そう思った。

「……聞いてくれる？　敦也くん」

涙声にならないよう気をつけながら、雪はずっと肺の奥で綿のように溜まっていた不安を、摘まむようにして吐き出した。

「上手く行かない。勉強はしてる。でも空回りばっかりなんだ。理由がわからない」

「うん」

「どうしてなんだろう――？」

こんなに苦しんでるのに。こんなに努力をしているのに。失敗もしていないのに、出口は一体、どこにあるのか。

「俺に答えを求めてる？」

「推定二段に答えられたら僕はもう辞める」

「あはは。そうだな、俺にはわからないよ」

敦也は、静かに雪の髪を撫でている。

「でも、雪が苦しんでるのはわかる。飯食ってなくて、眠ってなくて、ぜんそくが出てて、眉間に皺《しわ》があるのもわかるよ」

「……ごめん」

「そこで、俺からの提案です。とっておきのバスソルトと佐賀産のゆずをご用意しました。ゆず風呂はいかがですか？　湯上がりに清美《きよみ》みかんシャーベット」

「いいね」

敦也のお土産はいつも、敦也の職場の周りで買った地元のものだ。今日のカブもそうだ。カレーとかゼリーとかフルーツとか。季節のおいしい物をくれる。

「……忘れてた。僕は簡単に投げるわけにはいかないのにね」

千回叩《たた》いて開かないドアは、もう一度叩けば開くかもしれない。そう言ったのは誰だったか。

将棋とは元々そういうものだ。調べ尽くして錯覚や抜け穴を見つけて、適確に埋めてゆく競技だ。打開できないということはまだ研究が足りないのだろう。自分がどれほど敦也の母に謝って後悔しても足りないように。

「俺は、雪の納得がいけばいいいと思ってるけど」

「納得しない。駄目だ」

「そうなのか」

「うん。……僕は、敦也くんのお母さんの分も生きてるんだから、もうちょっとちゃんと生きる」

生きる方法が将棋しかないなら、自分はそうする。

「背負い込むなよ？　母さんはお前の何かと引き換えなんて望まないぞ？」

「大丈夫。お風呂に入ってくる」

「ごゆっくり」

意欲——そう、風呂に入って温まりたいという、ささやかな意欲だが、昨日までは義務感で身体を洗っていただけだ。

あとで敦也にたっぷりお礼を言おうと思った。

そういえば、お帰りのキスもしていない。


風呂上がりに微炭酸の水を出してもらって、パジャマ姿で、敦也とキッチンで向かい合わせに座っていた。

「敦也くんのことを、兄弟子に話したんだ」

「……え？　大丈夫なのか？」

「うん。僕の兄みたいな人。兄弟子はいい人だし、きっと応援してくれると思ってたけど――」

「反対された？」

語尾を掬《すく》い取った敦也が心配そうな顔をする。

「少し。今、僕の成績が悪いから」

「ちなみに成績が悪いのは、本当に俺のせいじゃないよね？」

「違うよ。敦也くんのおかげで、落ち込みが三十パーセントくらいで止まってる」

「上等だ。何もできないけど応援してる。俺が応援するのが重荷になってるか？」

「周りからの応援が重荷になってるようじゃ、棋士として生きていられないよ。敦也くんに応援してもらえなかったら僕は泣くかもしれない」

証拠に、敦也と再会してからというもの、だいぶん粘れるようになってきたと師匠から評価された。以前ならもう投げるような劣勢でも、そこで辛抱強く相手のミスを誘う気力が生まれた。

「そっか。よかった。じゃあ、風呂を借りるな？」

「どうぞ。敦也くんも疲れただろう？」

「車で来るのに比べれば、新幹線だから余裕だよ」

敦也がテーブルを立つのに、雪もついていった。

敦也が振り返って軽く抱いてくれる。仕草だけでキスをねだるとそうしてくれた。困ったように敦也が囁く。

「今日は離れて寝ようと思ってるんだけど?」

「ううん。いっしょがいい。敦也くんといっしょならよく眠れる気がする」

「しないよ?」

「してもいいよ?」

ぜんぞく気味ではあるが、完全に健康な日というのは数えるくらいしかない。そういえば、帰宅してから今までの短い時間で、だいぶん楽になったような気がしている。

だが敦也は、軽く肩をすくめて、もう一度雪にキスをした。

「今日はしなくてもいい。セックス以外のコミュニケーション方法を俺は持ってると思うから」


「――これもどうなの」

常夜灯の中で、雪は呟《つぶや》いた。

布団の中で、敦也に背中抱きにされて――敦也は眠っている。

先ほどまで指を絡めて遊んでいたのに、急に黙ったと思ったら、もうすうすうと寝息を立てているのだ。

対局があった日はなかなか眠れない。落ち着いた気はしていたが、それでもまったく眠れる気がしない。

しかし敦也の寝息を聞きながら、敦也の体温を感じながら過ごす夜は、何よりも雪の心を満たした。仕事が終わって、そのまま駆けつけてくれたのだろう。ビデオ通話の中から、言葉にならない自分のSOSを読み取ってくれたに違いない。

弱った心の声を聞き止めて、振り返ってくれる。敦也は昔からそういうところがある。

この奇跡のような幸せを、最近どこか当たり前のように思っていた。敦也と想いが通じたとき、物語の終わりのような気もしていた。

童話ではない。生きている限り物語は続く。敦也があの小さな珠を塗っているように、自分が連敗の中で足掻《あが》いているように。

それぞれの生き様は、辞めない限りずっと続いていて、こうして敦也と手を繋いでいられることが何よりもその支えになる。


——わかっていてもさすがに倒れそうだ。

「ありがとうございました」

雪は盤の前で頭を下げた。九連敗——。悪夢はなかなか雪の足首を離してくれないようだ。

ため息をついて、席を立つ。気合いを入れ直しただけで簡単に勝てるなら、勝負師は火渡りだって滝行だってなんだってやる。

事務室に用事で立ち寄ったとき、兄弟子の姿を見かけた。

向こうも自分に気づいたが何も言わなかった。会釈はしたが、届いているかどうかはわからない。

今日の用事の相手は柊一郎ではなかった。もう終局したと言っていたからそろそろ降りてくる頃だ。

自販機で何か買おうかと思いはじめる頃、階段から人が降りてきた。

彼はこちらを見て、軽く目を見張る。

「爽真」

気まずそうな顔をする爽真だ。彼も、今日の自分の成績を見たのだろう。今、自分は多分、この将棋会館の中で一番声をかけづらい人間のはずだった。たとえそれが気心の知れた親友でも――。

雪のほうから彼に近づいた。

「爽真。この間はごめん。荒れてて、爽真に酷いこと言った」

「いいよ。お互い様だし。せっちゃん、なんか突然溢れるよね」

爽真に言われたことには自覚がある。訴えるのが面倒だとか、自分が我慢すれば穏便に済むとか、ストレスとか、楽をしてやり過ごそうとしたつもりが、急に我慢の線を越えるのだ。結果的に相手に急に怒りを見せることになってしまって、トラブルになりやすい。有吉師匠には《ツリフネ草の種か》と笑われたことがある。種を溜め込んで凝《こご》るだけ凝ったら突然パアンと弾ける。

「面目ない。あの――」

「練習、付き合おうか？」

「……。……本当に？」

爽真に頭を下げて、悪い傾向がないかチェックしてくれと言うつもりだった。

「うん。言ったろ？　お互い様だ。飯は奢《おご》れよ？」

「もちろん！」

頷いて、静かに頭を下げた。

「僕からお願いしようと思ってた。……よろしくお願いします」

棋士は、盤の前では圧倒的に孤独だが、盤を離れれば支えてくれる仲間や友人がいる。

爽真は敦也がつくった食事が大好きだ。

派手なスウェットにラフなパンツ、髪も下ろしたままだ。ファッション好きな爽真は、楽にしていてもひと味違う。

「いや、ラッキーというか、ごめんねというか」

早速家に来て、敦也がつくったディナーを一緒にすることになった。爽真は普段一人暮らしで、定食屋かレストランで夕食を摂るらしい。家庭の味に飢えていて、家庭の味よりちょっと凝っている敦也のつくるご飯は、爽真の理想なのだそうだ。彼氏と二人っきりで過ごしているところにお邪魔する引け目を差し引いても、招いてくれるなら是非お邪魔したいと爽真は言う。

敦也に空の皿を寄せながら爽真がにっこりと笑いかけた。

「おいしかったです、敦也くん」

「よかった。腹に余裕があるならまだあるぞ？　おにぎりにして置いとくから摘まんでくれ」

「無理。今無理だよ、……とか言って、あとで食べるんだろうなあ、いつものパターンだよ」

「お褒めにあずかり恐悦です」

黒いギャルソンエプロンを腰に巻いた敦也は、そつのない笑顔を浮かべながら手際よく皿を引く。

「棋士は体重も大事なんだよ。太らせないでよ」

「脳で消費するから大丈夫だろ」

「爽真、何時から始める？」

「十五分待って」

爽真が泊まり込みで、練習に付き合いに来てくれている。

生活のサポートは敦也に頼って、雪の復調に尽力してくれている。この二人には本当に頭が上がらないと、雪は心底思っている。


対局室から出た雪に、廊下の向こうで爽真がぱっと腕を広げた。

雪は無言で歩み寄って、爽真に抱きついた。

「ありがとう。ありがとう、爽真!」

「もう一回奢れ――!」

「もちろん!」

ようやく一勝が上がった。これでスランプが脱出できたというわけではないが、まずは一息だ。たった一勝だが、ぜんぜん気分が違う。滑り落ちてゆく急勾配《きゅうこうばい》の山道に突き出た石にしがみつけた気分だった。

敦也にも「勝った」とラインをして、爽真にとりあえず自動販売機のジュースを奢る。すれ違う人に「よかったね」と声をかけられる。

廊下を歩いて長椅子に腰を下ろした。ペットボトルで爽真と乾杯だ。

「ちょっとほっとするよね。しかしせっちゃん、こういうところ、運がいいよな。勝ち上がってる棋戦じゃん」

「うん」

これまで負けた対局は、下位予選が主だった。今日は決勝予選の準々決勝。連敗ストップに加えて準決勝進出というめでたい勝利になった。

「爽真のおかげだよ。ありがとう」

「俺は早々に負けたからね。順位戦の調子はいいけど」

「そこはとても羨ましい」

棋士の立ち位置を決める棋戦だ。他のタイトルが大ボーナスだとしたら、順位戦は基本給だ。しかも上り詰めれば名人への挑戦権が摑める。

「でも次は、弦間二冠だよね」

「うん。兄弟子は強いから、厳しいとは思ってるけど」

兄弟子はどんな棋戦でも平然とベスト4にいる。いないと思ったらタイトルを持っている。絶好調の指し盛りだ。正直なところ、雪とは一段も二段も力の差がある。

同門同士は、なるべく当たらないように調整されるが、準決勝まで勝ち進むとそうも言っていられない。有吉師匠は廊下に張り出される対戦表に、弟子が二人並ぶことを喜びそうだが、雪にとっては半分絶望だ。

誰よりも彼の強さを知っている。有吉師匠にして《トビがタカを生んだ》と言わしめる棋力。複数タイトルを防衛する揺るぎない実力。

実力は現時点で棋界一が囁かれ、《絶対帝王》と呼ばれて三本の指に数えられる実力者だ。

「でも……兄弟子に、そんなふうに思われてるとは思わなかった――」

絶対と口止めをして、爽真に柊一郎と揉《も》めたことを話した。告白されたことも言った。ひっくり返って驚くだろうと思った爽真のリアクションは冷ややかだ。

「せっちゃんだけだよ。周りはみんな気づいてたっていうか、あからさまだったし」

「弟弟子だったから、かまってもらってただけだよ」

「だとしたら過保護。威嚇がすごかったし、あの人に睨《にら》まれてビビらない棋士なんていないし」

「冗談だろう？　あの紳士的な兄弟子が威嚇だなんて」

「そのときせっちゃんは対局室の中だから、何も知らないだけ。周りにプレッシャーかけまくってたよ。大人げないいな、二冠のくせに」

「そんな……」

元々多少、大人げないところがある人だが、棋士なんてみんなそんなものだし、それが許される彼の成績だ。

「みんな、《いつ付き合ってるって言いはじめても不思議じゃないな》って言ってたのに、鳶《とんび》に油揚げを攫われたわけだ。俺は敦也くんと付き合ったほうがよかったと思ってるけど、ずっとあの人が片思いだったの知ってたから、個人的に、弦間二冠については気の毒に思うよ」

そんなことを言われたって、雪にはどうしようもない。

棋士には、神に祈る者と祈らない者がいるそうだ。

雪は祈らないタイプなのだが、縋れるものに手を伸ばすのには躊躇《ちゅうちょ》しない。神様がもしも――振り駒の先手番後手番の運だけでも、少し傾かせてくれる可能性があるなら、賽銭箱《さいせんばこ》にお札だって入れるし、念入りに祈ったりもする。

連敗が続いていたとき、鳩森《はとのもり》八幡神社にここから助け出してほしいとお参りをした。東京将棋会館から徒歩数分の場所にある神社だ。《将棋堂》という独立したお堂があり、中には故・大山《おおやま》康晴《やすはる》十五世名人が揮毫《きごう》した巨大な王将の駒が祀《まつ》られている。

住宅街にある、緑の多い整った神社で、小ぶりに見えるが奥は富士塚という小さな丘状の霊場もある。

神様の力がどのくらい将棋に関与したかはわからないが、勝てたからにはお礼参りは欠かせない。信仰というより礼儀を果たす感覚だ。

石畳を辿《たど》り、賽銭を投げて「一勝を挙げられました。ありがとうございました」と心の中で告げて神前から離れようとしたとき、右手の広場のほうに数人の人が固まっているのが見えた。一人は大きなカメラを持っている。誰か棋士が来ているようだ。

鳩森八幡神社は、将棋会館から近く、景観がよくて静かなため、インタビュー場所として定番だ。

記者に声をかけられる前にそっと去りたい。そう思っていたが、記者が退いたところから現れた人の姿に、雪は静かに息を止めた。兄弟子だ。

気がつかれないうちにここを離れようと思ったが目が合ってしまった。

兄弟子は、将棋会館まで一緒に帰ろうと言っているらしい記者に手を振り、雪を見ている。

謝罪、しなければならない。

敦也のことについては謝らないし、考えを曲げるつもりはないけれど、兄弟子に失礼な態度を取ったのはいけないことだ。

雪から彼に近づいていった。

「気は変わったかい？」

いつもの通り優しげに、彼が問いかけてくる。

「先日の失礼な態度はお詫《わ》びします。しかし僕の気持ちは何も変わっていません」

「よく聞きなさい。そのままではいずれ後悔する」

子どもに言い聞かせるような口調で、彼は囁く。

「女性と結婚するならまだしも、恋人に男性を選ぶなんて愚かなことだ。一般人は棋士を理解できない。棋士のことがわかるのは棋士かその家庭に生まれた人間だけだ。俺は雪の成長と、何より将棋の邪魔をしないように、慎重にお前を見守ってきた。好きだと言うチャンスもなかった。でも今もあるとは思っている。一般人がお前にふさわしいと思わない」

「それは僕が決めることです」

「今だけ上手く行っているだけのことだ。桂馬《けいま》を二の段に打ち込むようなものだよ。行き詰まるのが明白だ」

それ以上進めない、という比喩《ひゆ》だ。しかも邪魔になって他の駒が動かせなくなってしまう。棋士はそんな毒にしかならないような場所に桂馬は打たない。

「目を覚まして、俺と付き合わないか？　浮かれてばかりでは勝負の勘も鈍るし、俺なら練習相手もしてやれるし。正直なところ、彼ではお金の感覚も違うだろう？」

「敦也くんのことを調べたんですか？」

「住所と職業くらいはね」

有吉師匠や爽真と行動していたこともあるから、周りの人に尋ねれば誰かの写真に写り込んでいるだろう。

「僕は敦也くんがいいんです。もし、敦也くんが僕を嫌っても、僕は兄弟子を好きになりません。兄弟子のことは棋士として、心から尊敬していますが」

柊一郎は、雪に手を伸ばし、いつもするように雪の髪を静かに指先で撫でた。

「似合わない真似はやめなさい。俺と一緒にいればわかる。俺といたほうが居心地がいいはずだ。今は一人暮らしなんだろう？　俺のところに来ればいい。便利がいいところにマンションを一室空けてもいい。そうだ、この機会に関東の将棋連盟に来ないか？　手配は俺がしてやる」

優しい声で、甘いお菓子をたくさん見せつける兄弟子に、雪は小さく首を振って一歩下がった。

「兄弟子は、僕が灰谷七段でなくても好きになってくれますか?」

「雪……?」

「僕が棋士になれなくて、ぜんそくで、他の仕事もできなくて、収入がなかったら、それでも僕を好きでいてくれますか?」

「《もしも遊び》か。そんなのは必要がないだろう。今お前は勝ち上がってる。これから強くなる。収入はそれについてくる」

「いいえ。兄弟子は、兄弟子を慕ってる、将来それなりに有望な棋士の僕に興味があるだけです。あなたはこのまま僕が棋士を辞めたら連絡も取らない」

「酷い言い草だな。でも実際、雪はそうならない。賭《か》けてもいい。俺の弟弟子で、有吉師匠が見込んだ才能だ。自分の価値を知りなさい」

兄弟子に気持ちが通じないのが歯がゆくて、雪は首を振った。

「敦也くんは僕ならいいんです。ただのぜんそくの子どもだった自分を受け入れてくれた。将棋の才能がなくても、年収が少なくても、将来有望じゃなくても、好きになってくれる」

冬の日のことだ。小学生のマラソン大会のとても寒い日に、詰将棋が何かも知らないくせに、自分に声をかけてきた。将棋教室に通っていると言っても首をかしげるばかりで、眠たそうな目で、赤い手作りのミサンガを渡してくれた。

「僕は、そういう敦也くんが好きです」

雪が言うと、柊一郎は初めて不快そうに顔を歪《ゆが》めた。

「子どもの夢だ。現実を見なさい」

「いいえ、本当です」

「恋に目がくらんでいて、何を言っても無駄なようだな」

「本当なんです！」

柊一郎は、皮肉な視線で自分を見た。

「じゃあ、証明してもらおうか。――棋士なのだから、わかるね？」

「……《言い分は勝ってから》」

「その通り。楽しみにしているよ」

兄弟子はそう言って雪の前から立ち去った。木漏れ日が遊ぶ参道の石畳辺りで、早速彼のファンに声をかけられている。


朝、雪には寝起きのルーティンがある。

ベッドの中で目を覚まして、身体中をゆっくり手でこすってから、ここがどこかを思い出す。

今日は都内のビジネスホテルだ。

軽めのモーニングを食べにいって、身繕い。今日は予選なので、持って来たスーツでいいから楽だ。

歯磨きをして、鏡の中の自分がしっかりしているかどうかを見て、スーツに着替える。

そして枕元にあるベッドサイドのケースに手をかける。出張用のケースは、腕時計が入っていたケースを代用している。

中には赤いミサンガが横たわっていた。ずいぶん縒《よ》れてこなれてきたが、糸は丈夫でまだ戦えると訴えてくる。

「おいで。がんばろう」

ミサンガを取り出し、ワイシャツの、心臓に近い左胸のポケットに入れる。

普段、ミサンガはあまり連れ回さないのだけれど、今日は特別だ。

棋士には、タイトル戦とは別の特別な対局がある。それはプロになる、三段リーグを勝ち抜く一局であったり、降級がかかった一局だったり、特別に意地のかかった一局だったりもする。

今日の対局は、雪にとって特別な一局になるだろう。勝つか、立ち直れないほど折られるか、ほとんどプロ棋士生命を賭けた一戦だ。

対局は東京の将棋会館。チェックアウトを済ませ、ロビーでマスクをして外に出る。手配してもらったタクシーに乗り、将棋会館へ向かう。

——東京、応援に行こうか？

昨日の夜、敦也から電話があった。今、飛行機に飛び乗れば夜中には東京に着くし、始発の飛行機で佐賀に帰れば仕事に間に合う。

大丈夫だと断った。

敦也はもう、十分力をくれた。ミサンガも、あの敦也が納得がいかないという、精巧に塗られた、非の打ち所のない、だけど何かが足りない根付けの珠も、雪の心の奥深くに入って揺るがない力になっている。

――大丈夫だよ。僕が敦也くんを好きだから。

いつも守られてばかりだから、今度は自分が戦う。敦也を好きな気持ち。将棋が好きな気持ち。それを握りしめて何段階も力が上の兄弟子に挑む。

手が震える。だって恐い。

兄弟子で、実力に格段の差があるのは誰の目にも明らかだ。

でも雪は逃げない。ライオンの前に連れ出されるうさぎのような心地でも、自分は全力で盤の前に座るだろう。

対局は始まる前だ。絶望するつもりはない。

爽真が今日は休みなことを確認していたから、敦也は昼休みに入ると同時に、休憩室で彼に電話をかけた。

「今の状況、どう？　爽真」

目の前にはタブレット、将棋の中継が映っている。相変わらず雪のネットでの人気は高く、絶え間なく雪を応援するコメントが画面上を横むきに流れてくる。

帝王VS後退王子という見栄えのする対局だ。直接タイトルに絡んでいなくとも、視聴者数が稼げる試合は積極的に行うのが、最近のネット中継の傾向だ。

——まあよくご覧ください。昼休明けで、後手＋三〇〇。上々だと思いませんか？

解説をしているときのように気取った爽真の声が応える。

帝王・弦間九段相手に、不利と言われる後手。まだ中盤にさしかかったばかりの昼休明けで、評価値＋三〇〇なら上出来中の上出来だ。

「どういう魔法なんだ、これは」

——奇襲ってヤツかな。

「奇襲？」

——うん。雪は振り飛車メインだったろ？　それを居飛車角代わりから始めたんだ。

「ええ……!?」

——何しろ相手は兄弟子だ。雪の指し手は知られ尽くしてる。だから裏を掻《か》こうって話になってね。せっちゃんちで、ずっと研究してただろ？

「雪がずっと倒れてたの、そのせいか」

——そう。せっちゃん、この歳になっても思い通りにいかないとああだから。

いつもの練習対局と違い、畳に倒れてぶつぶつ呟いている時間が長かった。ずぶ濡《ぬ》れの小鳥が落ちているようだった。苦労してそうだとは察したが、大胆な改革を企てていたらしい。

いちばん得意の戦法を捨てて、いつもと違う戦法で挑むのだ。それはいい。それはいいが、

「急にそんなことして、大丈夫なのか？」

裏を掻くためだけの急な戦法変更はただのこけおどしではないか。一流の棋士に通じるものなのか。

——今までせっちゃんの何を見てきたの？　敦也くん。

「爽真」

——せっちゃんは振り飛車が得意だけど、それ以外指せないわけじゃない。敦也くんが来る前から、居飛車も指せるようにってずっとがんばってきたんだ。確かに今回はちょっと詰め込んでるけど、それは打倒・弦間九段に合わせたピンポイントの研究だから付け焼き刃ってわけじゃない。

「そうなのか」

——居飛車もちゃんと指せるんだ。せっちゃんが、より振り飛車が好きなだけで。

「でも……本番で、いきなり本格的な居飛車を？」

それが普通かどうかはわからないが、敦也が知る限り、よほど不利だと思わない限り、雪は居飛車を指さない。

——そうね。恐いだろうね。でも今のところ上手く行ってる。弦間九段もびっくりしてるだろう。まあこのまま押しきろうと思っても、許されるわけなんかないけどね。

柊一郎がどんな棋士か、調べなくとも情報はどんどん入ってくる。タイトルホルダー、二冠。十代の頃から図抜けた成績を上げ、有吉師匠の最上位の弟子で、人数が多く、内部での競争が熾《し》烈《れつ》な関東将棋会館で圧倒的な強さを放つ中堅。この先名人位、そしてベテランのタイトルホルダーたちを食い尽くすだろうと予想されている。

——努力は報われない。挑戦はほとんど叶わない。それでもやらないわけにはいかないんだ。黙って死にたくないからね。

「それは、わかるよ」

溺《おぼ》れながらでも、見失いながらでも、泳ぎ続けなければ死ぬ世界で生きているのは、敦也も同じだ。

——やるだけのことはやった。あとはミスがないことを祈るくらいかな。

読み抜けを防ぎ、より遠くまで見据えた一手を放つ。指運が傾くのを祈り、相手の判断が緩む隙を辛抱強く待つ。

——せっちゃんは、強いよ？

そう言って、爽真は通話を切った。

――わからない――。

いつも盤面を読むときは、盤の下に薄いガラスのような盤面が重なってゆくイメージなのだが、今回はそれがあまりにも多い。何千層、何万層。海でたとえるなら深海のようだ。

読んで読んで読んで、頭に血が上ってこめかみがぎゅっとするくらいまで読んでもまだ奥がある。もっと奥へと思っても、ピントが合わない場所がある。いつもならこんなことはない――いつもと戦法が違うから、読みの精度が低いのだ。それが読みの視力となってぼやけてしまう。

それでも目に力を込めて、諦めずにその一枚下の盤を追う。

苦しくて、気を緩めたら一気に霧散しそうな読みだ。そこに爪を立て、瞬きを惜しんでしがみつく。

勝ちたいと、これほど思ったことはない。自分たちは将棋でしか物が言えない。間違っていないと、将棋でしか証明できない。

ようやく何も文《あや》がつかないマスを見つけた。

ここしかない。――本当にそうだろうか。視界はかなりぼやけていた。読み抜けは、うっかりは、相手の誘いに乗ったのではないか、あとあとこれが壁になりはしないか――いや。

「灰谷先生、残り五分です」

記録係の声にはっとする。

「――……！」

顔を上げると、だいぶん盤面から離れてしまっていた。

畳を這《は》って座布団に戻り、見つけたマスに、駒台から歩をさし込む。

肩で息をしながら、《この癖は直さなければ》といつも思うのだけれど、盤の前に座るとどうしようもない。考えて考えてうずくまりたいのを我慢していたら、いつの間にか盤から後ろに離れている。《後退王子》と呼ばれているのは知っているが、下がらない努力をしたら、思考に割く力が減ってしまうのでもう諦めた。

――これで駄目ならもう駄目だと、雪は思っている。

力の差は圧倒的で、経験も足りない。まっすぐに正確に指せばいいのではなくて、間違いを誘われ、惑わされ、考え続けて弱ったところにおいしい毒まんじゅうを出される。

ただ――。と、雪は盤の向こうに座る柊一郎の姿を見た。

彼が上着を脱ぐことはめったにない。

「――弦間先生、残り三分です」

そして持ち時間をここまで削らされることもほとんどない。

骨を斬り合う勝負になった。

ようやくここまで兄弟子を追い詰めた。だが互いに一分以内の秒読み将棋に入ったら、雪には手癖といえるほど正確に居飛車の終盤戦を指しこなせる自信がない。

全身が汗ばんでいた。喉の奥が細くなって、ひゅうひゅうと自分にしか聞こえない音を立てはじめていた。

雪は奥歯を噛みしめて、その瞬間を祈っていた。ここまで細く細く思考を繋げ、慎重に、厳選した駒のやりとりを行って、蜘蛛《くも》が巣を張るように精緻《せいち》な模様を画《か》いてきた。

彼の指が盤上に伸びたとき、雪は息ができなかった。

無理矢理吸って咳き込んだとき、柊一郎の指が雪の角の駒を拾い上げるのが見えた。

——できた。

この終盤の、この持ち駒の、この防御形《かこい》で、今、盤面に現れたのは振り飛車の将棋だ。

柊一郎の指が駒から離れて数秒後、彼が気がついたのがわかった。

雪は記録係に五十秒を数えさせるまで慎重に読んで、相手の陣地に銀を打ち込んだ。


「——……」

下げた頭を上げられない。そのくらい力が残っていないし、信じられない。

膝の上に手を握りしめて、そのままうずくまりそうなのを堪えてようやく顔を上げると、疲れた顔をした兄弟子と目が合った。

彼は、普通に辛《つら》そうな顔をして雪を見た。

「いい将棋だった」

雪はぐっと涙がこみ上げそうになるのを堪えながら礼をした。

感想戦では洗いざらい喋《しゃべ》った。普段の感想戦では、次回も勝つために肝心の所はあまり触れないものだ。だが兄弟子ならではの気安さで、本当に何の警戒心もなく自分の思考を喋っているときふと、自分の居飛車はこれでいいのだと、雪自身、やっと摑めた気がした。

片付けが終わり、駅に着くまでに、爽真と仲間の数人から勝利を祝うラインが入っていた。タイトル挑戦が有力視されていた兄弟子を破り、決勝進出だ。明日の朝、有吉師匠にも報告するつもりだった。

敦也にも帰ったら連絡してみよう、と思っていたが帰宅は日付が変わる頃になりそうだ。人少なな品川《しながわ》駅から新幹線に乗り、京都へ向かう。

席が落ち着いて、ポケットからスマートフォンを取り出すと、敦也からラインが来ていた。

——京都の家に来ています。今日は東京に泊まり？

急いで「帰る。今新幹線に乗った」とメッセージを送る。

しばらくして返答が来た。
――雪で一人で片付けないで、話を聞かせてくれ
――将棋のことはわからないけど、話は全部聞きたい
《うん》とだけ返事を送って、スマートフォンを手に、座席に深く寄りかかって雪は目を閉じた。
そういうところが好きだなあ、としみじみ思う。ごうごうガタガタ揺れる新幹線の暗い窓さえ、疲労感で満たされた、雪の身体には心地いい。

ただいま、と言って敦也に顔も見せずに洗面所に飛び込んだ。手を洗ってうがいをして、上着を脱ぎ捨て、怪訝《けげん》な顔をして洗面所にやってくる敦也に飛びついてキスをする。

「雪」

「キスをしたかったんだ。ごめん」

勝ったら真っ先に、敦也にキスをしたかった。

「こちらこそ、だ。おめでとう」

そう言って敦也からもキスをしてくれる。

「観てたの？」

「観ずにいられないだろ？」

「勝ててよかった。観てなかったらあとでタイムシフトを見せるつもりだった」

完璧とは言わないまでも会心譜だった。中盤からの狙いが細く突き通って、最終局面に現れた、どこか数学じみた将棋になった。

「灰谷七段プライベート解説か。贅沢《ぜいたく》すぎる」

頬を撫でられ、背中を支えてもらいながら敦也とまたキスをした。離れたところを雪のほうから抱きついた。

「ついでに兄弟子にも、認めさせてきた」

「弦間九段に？」

「うん。あの人は約束は守る人だから。祝福してくれないまでも反対はしないよ」

敦也に告げた途端、雪の胸の中に伝えたいことがぶわっと溢れかえった。

居飛車が指せた。柊一郎に勝てた。自分の努力や爽真のヘルプはもちろんだが、核となる、勝ちたいという執念を、硬く硬く練ったのは敦也への気持ちだ。敦也がいなかったら今日の将棋は指せなかった。

「ありがとう、敦也くん。敦也くんのおかげだ」

「なんで？　勝ったのは雪だよ？」

キスを交わす敦也が不思議そうな顔をするから、踵《かかと》を上げて首筋にしがみついた。頬が赤くなるのを感じながら彼の耳元で囁く。

「明日は、僕、休みなんだ」

「せっかく今夜はゆっくりしてもらおうと思ったのに」

「兄弟子公認の彼氏と、朝まで仲良くしてもいいと思う」

笑う敦也の大きな手が、腰の辺りからシャツをくぐって素肌の背中を撫でるのに満足しながら、雪は彼を強く抱き寄せて、雪のほうからキスをした。

† † †

青山《あおやま》の外苑《がいえん》いちょう並木通りが見えるカフェで、限定ランチを楽しんでいると、柊一郎の向かいに座っている男が言った。

「――で？　諦めるん？」

東海林蛍八段は、屈託のない整った顔で訊いてくる。

「何を？」

「紫の上。彼氏できたんやろ？　その上紫の上本人に負けるやなんて……ふふ、君としたことが、おもろいこと」

一人でウケている腐れ縁の親友にため息をつき、柊一郎はぼやいた。

「紫の上だと思って育ててみたらシンデレラだったんだ」

出会ったときは、泣いているやせっぽちの、小さな子どもだった。ほっそりした面《おもて》が端正な子どもで、精密な将棋が美しく、さぞ好みに育つだろうと思い、手をかけ、愛情を注いでかわいがってみたら——想像以上に理想の棋士に育って満足していたところを、あっという間に見ず知らずの男に拐《かどわ》かされた。

「へえ?」

「十二時のタイムリミットが来たら、自分の靴を履いて、さっさと出ていったよ」

応えて、桜色の海老《えび》の道明寺《どうみょうじ》粉揚げを口に運んだ。柊一郎はこの店が好きだ。品がよく、絵画のような季節のプレートをつくる。今日も苺《いちご》ソースの香りが美しい。

「それは残念。しかもタイトル挑戦惜しかったな。こうなると、さすがに灰谷くんの応援はしないかな」

雪は、自分に勝ったことで昇竜戦予選の決勝に勝ち上がった。あと一勝すればタイトル挑戦だ。

「応援するに決まってるだろう。かわいい弟弟子だぞ?」

「僕なら絶対、自分に勝った弟弟子なんて応援せんけど」

「お前と一緒にするな」

「なんやかんやいうて、君、優しいもんな。失恋記念にフレンチ奢ろか?」

京風に言うといけずな男だが、将棋界で唯一味覚と価値観が合う男だ。

「ああ。三田《みた》の店が、三ツ星とったとか」

「そういうところや、君」

「傷心なんだ。優しくしてくれ」

軽く空を仰ぐと、開花待ちの桜の枝の向こうに、優しい青が広がっている。

［悪食］番外編
嫉妬
宮緒 葵

扉イラスト　みずかねりょう

かさかさと何かが擦《こす》れる小さな音で、胡桃沢水琴《くるみざわみこと》は目を覚ました。まだ重たいまぶたをしばたたかせながら首を巡らせれば、恋人兼パトロンの奥槻泉里《おくつきせんり》が上体を起こし、書類を読み込んでいる。

……泉里さん、何かあったのかな……。

眠気も忘れ、その真剣な横顔に見入っているうちに、微《かす》かな不安がこみ上げてきた。泉里が仕事を持ち帰ることは、滅多に無い。公私の区別をきっちり付けており、自宅で水琴と二人きりの時には仕事用の電話にすら出ない徹底ぶりだ。

その泉里が寝室にまで持ち込むくらいだから、よほど急ぎの仕事なのだろう。…もしくは、水琴には見られたくない内容なのか。

「……水琴？」

じっと目を凝らそうとしたら、泉里がふいにこちらを振り返った。びくっとする水琴に苦笑を漏らし、大きな掌《てのひら》で頭を撫《な》でてくれる。

「起きていたのなら、声をかけてくれればよかったのに」

「…す、すみません…。泉里さんがすごく真剣だったので、大事なお仕事なら邪魔したらいけないと思って…」

「たいしたことではないよ。念のため、読み返していただけだから」

言いながら、泉里は書類を纏《まと》め、膝の上に置いていた封筒に入れてしまう。あっ、と声を上げそうになり、水琴はとっさに掌で口を覆った。サイドテーブルのブリーフケースにしまわれる直前、封筒に印刷された文字が見えたのだ。福田《ふくだ》法律事務所。確かそこは、泉里の顧問弁護士の事務所だ。東京《とうきょう》に引っ越す前、様々な手続きで水琴も世話になったので、名前だけは知っている。

毎日のように手伝いに赴いているが、泉里の経営するギャラリー『エレウシス』は平穏そのものだ。弁護士に頼らなければならないようなトラブルには、心当たりが無い。もちろん、水琴の知らないところで何か起きている可能性もあるが…。

「…泉里さん…」

思わず身を乗り出し、広い背中にしがみついたのは、胸の奥がちくんと疼《うず》いたせいだ。

突然の行動に泉里は驚いたようだが、身体《からだ》の力を抜き、腹に回された水琴の手を優しく撫でてくれる。

「…どうした？　怖い夢でも見たのか？」

「え？　泉里さんと一緒に寝てるのに、怖い夢なんて見ないですよ。泉里さんの腕の中、すごく安心出来るから」

思ったまま答えたとたん、泉里の手がぴたりと止まった。しがみついた逞《たくま》しい身体が、パジャマ越しにもわかるほど熱を帯びていく。

「…まったく、君という子は…」

呆《あき》れた、だが隠し切れない情欲を孕《はら》んだ囁《ささや》きが落ちるのと、腕を解かれるのは同時だった。水琴の両脇に手をつき、覆いかぶさってくる泉里は、早朝の静謐《せいひつ》な空気には似つかわしくない淫靡《いんび》な笑みを浮かべている。…毎夜、水琴をベッドに引きずり込む時と同じ。

「せ、泉里さん?」

「何をそんなにうろたえている? 俺の腕の中は、安心出来るんだろう?」

……そうだけど、そうじゃない……!

必死の訴えは、言葉にならなかった。泉里が水琴のパジャマをはだけさせ、首筋を強く吸い上げてきたせいで。

「あ…っ…」

押し当てられた股間は硬く、燃えるように熱い。大きな掌がするりと胸元に入り込み、小さな突起をきゅっとつまむだけで、男の愛撫《あいぶ》に馴《な》らされた身体は容易《たやす》く火照《ほて》ってしまう。

「悪魔のように可愛《かわい》い水琴…、…君が欲しい…」

やわやわと耳朶《じだ》を食《は》む泉里は、きっとわかっているのだろう。そんなふうに甘く乞われたら、水琴は泉里のことだけしか考えられなくなってしまうと。

「…僕も、欲しいです。…泉里さん…」

——大好き。

溢《あふ》れ出る思いのまま、水琴は愛《いと》しい男を抱き締めた。…ちくちくと疼き続ける胸に、戸惑いながら。


「いらっしゃいませ、小田垣《おだがき》様。お待ちしておりました」

水琴が男女二人連れの客――小田垣清隆《きよたか》と伊藤真理愛《いとうまりあ》を応接室に案内すると、泉里は下座のソファから立ち上がった。品のいい微笑からは、ついさっきまで電話越しの相手と嫌味の応酬をしていたことなど微塵《みじん》も窺《うかが》わせない。泉里の名刺を受け取った真理愛が、頬をほのかに染めている。

「突然申し訳無い。『ギャラリー・ライアー』の槇《まき》さんのところに伺ったら、こちらの『エレウシス』さんの方が適任だとおっしゃったもので…」

女性と並んで座った清隆が、申し訳無さそうに頭を下げる。大きな会社をいくつも経営する資産家の次男だそうだが、ずいぶんと腰が低いので驚いた。丸っこい顔に、人の良さが滲《にじ》み出ている。

対して真理愛はと言えば、艶《つや》やかな髪を腰まで伸ばした、清楚《せいそ》な顔立ちの美女だ。その名の通り、聖母のように優しげな空気を漂わせている。清隆の婚約者であり、近いうちに結婚する予定だという。

『エレウシス』は基本的に飛び込み客お断りだが、上得意の客か、泉里でも無視出来ない筋からの紹介があった場合は受け容《い》れている。

一時間ほど前、この二人を紹介したのは後者であった。『ギャラリー・ライアー』の槇怜一《れいいち》…かつて美術界を牛耳った亡き養父から、その地盤を丸々受け継いだばかりの食えない男だ。見た目は泉里にも負けないほど秀麗で、洗練された物腰の紳士だからよけいにたちが悪い。

とある一件から、怜一は水琴に好意を寄せている。水琴自身というよりは、水琴の持つ異能を崇拝していると言った方が正しいのだが、晴れて恋人となったばかりの泉里が怜一を敬遠するのは当然の話だ。何かと用事を作っては怜一がギャラリーを訪れるたび、さっさと追い返そうとしている。

『うちの上得意客の息子さんからのご依頼なんですが、私より「エレウシス」さんの方が向いているかと思いましたので、紹介させて頂いてもよろしいでしょうか』

だから一時間ほど前、怜一からそんな電話が入った時、泉里は問答無用で通話を切ろうとしたのだ。それでも最終的に紹介を受け付けることにしたのは、怜一の上得意客というのが、泉里の育ての父、藤咲博雅《ふじさきひろまさ》の友人だったからだ。泉里自身、その上得意客と面識があるらしい。

そんな事情があっては、すげなく断るわけにはいかなかったのだろう。もちろん、怜一はそこまで織り込み済みだったに違いない。

「とんでもない。槇さんほどの方に紹介して頂けるのは、ありがたいことです。…何でも、今日はご友人の絵をお持ち下さったとか」

内心渦巻いているだろう罵倒を綺麗《きれい》な笑みに覆い隠し、泉里は清隆が大事そうに抱えたままの包みに目を向けた。コーヒーを出し終えた水琴も、助手として同席している。

「…はい。友人の辻岡透哉《つじおかとうや》が、僕と真理愛の結婚を祝って描いてくれたものですが…彼の遺作になってしまいました」

「清隆さん…」

沈痛な面持ちの清隆の肩を、真理愛がそっとさする。清隆は大丈夫だとばかりに頷《うなず》き、包みを解いた。

テーブルに載せられたのは、金の額縁に収められた油絵だ。サイズは文芸書と同じくらいだろうか。決して大きくはないキャンバスの中で、光の環を背景に微笑《ほほえ》む女性は真理愛とそっくり同じ顔をしていた。長い髪を下ろし、古風な赤と青のドレスを身に着け、手には薄紅色の薔薇《ばら》を持っている。

「…これは…、聖母マリアですね」

「聖母…？」

目の前の女性を描いたものではないのか、と首を傾《かし》げる水琴に、泉里は教えてくれる。

「手に棘《とげ》の無い薔薇を持っているだろう？　棘の無い薔薇は聖母のアトリビュートだ」

アトリビュートというのは個人を特定する持ち物のことだそうだ。たとえばただおかっぱ頭の少年を描いただけなら誰なのか不明だが、マサカリを担がせ、赤い前掛けを着せれば誰でも金太《きんた》郎《ろう》だとわかる。この場合、マサカリと前掛けが金太郎のアトリビュートだ。

「かつて読み書きが出来るのはごく一握りの知識層だけだったから、誰を描いたものなのか、字の読めない庶民でも一目でわかるアイテムが必要だったんだ。これを持っているからあの人物、というようにな」

「なるほど…」

「まあ例外もあるから、一概にそうとは言い切れないんだが…この絵の場合は、聖母と断言してもいいだろう。背後の光輪は聖なる存在を示すものだし、赤と青の衣装も聖母のアトリビュートの一つだ。……そうですね？」

泉里の問いに、清隆はこくこくと感心したように頷いた。

「やはり、見る人が見ればわかるものなんですね。真理愛も同じことを言っていたんですが、私はあいにく二人と違って芸術には疎いもので…」

「二人…と、おっしゃいますと？」

「透哉と真理愛は、同じM美大の卒業生なんです。元々私と透哉が幼馴染《おさななじ》みで、透哉を通じて真理愛と知り合ったんです。なあ、真理愛。……真理愛？」

訝《いぶか》しげに何度も呼びかけられ、絵の中の自分を見詰めていた真理愛は、はっと顔を上げた。お世辞にも良いとは言えない顔色をごまかすように、弱々しく微笑《ほほえ》む。

「…ご、ごめんなさい。辻岡くんのことを思い出すと、胸が苦しくなってしまって…」

「そうか…無理も無い。あいつが逝《い》ってから、まだ一月だからな…」

清隆は真理愛の小さな手を励ますように握り、深く息を吐いた。ゆっくり向き直った顔には、真剣な表情が浮かんでいる。

「奥槻さん。…今日伺ったのは、この絵を託したかったからです。買い手がつくのなら売却して頂いても構いませんし、美術館や施設に寄贈して頂いてもいい。もちろんその場合、対価は求めません」

「…しかし、こちらはご友人の遺作なのでは？　しかもお二人のご結婚を祝い、描かれたものですよね」

「だからこそです。この絵を見るたび、真理愛はあいつを思い出してしまうから…」

俯《うつむ》きがちに、清隆は語り始めた。

親同士が親友だった清隆と透哉は、物心つく前に引き合わされ、こちらも無二の友人になったのだという。同じエスカレーター式の名門私立学校に進み、芸術に目覚めた透哉が美大に進路を変えた後も友情は続いたそうだ。

透哉が卒業する三年前、最後の学園祭を訪れた清隆は、透哉と同じ油絵学科の真理愛と運命の出会いを果たした。互いに惹《ひ》かれ合った二人はすぐ恋人同士になり、共に暮らし始め、来年には挙式を控えている。透哉は二人にとって、キューピッドのような存在なのだ。二人とも透哉に深く感謝し、共通の友人として結婚式にも参加して欲しいと願っていたという。

だが透哉は生まれつき心臓に病を抱えており、一月前、突然の発作で亡くなってしまった。あまりに早すぎる死を嘆く清隆のもとに、葬儀の後、この絵が届く。差出人は辻岡透哉…透哉が死の直前、投函したものだった。

「…絵には、この手紙が添えられていました」

清隆は懐から一通の封筒を取り出し、泉里に手渡した。何度も読み返したのだろう。あちこち皺《しわ》のついた藤色の便せんには、己の死期を悟ったこと、結婚式には参加出来ないかもしれないから代わりに絵を描いたことが柔らかな筆跡で記されている。

当初この絵は、清隆を悲嘆の淵《ふち》から掬《すく》い上げてくれた。と言うのも、真理愛と同棲《どうせい》を始めてからというもの、透哉と会う頻度が明らかに落ちていたせいだ。もし今までのように会っていたら、透哉の体調の悪さにも気付き、病院へ行くよう勧められたかもしれない。透哉は自分を薄情者と恨みながら死んだのではないか。

そんな不安と後悔を抱いていたからこそ、この絵は救いとなった。恋人を聖母として描いてくれたのだ。透哉は真理愛が素晴らしい女性だと認め、二人の結婚を心から祝福してくれたに違いない。

だが、この絵を二人の新居に飾ろうと提案する清隆に、真理愛は強硬に反対した。若くして亡くなった透哉の遺作が新婚家庭にあるのは耐えられない、というのだ。

いっそ処分してしまいたいとまで訴える真理愛を清隆は必死になだめ、然《しか》るべき筋に委ねることにした。親友の遺作が処分されてしまうことだけは避けたかったのだ。透哉は名の知れたプロというわけではないから、値段はつかないかもしれないが、せめてどこかの美術館や施設に寄贈し、誰かの心を慰めて欲しい。

「そこで父から、槇さんを紹介してもらったんですが…」

「…槇さんは私を紹介して下さった、というわけですか」

穏やかな表情を崩さない泉里だが、内心では疑問の嵐だろう。水琴もそうだ。美術館や芸術系施設への伝手《つて》なら、泉里よりも養父の人脈を受け継いだ怜一の方が豊富なはずである。わざわざ上得意客の息子を『エレウシス』に回す理由は、どこにも無い。

……槇さんは一体、何のために……？

首を傾げながら聖母を眺めていると、ちかり、と視界の端で小さな光がまたたいた。まばたきをする間に光は淡い靄《もや》となり、ゆっくりと人の輪郭を描いていく。

「…本当にごめんなさい。私の心が弱いせいで、皆さんにご迷惑を…」

「真理愛、君のせいじゃないよ。今は何かと敏感になりやすい時期なんだから、仕方が無いさ」

そっと下腹部に触れる真理愛も、小さな手を握っていたわる清隆も、絵の傍《かたわ》らに佇《たたず》むおぼろな人影に気付いた様子は無い。ただ一人、泉里だけが水琴の小さな異変を察知し、真剣な眼差《まなざ》しで問いかけてくる。…見えるのか、と。

巫女《みこ》だったという高祖母からその異能を受け継いだ水琴には、この世には居ない人――彼岸に渡った死者の姿が見える。悪さをするでもなく、ただふわふわと夢見るように漂うだけの彼らは、水琴にとって心惹かれる存在であり、物心ついた頃からその姿を描きとめてきた。

不思議なことに、水琴が描けるのは死した彼らの姿だけであり、生きた人間はどう頑張っても描けない。母親に疎まれる水琴を不憫《ふびん》に思った祖父が山奥の村に引き取ってくれたが、水琴の絵がSNSで話題になり、魅せられた泉里がはるばる訪ねてきてくれたのがきっかけで、今は優しい大人の恋人に見守られながら絵の勉強をしていられるのだ。

泉里は水琴の能力を正しく知り、支えてくれる数少ない一人だ。頷いた水琴に、わかったと唇の動きだけで応じてから、来客たちに微笑みかける。

「もしや、伊藤様はお子様を授かられたのでしょうか？」

「……はい。まだ二か月に入ったばかりですけど」

恥ずかしそうに頬を染める婚約者を、清隆は愛おしげに見守っている。なるほど、長い同棲から結婚に踏み切った大きなきっかけは、真理愛の妊娠なのだろう。妊娠中の女性は何かと感じやすくなるというから、夭折《ようせつ》した友人の遺作を傍《そば》に置くのは嫌なのかもしれない。

「おめでとうございます。そういうことでしたら、私も力の及ぶ限りご協力させて頂きたいと思います」

「ありがとうございます…！」

清隆は真理愛と顔を見合わせ、深々と頭を下げた。その後、細々《こまごま》とした事務手続きを済ませ、妊娠中の婚約者を気遣いながらギャラリーを引き上げていく。透哉の遺作を預けられたからか、真理愛の顔付きは来た時よりもずっと晴れやかだ。

二人を見送り、応接室に戻ってから、水琴はぽつりと呟《つぶや》く。

「…小田垣さん、いい人でしたね」

「お父上も温厚で誠実な人だ。家柄や財力にこだわるような人ではないから、伊藤さんも心穏やかに過ごせるだろう」

怜一によれば、真理愛はあまり裕福ではない母子家庭の出身で、美大にはいくつもアルバイトを掛け持ちして通っていたということだった。資産家の結婚にはとかく身分や家柄をうるさく問われがちだが、そういう舅《しゅうと》姑《しゅうとめ》のもとでなら、真理愛も幸せになれるだろう。

「――それで、まだそこに居るのか?」

表情を引き締めた泉里が問いかけてくる。何が、とは言われるまでもない。水琴にしか見えない人影のことだ。

「はい。…さっきからずっと、その絵を眺めています」

自分には見えないモノを、年上の恋人は当然のように信じてくれる。その喜びとありがたさを噛《か》み締めながらおぼろな人影を指させば、泉里は端整な顔を苦々しげに歪《ゆが》めた。

「……槇め。だからこっちに回したな」

「で、でも、槇さんには僕みたいな力なんて無いはずですし、ただの偶然じゃ…」

「そんなわけがないだろう。君に関しては、あいつは異様に鼻が利く。この絵に何かがあると直感し、とっさにこちらへ回したとしてもおかしくない」

まさかと否定したいところだが、確かにあの怜一ならそれくらいやりかねないと、水琴は身をもって知っている。泉里はスマートフォンを取り出し、液晶画面を一瞥《いちべつ》したとたん、額を掌で覆った。

「……やられた」

こちらに向けられた画面には、しばらく海外に出張するので連絡が取れなくなる、と怜一からのメッセージが表示されていた。怜一のことだから本当は国内で雲隠れしているのかもしれないが、きっとこの絵の件が落着するまで姿を見せないつもりだろう。

生ける人間の憤りなど関係無いとばかりに、おぼろな影はひたすらテーブルに置かれた油絵を眺め続けている。怜一の思惑通りだとわかっていても、だんだん鮮明さを増していくその横顔に惹かれる心は止められない。

「泉里さん…」

願いをこめてじっと見詰めれば、泉里は苦笑し、応接室を出て行った。水琴のスケッチブックが入ったバッグを手に、すぐさま戻ってくる。

「今日はもうここを使わないから、好きなだけ描けばいい」

「……いい、んですか？」

自分でお願いしたことだが、怜一の思惑にまんまと乗せられてしまう上、ギャラリーの営業時間もまだ数時間は残っていると思うと気が引ける。だが泉里は鋭い目元をふっと緩め、水琴の頭をくしゃりと撫でてくれた。

「何度も言っているだろう？　君の願いを叶《かな》えてやれるのは、俺だけの特権だと」

「でも…」

「そんなに気が引けるのなら……今夜も、好きなだけおねだりしてくれ。もちろん、ベッドの中で」

「……っ！」

耳朶を熱い吐息にくすぐられ、跳び上がりそうになった時には、泉里はおかしそうに笑いながら離れていた。赤面する水琴にひらりと手を振り、応接室を退出していく。

「うう…っ、もう、泉里さんってば……」

未《いま》だ熱を持ったままの頬をぺちんと叩《たた》き、水琴はソファに腰を下ろした。泉里の艶《つや》めいた眼差しを思い出すだけで恥ずかしくてたまらなくなるが、あんな真似《まね》をしたのも、半分は水琴の気を楽にしてくれるためなのだろうから、ありがたく思わなければならない。

……まあ、もう半分は本気だったんだろうけど。

泉里とはほぼ毎夜肌を重ねているが、互いに熱を堪《こら》えきれず、このギャラリーで求め合ったこともある。よみがえりかけた淫らな記憶を無理やり封じ込め、水琴はスケッチブックを開いた。

三分の一ほど埋まったページには、東京に引っ越してきてから出逢《であ》った彼ら――死者の姿が描かれている。

鉛筆を握り、水琴は改めて『彼』を見た。清隆と真理愛が居た時にはぼんやりとした影でしかなかったソレは今や細かな陰影を帯び、一人の青年の姿を形作っていたのだ。

年齢は、清隆とほぼ同年代……二十代の半ばか、せいぜい後半くらいだろう。全体的に丸っこい清隆とは対照的にほっそりとした、どこか陰のある青年だ。さっきから変わらず、真理愛の顔をした聖母を見詰め続けている。

……この人は、もしかして透哉さん……？

鉛筆を走らせているうちに、ふとそんな考えが浮かんだ。この絵が描かれたのはつい最近のことで、清隆と真理愛を除けば、完成品を見たのは作者である透哉だけのはずだ。死んでもなお離れられないほどこの絵に思い入れがあり、清隆と同年代の死者と言えば、もう透哉くらいしか居ない。

親友の結婚祝いとして描いたはずの絵に執着するのは、若くして亡くなり、この世に未練があったせいだろうか。清隆の話を聞いた限りでは、透哉本人は己の死を悟っていたようだったが…。

次々と湧き出る疑問は、鉛筆が死者の姿を写し取る微かな音にかき消されていった。周囲の景色が少しずつ色褪《いろあ》せ、水琴の世界に『彼』だけしか存在しなくなる。

まばたき一つしない『彼』の瞳に、水琴の視線は吸い寄せられた。まるで嵐を閉じ込めた海のようだ。水面は凪《な》いで静かなのに、その奥では黒い水が狂乱する大蛇のごとく鎌首《かまくび》をもたげ、うねり、のたうっている。

――君が見ているのは死者の霊そのものではなく、彼らの遺《のこ》した思いではないか。以前泉里は、水琴が高祖母から受け継いだ力をそう評した。水琴の心に訴えかけてくるその思いを描くからこそ、水琴の絵は見る者の心を打つのではないかと。

泉里の言葉が正しいとしたら、『彼』の瞳の奥に渦巻くモノもまた、『彼』がこの世に遺した思いなのか。微かな血の匂いを嗅《か》いだ気がして、水琴はごくりと唾を飲んだ。今まで水琴が見てきた死者たちと、『彼』は明らかに違う。

息子を救って欲しいと、水琴に懇願する死者が居た。贋作《がんさく》を真作と偽って出品され、死んでも死にきれず、この世に留《とど》まり続けていた死者も。

けれど彼らはどこまでも死者だった。その思いは、深い流れに洗われたかのようにまっさらだった。だからこそ水琴は恐怖の欠片《かけら》も抱かず、彼らと対峙《たいじ》出来たのだ。

だが『彼』の思いは、あまりに生々しい。死した者の中に、生きた感情が宿っている。水琴が今まで知らなかった感情が。

……死んでもなお、自分の描いた絵から離れられないほどの思いって……？

はあっと息を吐き、再び手を動かそうとして、水琴はふいに気が付いた。『彼』が飽かずに見詰めているのは、聖母の微笑ではない。たおやかな白い手が持つ、棘の無い薄紅色の薔薇――聖母を示すアトリビュートだと。この薔薇が描き込まれているからこそ、キャンバスの中の女性は真理愛ではなく聖母マリアなのだが…。

「え……？」

水琴は震える声を漏らした。微動だにしなかった『彼』が、おもむろに振り向いたのだ。水琴の視線を感じたかのように。

底知れない思いを宿した黒い瞳は、確かに水琴を捉《とら》えている。ぞぞっ、と寒気が背中を這《は》い上がった瞬間、『彼』はゆっくりと唇を動かした。

——『き』『み』『も』『か』。

「…『君もか』…？」

復唱した水琴に、『彼』は頷いたのだろうか。俯いたかと思えば、すうっと空気に溶けていった。とっさに立ち上がり、『彼』の居たところに手を伸ばした時、ずきんと頭が疼く。

「つ…っ…」

前のめりに倒れかけ、思わずテーブルに手をつくと、頭の奥でいくつもの小さな光がまたたいた。光はやがて色彩を帯び、見覚えのあるものを描き出す。

……バックヤードの、本棚？

すぐに消えてしまったが、あれは確かにそうだった。収められた本は何でも好きに読んでくれていいと泉里に言われているものの、外国語の専門書が多く、水琴はめったに利用しない。

「行かなきゃ……」

ゆらりと起き上がり、水琴はバックヤードに向かった。未だに頭痛は去ってくれず、ふわふわと雲の上を歩いているような感覚だが、どうしても行かなければ…いや、確かめなければならないと思ったのだ。

おあつらえ向きに、バックヤードに泉里の姿は無かった。保管庫にでも行ったのだろう。

分厚い専門書の収められた本棚の右端…水琴より頭一つほど高いところが、やけに気になった。近くにあった椅子を踏み台代わりにして上がれば、本と本の隙間に茶封筒が挟まっているのに気付く。印刷された文字は――『福田法律事務所』。数日前、泉里がベッドで読んでいた書類の封筒と、まったく同じである。

いくら恋人同士だからといって、他人宛の手紙を盗み見るなんて、普段の水琴なら絶対にしなかっただろう。そろそろと封筒を開けてしまったのは、『彼』の奇妙に生々しい瞳が焼き付いてしまったせいかもしれない。心臓が脈打つたび、頭の奥がずきずきと痛む。

封筒の中には、さらに一回り小さな封筒が入っていた。宛先はただ『奥槻泉里様』とだけ記されており、差出人は…。

「…藤咲、明雅《あきまさ》…」

ぐらりと視界が揺れ、水琴は本棚に手をついた。だんだん痛みの間隔が狭《せば》まってくる頭に、かつて桐ヶ島《きりがしま》の祖父の家で会った男の面影がよみがえる。

自信に満ちた、華やかな男だった。資産家の息子に生まれ、一代でギャラリーを大きくし、負い目のある泉里を下僕のごとく扱い、人生を心から謳歌《おうか》しているように見えた。

けれどその輝きは、全てが偽りだった。本来泉里の手柄だったにもかかわらず、明雅が不当に搾取《さくしゅ》していたのだ。

死者の姿を見る水琴の能力により、真実が暴かれると、明雅は殺人罪で逮捕された。裁判中の今は、拘置所の中のはずだ。

死刑囚と手紙のやり取りをするドラマを見たことがあるから、拘置所に入っている明雅も手紙を出すことくらいは可能なのだろう。何もかも恵まれた名家の令息が、いきなり殺人犯として非難の的になったのだ。自業自得とはいえ、心細くて誰かと繋《つな》がりたくなるのかもしれない。でも――。

……泉里さんを追い詰めたのはあの人なのに、どうして今さら……！

胸に灯《とも》った小さな炎は、治まったはずの痛みと共に、驚くほどの速さで広がっていく。今の自分はおかしいと、理性では理解しているのに、ふつふつと血が滾《たぎ》るのを止められない。これは、一体何なのだろう。頭も心も燃え上がらせる、この感情は…。

――『君もか』。

ぼやけていく意識に、『彼』の声にならない呟きが滲んだ。

「水琴。水琴……」

甘さを含んだ囁きと、優しく髪を撫でられる感触にうっとりと息を吐き出せば、唇に何か硬いものがあてがわれた。本能的に開いた口に、ほのかにレモンの風味がついた水が少しずつ流し込まれる。

久しぶりの水分を摂取し、渇きが癒《いや》されると、ずっと頭に居座っていた熱と痛みが散っていった。やけに重たい目蓋《まぶた》を、水琴は苦労して押し上げる。

「泉…里、さん……？」

「ああ、水琴……良かった。目が覚めたんだな」

枕元の椅子に座った泉里が、ガラスの吸い飲みを持ったまま安堵《あんど》の笑みを浮かべた。ずいぶんと薄暗いが、シャツにスラックスと泉里にしては砕けた格好だから、ここは自宅マンションの寝室のようだ。冷たい濡《ぬ》れタオルで、水琴の汗ばんだ額や髪の生え際をていねいに拭《ぬぐ》ってくれるのがとても気持ちいい。

「覚えているか？　君は応接室で倒れていたんだ」

「あ……」

ところどころぼんやりした記憶を、水琴はどうにか手繰り寄せる。バックヤードで明雅からの手紙を発見した後、強い頭痛と目眩《めまい》に襲われつつも封筒をもとの場所にしまったところまでは、何とか思い出せた。

そこからの記憶はあいまいだが、おそらく自力で応接室まで戻ったのだろう。手紙を盗み見たことを泉里に知られたくない、その一心で。

そしてそこで力尽きた水琴を泉里が発見し、介抱してくれているのだ。まだ仕事中だったのに、とんでもない迷惑をかけてしまった。

「…ごめんなさい、泉里さん。お仕事中だったのに…」

「謝らなくていい。俺は君の恋人なんだから、これくらい当たり前だよ」

しゅんとする水琴の湿った前髪を梳《す》きやり、泉里は眉宇《びう》を曇らせる。

「むしろ、謝らなければならないのは俺の方だ。かかりつけの医者にギャラリーまで往診してもらったんだが、疲労と強いストレスのせいで発熱したんだろうと言われた。……これを、描いたせいなんだろう？」

差し出されたのは、『彼』の姿を描いた水琴のスケッチブックだった。応接室に置きっぱなしにしてしまったのを、泉里がきちんと持ち帰ってくれたのだ。

平面に描かれたはずの『彼』が今にもスケッチブックから抜け出し、語りかけてきそうな…そんな印象を受けたのは、水琴だけではなかったのだろう。泉里の透徹した画商の眼差しには、微かな畏怖が滲んでいる。

「初めて見た時は、彼に絵の中へ引きずり込まれるかと思ったよ。この彼には生きた感情が宿っている。そうだろう？」

「……は、い」

「我ながら矛盾した言い方になってしまうが、何とも生々しい死者だ。君がいつも描いている死者たちとはあまりに違う。心と身体に強い負担がかかるのも無理は無い」

画商として的確に指摘しながら、泉里はあくまで水琴の身を案じてくれる。

……違うのに。

水琴が体調を崩したのは、ストレスのせいなんかじゃない。…ばちが当たったのだ。『彼』に同調し、明雅からの手紙を盗み見たりしたから。今も、胸の奥であの狂おしい感情が渦巻いているから。

優しく看病してくれる泉里に、問い詰めたくてたまらない。どうして明雅からの手紙がギャラリーにあったのか。酷《ひど》い目に遭わされた相手からの手紙を、大切に保管しているのか。…あんなことまでされてもなお、明雅を見捨てられないのか。明雅は特別な存在なのか。

醜く卑屈なことばかり考えてしまう水琴なんて、清廉潔白な泉里に嫌われても仕方が無い。わかっている。わかっているけど――。

「…僕以外の人なんて、見ないで」

零《こぼ》れ落ちた言葉に、泉里は切れ長の瞳を見開いた。その手からスケッチブックを押しのけ、水琴は頰を擦《す》り寄せる。

「水琴……?」

「泉里さんは僕だけの泉里さんなんだから…、…僕以外の人のことなんて考えちゃ、嫌です…」

何を子どもじみた駄々をこねているのかと、自分でも思う。泉里もきっと呆れてしまっただろう。こんな子どもを恋人にするのではなかったと…明雅のような大人の方が良かったと、後悔しているかもしれない。

「…いつだって、君だけだよ」

不安になりかけた頃、大きな掌が水琴の頭を撫でた。愛しくてたまらないとばかりに緩んだ端整な顔には、呆れも嫌悪も見当たらない。

「ずっと見詰めていたいのも、腕の中に閉じ込めておきたいのも君だけだ。…あの狭間《はざま》の世界で救われた瞬間から、俺は君だけのものだよ」

「泉里さん…」

真摯《しんし》な告白が嬉《うれ》しいのに、でも、と思うのは、まだ熱が高い証拠なのか。泉里なら熱のある水琴が何をしても許してくれると、わかってしまうからなのか。

「…でも、泉里さん、僕のこと子どもだと思ってるでしょ…?」

「そんなことは…」

「思ってる。…だって、僕がベッドの中に居るのに、触ってくれないもの…」

ただ、子どもを慈しむみたいに撫でられるだけでは嫌だ。恋人だと言ってくれるのなら、恋人にしかしないことをして欲しい。そうすればきっと安心出来る。泉里の大切な存在は明雅ではなく、水琴なのだと。

唇を尖《とが》らせる水琴に、泉里はやれやれと苦笑する。

「いくら恋人がしどけない姿でベッドに居たって、熱があるのに手を出せるわけがないだろう」

「うぅ…、…でも、でも…」

「今夜は傍に付いているから、早く寝なさい。いつまでも起きていたら身体に障る」

大人の正論だからこそ受け容れられない。いや、受け容れたくない水琴のもやもやした気持ちなど、泉里にはお見通しなのだろう。閉じたスケッチブックをサイドテーブルに避難させ、水琴を覗《のぞ》き込んでくる。

「…仕方の無い子だな。どうすれば大人しく寝る気になってくれるんだ?」

まるきり子ども扱いなのに腹が立たないのは、濡れた黒い瞳の奥にちらつく熱のせいだ。水琴はうっとりと微笑み、ベッドの奥に詰めると、空いたスペースをぽんぽんと叩く。

「ここで、一緒に寝て下さい。泉里さんに抱いててもらわないと、僕、眠れないから」

「はいはい」

くすくす笑いながら泉里がベッドに入ってくると、水琴はさっそくその腕の中に収まった。だがすぐに物足りなさを覚え、きっちり閉められた泉里のシャツのボタンを外していく。

「おい、水琴…」

珍しく焦った声を出す泉里には構わず、水琴は見た目よりずっと鍛えられた胸にちゅっちゅっと口付けを散らし、そのまま顔を埋める。馴染んだ泉里の匂いと温《ぬく》もりが、発熱で疲れた身体を眠りの淵へと導いていく。

「……お休みなさい、泉里さん……」

そのまますとんと眠ってしまった水琴は、知るよしも無かった。大人の男の顔で添い寝してくれる恋人が、一晩中理性と欲望の狭間で闘っていたことなんて。

翌朝の目覚めは爽快《そうかい》だった。頭痛は綺麗さっぱり消え去り、水の底を歩いているような重だるさも無い。この分なら、熱は下がっているだろう。

めったに風邪すら引かない水琴だが、昨日はよほど身体が弱っていたらしい。さもなくば、ありえないのだ。泉里宛の手紙を盗み見たり、看病してくれた泉里にさんざんくだを巻いた末、ベッドに引きずり込んで添い寝を強要するなんて……。

「……っ…！」

昨夜の己の行状が一気に脳内を駆け巡り、水琴はベッドから飛び降りた。よろけそうになるのを何とか堪え、ダイニングに駆け込むと、座って新聞に目を通していた泉里が顔を上げる。

「水琴、どうし…」

「ごめんなさい、泉里さんっ……！」

泉里が言い終える前に、水琴は勢い良く頭を下げた。高熱の余韻《よいん》か、頭が微かにくらりとするが、気にしてはいられない。

「僕、昨日、泉里さんに酷いことばっかりしちゃって…ただでさえ、泉里さんには迷惑をかけてるのに…」

「……」

「本当に、ごめんなさい……」

いつもならすぐに笑って許してくれるはずの泉里が、じっと口を閉ざしている。いくら寛大な泉里でも、さすがに堪忍袋の緒が切れてしまったのだろうか。震える耳に、はあ、と溜息《ためいき》が届く。

「…そうだな。昨夜はさすがに参った」

「っ……」

「何せ君ときたら、一晩中俺にしがみ付いて可愛《かわい》い寝顔を晒《さら》しながら、寝言で俺の名前ばかり呼んでいたんだから」

「……えっ？」

何だか、覚悟していた罵倒と違う。そろそろと身を起こせば、泉里はいたずらが成功した子どものような顔で腕を組んでいるではないか。

「…泉里さん…、僕が迷惑かけちゃったこと、怒ってないんですか？」

「怒るわけがないだろう？　昨夜も言ったと思うが、俺は君の恋人なんだ。愛しい恋人に頼られて、怒る男なんて居ないさ。……ほら、おいで」

ゆっくりと泉里が広げてくれた腕に、水琴は飛び込んだ。泉里の膝に向かい合わせに乗り上げ、その首筋に縋《すが》り付く。

「泉里さん、泉里さん…！　もう…っ、…嫌われちゃったのかと、思いました…」

「からかってすまなかった。…だが、君も悪いんだぞ？　いつにも増して艶っぽい姿で、男に擦り寄ったりするから…」

よしよしと背中を叩いてくれていた手が、パジャマのウエストからするりと入り込んだ。駄目、と止める間も無く、なめらかな尻たぶを意味深にまさぐられる。

「…あ…っ、せ、…泉里、さん…」

「熱があったのだから仕方が無いが…俺以外の男には、絶対にあんな姿を見せてはいけない。いいね？」

「はい、…はい…っ…」

尻のあわいを長い指先でなぞり上げられ、水琴はこくこくと頷いた。まだ完全に回復しきっていない今、いつものように激しく求められたら、確実にベッドに逆戻りだ。いくら泉里と繋がり、生まれたままの姿でどこもかしこも可愛がられたいとしても…。

「……いい子だ」

泉里はパジャマのズボンから手を抜き取り、水琴の項《うなじ》に口付けた。優しく背中を叩いて腕を外させ、額をくっつけてくる。

「熱は下がったようだが、まだ身体がだるいだろう。今日は一日、家で寝ていなさい」

「わかりました。……泉里さんは？」

「ずっと君の傍に付いている…と言いたいところだが、ついさっき、小田垣さんから連絡が入ってね。あの絵について折り入って話したいことがあるそうだから、すまないが午後少しだけ留守にさせてもらうよ」

あの絵――『彼』が底知れぬ眼差しを注いでいた、棘の無い薔薇。真理愛と同じ名を持つ、清浄無垢《むく》な聖母を示すアトリビュート。

昨日見たものについて何も告げずじまいだったことを思い出し、水琴は泉里のシャツをきゅっと摑《つか》んだ。

「泉里さん。昨日、僕が描いたあの男の人……たぶん、辻岡透哉さんだと思うんです」

「…ああ、その可能性は高いな。年齢も小田垣さんと同じくらいだし、時期的にも、あの絵に死んでも執着しそうな死者は辻岡さんくらいしか居ない。…彼に、何か気になるところがあったんだな？」

「はい。…最初、僕は透哉さんがずっと聖母を見詰めているんだと思ってたんですが…違いました。透哉さんは、薔薇を見ていたんです。あの、深く強い眼差しで…」

「薔薇を……？」

つかの間、泉里は虚空に視線を投げ、はっと息を呑《の》んだ。戸惑う水琴をソファに下ろすと、素早く立ち上がる。

「…ギャラリーに行ってくる」

「え？　いきなりどうしたんですか？」

「後で説明する。すぐに戻って来るから、君は温かくして待っていてくれ」

二人で暮らすマンションからギャラリーまでは、タクシーを使えばすぐだ。宣言通り、泉里は一時間もかけずに帰宅した。清隆から託された、透哉の遺作を持って。

「初めて見た時から、わずかな違和感があったんだ」

泉里は保護ケースから出した絵をイーゼルに立てかけ、手袋を嵌《は》めた指先で聖母の持つ薔薇を指した。よく見てごらん、と促され、水琴もじっと目を凝らす。

「微かにだが、薔薇と、薔薇に添えられた指先だけ、他の部分よりタッチが粗いだろう？」

「…言われてみれば、そんな気もしますが…」

「アマチュアなら、タッチが安定しないのはよくあることだ。こう言ってはなんだが、この絵を見た限り、辻岡さんが絵だけで食べていくのは難しかっただろう。たとえ、早世されなかったとしても。だから昨日は、さほど気に留めなかったんだが…」

だが透哉とおぼしき『彼』は、その薔薇にこそ執着していたのだ。自分が描いたはずの、自分とはタッチの違う薔薇を。

　それが意味することは――。

「…おそらくこの薔薇は、辻岡さんではない誰かが後から描き足したものだ。本来描かれていたものを、塗《ぬ》り潰《つぶ》す格好で」

「じゃあ、透哉さんが描いたのは、薔薇を持った聖母じゃなかったってことですか…？」

　だとすれば、『彼』が死んだ後もあの絵から離れられないのは、遺作に他人の筆を加えられてしまったのが原因なのか。しかし、遺作を塗り潰した人間は、どうしてそんなことをする必要があった？

　その答えに、泉里は辿《たど》り着いたようだった。

「――もともと描かれていたものを、隠したかったんだろう」

「隠す……」

　不吉なものを感じ、ぞっとしながら呟けば、おぼろな靄がイーゼルの傍に滲み出た。たちまち『彼』の姿を取り、水琴に頷いてみせると、すぐに消えてしまう。

「…正しい、みたいです。今、透哉さんが…」

「そうか。やはりな…」

　相変わらず水琴の見たものを疑いもせず信じてくれる恋人はしばし考え、決断を下す。

「小田垣さんに、科学分析を勧めてみよう」

「科学分析…、ですか？」

「赤外線写真や斜光線撮影、顔料の成分調査などの科学的手法で、絵画の分析をすることだよ」

種類も調べられる項目も様々だが、泉里が清隆に勧めたいのは赤外線写真だそうだ。

通常、油絵を描く際は、木炭か鉛筆で下書きをする。木炭や鉛筆のような黒い色彩は赤外線を吸収し、逆にキャンバス地などの淡い色彩は赤外線を反射するので、絵の具の塗られたさらに下――つまり、誰の手も加えられていない画家の下書きを露《あら》わに出来るのだ。

「実際に、その手法で幻と言われていた大物作家の作品が発見されたこともある。科学分析もやっている修復工房があるから、そこに依頼すればわかるだろう。…辻岡さんが、本当は何を描いたのか」

だが、透哉の遺作はあくまで清隆から預かったものだ。清隆の同意を得られなければ、分析には回せないだろう。親友が最期に結婚を祝福してくれたと、あれほど喜んでいたのだ。本当は違うかもしれないから分析してみようと提案され、なかなか素直に受け容れる気にはなれないだろう。

……でも、そうなったら透哉さんは……。

「――泉里さん。小田垣さんと会う時、僕も連れて行って下さい」

唐突な申し出にも、泉里は驚かなかった。水琴がそう言い出すことくらい、お見通しなのだろう。だが決して賛成したくないから、渋面で抵抗する。

「…君は病み上がりだ。せめて今日くらい寝ていなければ、熱がぶり返してしまうだろう」

「確かにまだ完全に良くなったわけじゃないですけど、こんな状態で寝てる方がよほどストレスが溜まっちゃいますよ。…お願いします。透哉さんの思いを明らかにする、お手伝いをさせて下さい」

明らかにしたいのは、それだけではない。『君もか』――『彼』が水琴に告げた言葉の意味、そしてあの時、明雅の手紙の隠し場所が脳裏に浮かんだ理由もだ。

あれはたぶん、『彼』が水琴に見せてくれたのだろう。けれど何故《なぜ》そんな真似をしたのかは、謎のままだ。

透哉の思いを紐解《ひもと》くことで、明雅の手紙を見てしまってからずっと胸にくすぶり続けるこの感情が何なのかがわかる。そんな気がする。

はあ、と泉里は大きく息を吐いた。

「……絶対に無理はしない。少しでも体調が悪くなったら必ず言うと、約束出来るか？」

「…っ、はい。泉里さん、ありがとうございます…！」

水琴は破顔し、勢い良く泉里に飛び付いた。年上の恋人はびくともせず受け止め、抱き返してくれる。

「…槇のやつめ…」

忌々しそうな呟きは、愛しい温もりを堪能する水琴の耳には届かなかった。

清隆とは、あちらの希望で、ギャラリーではなく北青山《きたあおやま》にあるホテルのラウンジで会うことになった。約束の時間ぴったりに現れた清隆は、泉里の隣に座る水琴にしばし目を奪われ、慌てて頭を下げる。

「呼び立てて申し訳無い。会社を抜けられるのは、このタイミングしか無かったもので」

「いえ、とんでもない。実は私も、小田垣様にご提案したいことがございましたので」

「…提案、ですか？」

首を傾げながら向かいのソファに座り、清隆は冷たいレモンスカッシュを注文した。すぐに運ばれてきたそれを一気に飲み干すと、人心地ついたように頬を緩める。

「行儀が悪くてすみません。さっきまでずっと外回りだったんです」

確か清隆は、父親が経営する会社の一つに勤めているはずだ。社長の息子と言えば、主に明雅のせいで偉そうにふんぞり返っているイメージしか無かった水琴だが、こちらはそういうタイプではないようで安心した。

「お気になさらず。私も、お許しを得ずにこの子を連れて来てしまいましたから。今さらではありますが、同席させてもよろしいでしょうか？」

「構いませんが、その…」

「もちろん、この胡桃沢も、今日伺ったことは決して口外しません。お約束いたします」

泉里の力強い宣言に合わせ、水琴は頭を下げた。そういうことならと清隆も納得し、水琴の同席を許してくれる。

透哉の遺作の科学分析について話すのは、清隆の用件を聞いた後だ。まずはそちらからと泉里に促され、あちこち視線をさまよわせた後、清隆はようやく切り出す。

「…あの…、こんなことを画商さんにお聞きしていいのか、さんざん迷ったんですが…」

「何でもおっしゃってみて下さい。私でお答え出来ることならお答えしますし、無理であれば然るべき専門家を紹介いたします」

「いや、その、そういうことじゃないんです。ただ、奥槻さんの…画商さんの目には、透哉の絵がどんなふうに見えていたのかを知りたいんです」

「…と、おっしゃいますと?」

歯にものが挟まったような口振りからして、専門的な鑑定を希望しているわけではなさそうだ。通りがかったウェイトレスが遠くへ去るのを待ってから、清隆は震える声で答える。

「…透哉は、真理愛に思いを伝えるために、あの絵を遺したのではないでしょうか?」

「小田垣様…?」

「私は芸術には疎い男ですが…あの絵を初めて見た時、ただならぬものを感じたんです。何て言ったらいいのか、あいつの強い思いが胸に突き刺さってくるようで…」

出逢ってすぐ真理愛と恋人同士になった清隆だが、ずっと不安だったのだそうだ。透哉は、真理愛を密《ひそ》かに思っていたのではないか。己の命が長くないと悟っていたから、告白しなかっただけで。

「でも、いよいよ死が近付いてきたら、最期に思いを告げたくなったのではないかと、そう思ってしまって…」

膝の上に置いた拳《こぶし》に、清隆は視線を落とす。

「だから真理愛があの絵を拒んだ時、どこかで安心したし、手放すことにも同意しました。…ですが透哉の気持ちを考えると、本当に手放してしまっていいのか、せめて絵だけでも真理愛の傍に置いてやるべきではないのかと、そんなことばかり悩んでしまって…」

「…それで今日、わざわざお仕事を抜け出されたのですね」

「はい。…真理愛には、とてもこんな相談なんて出来ませんから」

真理愛はとにかくあの絵を手放したがっていた。相談することで透哉の思いに気付かせたくない、という打算もあるのだろう。そしてそんな自分の汚さ、醜さを、清隆は恥じているのだ。真実など…透哉の本当の思いなど、知らぬままに。

「…泉里さん」

たまらなくなった水琴が小さく呼びかけると、事前の打ち合わせ通り、泉里は頷いてくれた。何があっても必ずフォローするから、安心して話せ。泉里の力強い言葉を思い出しながら、水琴は清隆に呼びかける。

「あの、小田垣様。僕の絵をご覧頂けますか」

『彼』の描かれたページを広げ、スケッチブックをテーブルに置く。訝しそうにそれを見た瞬間、清隆はがたんと立ち上がった。

「…と…っ、……透哉⁉」

「……やっぱり、そうだったんですね」

そうだろうとは思っていたが、これで確定した。呟く水琴を、清隆は畏怖の滲む顔でまじまじと見詰める。

「君は…、透哉と会ったことがあるのか？」

「ありません。もちろん、生前の写真を見たことも」

「…なら、どうして…」

よろめきながらソファに座り直す清隆に、水琴は説明した。自分には昔から死者の姿が見えること。あの絵に亡くなった透哉が付いており、聖母の持つ薔薇を熱心に眺めていたことを。

「そんな…、ドラマじゃあるまいし、そんなことが本当にあるのか……？」

顔面蒼白《そうはく》になりつつも突き放さないのは、スケッチという物証があるから——それだけではあるまい。水琴の目にしか映らない透哉が、水琴のタッチを纏い、スケッチブックの中からぶつけてくるせいだろう。聖母の持つ薔薇を睨《にら》む、あの狂おしい眼差しを。

「小田垣様。にわかには信じられないかもしれませんが、彼の能力は本物です。私が保証します」

「お、奥槻さん…、…本当に…？」

「はい。私自身、彼の能力に助けられました。…そう、今回も」

泉里はタブレット端末に撮影しておいた聖母の絵を表示させ、スケッチブックの横に置いた。セキュリティ上、さすがに現物をここまで持ち出すわけにはいかなかったのだ。

「彼に指摘されて気付いたのです。この薔薇の部分は、辻岡様がもともと描かれた何かを、誰かが意図的に塗り潰したのだと」

「…な…っ⁉　何故…、誰がそんなことを？」

「わかりません。…ですが、赤外線を用いた科学分析を依頼すれば、辻岡様が描かれたものが何だったのかはすぐに判明するでしょう」

だが、同時にそれは、絵を塗り潰した誰かの罪を暴き立て、透哉が清隆の結婚を祝福してはいなかったのだと証明してしまうことになるかもしれない。

清隆が黙ってさえいれば、全ては丸く収まるのだ。美しい恋人と結婚し、やがて子どもが生まれ、温かい家庭を築く。疑問に目を瞑《つむ》り、すぐそこにある平凡な幸福に手を伸ばしたとしても、誰も清隆を咎《とが》めないだろう。…きっと、透哉さえも。

だが――。

「……分析を、お願いします」

不安と恐怖を丸い顔に色濃く滲ませながら、それでも清隆は真実を…透哉の思いを明らかにすることを選んだ。不安を抱えたままでは、長い人生を真理愛と添い遂げられないと思ったのか。亡き親友の思いを永遠の闇に葬り去るのは、あまりに忍びなかったのか。

いずれにせよ誠実で、不器用な人だ。だからこそあの気難しそうな透哉と、親友として付き合い続けてこられたのかもしれないが——。

「…本当に、よろしいのですか？　小田垣様にとって良い結果が出るとは、保証いたしかねますが」

「構いません。あいつは…透哉は無口で、昔っから言葉ではなく絵で語る奴《やつ》でした。今でこそ健康ですが、幼い頃の私は身体が弱かったんです。私が寝込むと、あいつは必ず見舞いに来て…枕元で色々な絵を描いてくれました。その絵を眺めているうちに、熱のしんどさも苦しさも全部消えていったことを、胡桃沢くんの絵は思い出させてくれましたよ」

ありがとう、と小さく頭を下げられ、水琴は慌てて首を振った。

「と、とんでもないです。僕こそ、信じて下さってありがとうございます…！」

「…君は…、不思議な子だね。妖精か何かみたいに儚《はかな》げで綺麗なのに、こんな凄《すご》い絵が描けるなんて」

スケッチブックの中の透哉を、清隆は感心しきって矯《た》めつ眇《すが》めつ眺めていたが、ふと我に返ったように泉里に向き直る。

「あ、槇さんから言われた通り、このことは決して口外しませんので……！」

「…それは、ありがたいことですが…」

「『エレウシス』ではきっと普通では考えられないようなことが起きるだろうが、絶対に口外しないように。そうすれば必ず素晴らしい結果が得られるとおっしゃっていました。このことだったんですね」

にこにこと告げる清隆には邪気の欠片も無い。その背後にほくそ笑む怜一の姿が見えた気がして、水琴と泉里は顔を見合わせ、共に溜息を吐いた。


透哉の遺作の分析結果が届いたのは、半月後のことだ。

泉里からの報告を受けた清隆は独自の調査を行い、さらに一週間後の今日、真理愛を伴って『エレウシス』を訪れた。その丸い顔は以前よりだいぶやつれており、真理愛がしきりに気遣っている。

「ねえ清隆さん、本当に大丈夫なの？　絵のことなら後で報告書だけ頂けばいいんだから、早く帰って休んだ方がいいわ」

「…いや…、大丈夫だよ、真理愛」

対する清隆は最初に二人で訪れた時よりも言葉も少なく、自分の子を宿した婚約者をいたわろうともしない。この一週間は、清隆にとってずいぶんつらい一週間だったようだ。泉里からすでに報告書の内容を説明してもらったから、水琴は無理も無いと同情してしまうが、真理愛は急によそよそしくなった恋人に困惑している。…彼女が真実を知らされるのは、もう少し後のことだ。

「小田垣様、伊藤様。お忙しいところ、おいで下さりありがとうございます。ではさっそく、ご依頼頂きました絵の科学分析結果を報告いたします」

「え？　科学分析……？」

何も知らされていない真理愛は困惑した様子だが、テーブルの上に置かれた透哉の遺作を見るや、さっと顔色を変えた。

「清隆さん、どういうこと？　この絵はもう寄贈先が決まって、今日は奥槻さんから報告を伺うためにお邪魔したんじゃないの？」

「…そうでも言わなければ、君は付いて来なかっただろう？」

責めるような口調で言われ、真理愛は大きな瞳を見開いた。とっさに踵《きびす》を返そうとしたのは、嫌な予感に襲われでもしたのだろうか。だが水琴が扉の前に立っているせいで、退出出来ない。

「伊藤様、どうぞ」

泉里が画商の顔でソファを勧める。水琴を押しのけてまで出て行くわけにもいかず、真理愛は清隆の隣に腰を下ろすが、丹念なメイクが施された顔はわずかに強張《こわば》っていた。

……透哉さんはこの人の本性を知っているから、姿を現さないんだろうか。

テーブルに置かれた絵の傍らに、透哉の姿は無い。さっきまで飽かずに聖母の薔薇を見詰めていたのだが、真理愛たちが到着したとたん消えてしまったのだ。そのことを目配せで伝えると、泉里は頷き、絵と同じサイズの写真をテーブルに並べた。ただの写真ではない。透哉の遺作に特殊な赤外線を照射し、撮影したものだ。

赤外線は鮮やかに浮かび上がらせていた。透哉が木炭で描いた下絵を。――棘の無い薔薇ではなく、蓋と取っ手の付いた細長い壺《つぼ》…香油壺を持つ聖母の姿を。

いや、正確には聖母ではない。持っているのが棘の無い薔薇だったからこそ泉里は聖母だと判断したが、本当は香油壺であったのなら…。

「……マグダラのマリア」

「――――！」

泉里が低く告げた瞬間、写真に釘付《くぎづ》けになっていた真理愛はびくりと肩を跳ねさせた。青ざめ、小刻みに震える婚約者に、清隆は声すらかけようとしない。

「この絵は聖母マリアではなく、マグダラのマリアを描いたものだったのです。その事実を知られたくない誰かが、香油壺を薔薇で塗り潰した」

マグダラのマリアは、キリストに病を治してもらい、弟子になった女性だ。聖書の記述はそれだけなのだが、後世の人々が様々なエピソードを付け加えていった。その結果、マグダラのマリアはかつて高級娼婦《しょうふ》であり、キリストの足に高級な香油をぶちまけ、己の長い髪で拭った女性だということにされてしまったのだ。

ゆえに、長い髪の女性が香油壺と一緒に描かれていたら、絵画の世界においてそれはマグダラのマリア――娼婦だった女性を示す。

「長い髪と香油壺は、マグダラのマリアのアトリビュートだ。美大を卒業された亡き辻岡様は、もちろんそのことをご存じだったでしょう。つまり、辻岡様はモデルとなった伊藤様が聖母だと賛美したかったのではない。娼婦のような女性だと、告発なさっていたのです。…最期の力を振り絞って」

水琴が泉里の講義を思い出している間にも、泉里は理路整然とたたみかけていく。

「そして――伊藤様。香油壺の上から薔薇を描き、娼婦を聖母と偽ったのは、貴方《あなた》以外にありえません」

「…ば…っ、馬鹿なこと言わないで……！」

長く艶やかな髪を振り乱し、真理愛はきっとまなじりを吊《つ》り上げる。なまじ顔立ちが整っているだけに恐ろしく、隣の清隆がびくりと竦《すく》んでしまうほどだ。美しい恋人の穏やかな姿しか、見たことが無かったのだろう。

「私が娼婦だなんて、失礼にもほどがあるわ。それに誰かが辻岡くんの絵を塗り潰したからって、どうして私が犯人にされなければいけないの？」

「貴方以外、犯行が可能な人間は居ないからです。お二人の暮らす家宛に届いた絵を小田垣様より早く受け取り、香油壺がマグダラのマリアのアトリビュートだと理解し、聖母を示す薔薇で塗り替えられるのは……辻岡様と同じ美大出身の貴方しかいらっしゃいません」

「私たちが留守にしている間に、誰かが入り込んだのかもしれないじゃない！　運送業者が途中で開けて、悪戯《いたずら》したのかも……！」

目を剝《む》いて反論する真理愛は、気が付いていないのだろう。己の言い分がどれだけむちゃくちゃなのかも……今、どんな形相を晒しているのかも。大きな瞳を血走らせ、怒りと焦燥を露わにした彼女に、初めて訪れた時の楚々とした雰囲気は欠片も無い。

「……もう、いい。もうやめてくれ、真理愛」

まくしたてる真理愛を止めたのは、清隆だった。片手で額を覆い、ひどく疲れたように首を振る。

「誰かが入り込んだだの業者の悪戯だの、そんなことありえないじゃないか。万が一そうだったとして、たまたまその誰かに絵心があって、たまたま透哉に似せたタッチで薔薇を描いたというのか？」

「き、清隆さん…っ」

「それに、俺は覚えているんだ。この絵を業者から最初に受け取り、俺に渡してくれたのは…真理愛、君だったと。運送業者に問い合わせてみたら、業者が俺たちの家に透哉の絵を配達したのは、君が俺に絵を渡す二日前だった。…その二日の間に香油壺を薔薇に塗り替え、元通りに梱《こん》包《ぽう》し直したんだろう？」

真理愛は清隆との結婚が決まってからは勤めていた会社も辞め、家事に専念しているそうだ。清隆は自宅宛に届く荷物や郵便物の管理を全て真理愛に任せていたそうだから、透哉からの絵を代わりに受け取り、しばらく隠しておくくらい簡単だっただろう。

「…そ…、それは…、そう、一緒に届いた食料品とパントリーにしまったまま、うっかり渡すのを忘れていたのよ。透哉さんからの大切な荷物をパントリーに放り込んでおいたなんて知られたら、きっと怒られると思って……ごめんなさい」

「…透哉の絵が届いた日、他に荷物は配達しなかったと業者は言っている。マンションのコンシェルジュにも確認したが、配達業者がうちを訪問したのはその一度だけだったそうだ」

「あ、…あ、あ……」

ことごとく否定されながらも、真理愛は断じて諦《あきら》めようとはしない。血色の失《う》せた唇を震わせ、窮地からの逃げ道を探している。せっかく得た幸運——資産家一族の婚約者を逃がさないために。

聖母とはかけ離れたあさましく醜悪なその姿に、最後の情も尽きてしまったのだろうか。

清隆は嘆息し、ブリーフケースから出した書類を真理愛の膝に置いた。一緒に添えられた写真には、裕福そうな年輩の男性に腰を抱かれ、ホテルに入っていく真理愛が写っている。

「な…っ、何でこんなものが……!?」

今とは比べ物にならないほど華やかなメイクを施した己の姿に、真理愛は悲鳴をほとばしらせた。陸に打ち上げられた魚のようにぱくぱくと口をうごめかせ、無言を貫く泉里や水琴、そして清隆を次々と縋るように見詰めるが、誰も助けの手を差し伸べはしない。

「…実家の顧問弁護士に、君の身辺調査を依頼したんだ。この男性と、ここ一週間だけでも三回は会っているね」

「……っ、…、……」

「今はこの男性だけだけど……美大に在学中は常に複数の男性と交際して、金銭的な援助を受けていたんだろう……？」

清隆が弁護士に依頼した調査の結果は、事前に泉里と水琴も聞かされていた。弁護士は現在だけではなく、過去数年にわたって真理愛の素行を調べ上げたのだ。

真理愛は貧しい母子家庭から美大に進学したものの、奨学金と昼間のアルバイトだけではとても高額な美大の授業料を賄《まかな》いきれず、裕福な年上の男性との援助交際に手を染めていた。一人また一人と相手は増えていき、最終的には六人もの男性と交際していたというから驚きだ。

清隆と出逢った後も、真理愛は援助交際をやめなかった。さすがに相手は最も裕福な一人に絞ったが、清隆が働いている間、たびたびその男性と会い、肉体関係と引き換えに高額の金銭を受け取っていたのである。腹の子とて、本当に清隆の子かどうかわからない。娼婦と後ろ指を指されても文句は言えない所業だ。

……そしてきっと、真理愛さんがその男性と一緒に居るところを、透哉さんは目撃してしまったんだ……。

だから描いた。這い寄る死神の足音を聞きながら、真理愛の罪を絵に込めた。だがそれは真理愛によって塗り潰され、永遠に葬り去られたはずだった。…水琴が、透哉の姿を見さえしなければ。

「……君と結婚すると報告した時、親父《おやじ》は君の身辺を調査するよう勧めてきた。今にして思えば、君が見た目通りの人ではないことに薄々気付いていていたんだろう」

「う…、うう…っ…」

「でも俺は断った。俺は君を心から愛していたし、君も同じだと信じていたから……愛する人を疑いたくなかったからだ。…だが、俺の目に見えていた君は、全て偽りだったんだな」

微かに嗚咽《おえつ》を滲ませる清隆は、昨日、最後の打ち合わせのためにギャラリーを訪れた際、真理愛を必要以上に責めたくはないと言っていた。もはや結婚は考えられないが、事実を明らかにするだけでいい。訴訟や慰謝料の請求などは求めず、別れるだけで済ませる。腹の子は生まれた後にDNA鑑定を行い、清隆の子であれば認知し、養育費も支払うつもりだと。妻になるはずだった女性への、最後の優しさなのだろう。

「…うるさい…、うるさいうるさい…っ!」

だがその優しさは、真理愛には届かなかった。

「何が『全て偽りだったんだな』よ。苦労知らずのお坊ちゃまが、偉そうに…」

「ま、真理愛?」

「私はただ、売れるものを売っていただけよ。それのどこがいけないの? そうでもしなければ学費はもちろん、欲しい服を買ったり、遊んだりするお金も稼げなかったんだから」

長い髪をばりばりと掻《か》きむしりながら、真理愛は報告書の束を床に叩き付けた。クリップが外れ、散らばった書類や写真を忌々しそうに踏みにじる。

「貴方に告白された時は嬉しかった。小田垣の次男なら将来何の不安も無いし、好きなだけ贅《ぜい》沢《たく》させてもらえると思ったもの。なのに貴方は社長の息子のくせに律義に下っ端から始めて…こんなんじゃ、バッグの一つも買えないじゃない」

「…だから…、俺以外の男と付き合ってたっていうのか? 俺ともうすぐ結婚するのに…、お腹に子どもも居るのに…」

「貴方以外に中出しさせたことは無いんだから、貴方の子に間違い無いわよ。それに妊娠していれば、いくら他の男とヤったって孕《はら》まないんだから安心でしょ?」

清隆から渡されている生活費では欲しい服の一枚も買えないのだから仕方が無い。悪びれもせず言い放つ真理愛に、清隆はもう言葉も無いようだ。泉里も無表情の下で呆れ果てているだろうし、水琴とて、真理愛の何もかもが理解出来ない。

わかるのはただ、真理愛が清隆を金づるとしかみなしていなかったことくらいだ。清楚な美貌も穏やかな物腰も、清隆の理想を演じていたに過ぎなかったのだろう。

……だから透哉さんは、この人をマグダラのマリアとして描いたんだろうか。親友の清隆さんを心配して……。

いや、違う。水琴は直感した。

きっと友情ではないのだ。死が間近に迫っていた透哉を、駆り立てたものは。……『君もか』と、水琴に語りかけさせたものは。

それを確かめたくて、水琴は渋る泉里を説得し、この場に同席させてもらったのだ。

「やっと結婚して、小田垣家の一員になれるはずだったのに。……こんなもののせいで！」

「……あ…っ…！」

ちっと舌を打った真理愛が、細い手を振り上げる。空を切ったそれが透哉の遺作を払いのける前に、水琴は己の身を真理愛の前に滑り込ませていた。泉里も、水琴自身すら驚くほどの素早さで。

「…っ…」

「水琴……！」

女性の手とは思えないほど強い力で背中を叩かれ、呻《うめ》く水琴に、泉里が駆け寄る。さっきまでの冷静さはどこへやら、血相を変えて抱き上げようとする手を嬉しく思いながらもやんわりと拒み、水琴は真理愛に向き直った。

「……真理愛さん。僕はずっと、貴方に聞きたかったことがあります」

透哉の遺作を胸元に持って問えば、真理愛は噴き出る汗でメイクの崩れかけた顔をぎくりと強張らせる。

「な…、何よ……」

「どうして貴方は、わざわざ透哉さんの絵を塗り潰したりしたんですか？　清隆さんが居ない時に受け取ったのなら、そのまま処分してしまっても、清隆さんにはばれなかったかもしれないのに」

婚約者の豹変《ひょうへん》ぶりにたじろいでいた清隆と、背後に寄り添ってくれる泉里が息を呑む。

そう、透哉の告発を阻止したいのなら、最初から無かったことにするのが一番確実だったはずなのだ。清隆は真理愛をすっかり信頼し、留守中の荷物や郵便物の管理を任せていた。今回は泉里からの報告を受けたから調査したが、それが無ければ、真理愛さえ口をつぐんでいたら透哉の遺作はその存在すら清隆に知られぬままだっただろう。

もちろん、透哉が他にも遺作について書き残していないという保証は無いのだから、万全を期しただけと言われればそれまでだが…。

「……、……よ」

「え…？」

「……あんたに……、見せ付けてやりたかったからよ……！」

ぜえはあと荒い息を吐きながら叫ぶ真理愛の目には、何が映っているのだろう。水琴なのか水琴の抱く絵なのか——はたまた、おぼろげに浮かび上がりつつある透哉の輪郭なのか。

「あんたの思いが清隆さんに届く日なんて、絶対に来ない。私が居る限り、清隆さんはあんたを振り向いたりしないって見せ付けてやりたかった……！」

「……どういうことだ？　真理愛、君は一体何を……」

「あんたなんて、清隆さんは絶対来ない美術館かどこかで埃《ほこり》をかぶりながら、私が清隆さんと幸せになるのをずっとずっと見てればいい……！」

横から肩を摑む清隆に一瞥もくれず、真理愛は娼婦であった女を指し、口紅のはげかけた唇をわななかせている。そして在りし日の姿を纏った透哉は、己の最期の作品ではなく、モデルとなった真理愛を見詰めている。

……あの目だ。

死者にあるまじき、生々しい感情を宿した目。その奥に潜むのは――。

「真理愛……教えてくれ。透哉と何があったんだ？　君は何故、そこまであいつを嫌う？」

「……あいつが死ぬ半年くらい前、外でばったり出くわしたのよ。よりにもよって、男と一緒の時にね。そしたらあいつ、何て言ったと思う？」

清隆が懇願すると、真理愛はぶるぶるとけいれんし始めた腕を引っ込め、己を抱き締めた。男というのはもちろん、清隆ではなく、弁護士の調査で判明したあの年輩の男性のことだろう。

「『清隆ほどの男と結婚出来るのに、どうしてそんな馬鹿な真似をするんだ』ですって！　…だから私、言ってやったのよ。もし清隆さんに告げ口したら、あんたが清隆さんを愛してることをばらしてやる、ってね」

「な、……何……!?」

顔色を失った清隆は、おそらく今の今まで想像すらしたことが無かったのだろう。家族とも、兄弟とも思ってきた親友が、自分に恋情を寄せていたなんて。二の句も継げずにいるあの有様では、男が同じ男と恋愛関係に陥ることすら頭に無かったのかもしれない。

残酷なまでのその無知を、罪作りな鈍感さを、真理愛は嘲笑《あざわら》う。

「あははっ！　やっぱり気付いてなかった。あいつも報われないわよねえ。私に脅されて、ばらされたくないからって口を閉ざして、でも命懸けで警告までしたのに、肝心の本人は何も知らないままだったんだから」

「あ…、あぁ……、そんな、透哉……」

「あはは…っ！　あは、あははは……！」

まだ膨らみの目立たない腹を抱え、真理愛は笑い続ける。聖母とはかけ離れたけたたましい笑い声で清隆の心に思い切り爪を立て、深い傷痕を残そうとでもするかのように。

「…彼女は彼女なりに、婚約者を愛していたのかもしれないな」

背後で呟く泉里に、水琴も頷いた。

お腹の子が清隆の子どもだったとしても、二人が結婚することはありえないだろう。じかに対面するのも、もしかしたらこれが最後かもしれない。ならば消えない傷を刻みたいと願う程度には、真理愛は清隆を思っていたのだ。だからこそ、透哉の秘めた気持ちにも気付いたに違いない。

…清隆には、何の救いにもならないだろうが。

「……あっ……」

真理愛から顔を逸《そ》らした透哉が、ふっと目蓋を閉ざした。

印象的すぎるその目が隠れると、とたんに生気が失せ、遅ればせながら水琴に思い出させる。この人はすでに彼岸に渡った人なのだと。…最期に遺されたその思いの欠片も、未練が消えた今、消えゆこうとしているのだと。

「…彼が？」

水琴の様子から全てを察したのだろう。小さく問いかけてくる泉里の手を、水琴はそっと握り締めた。

「はい。……消えていきます」

…透哉が胸の奥に遺していったものを、噛み締めながら。


ほどなくして、清隆は真理愛と共に帰っていった。ひとしきり笑った後、真理愛は魂が抜けたようになり、話しかけてもろくに反応しなくなってしまったのだ。ひとまずは二人で暮らすマンションに連れ帰るそうだが、監視役も兼ねた世話人を付け、清隆自身は実家に身を寄せるつもりだという。

「このまま二人は別れるだろうが、子どもは生まれ次第ＤＮＡ鑑定を行い、清隆さんの子であれば小田垣家で養育されることになるはずだ。他の男の子どもなら…真理愛さんが一人で育てていくしかないだろう」

これから真理愛と清隆はどうなるのだろうと尋ねた水琴に、泉里はそう推測した。子どもが誰の子であれ、真理愛には厳しい現実が待ち受けているのだ。しかし、本当につらいのは親友を亡くした上、婚約者に裏切られた清隆である。生まれてくる子のためにも改心し、強く生きてくれるよう祈るしかない。

透哉の遺作は、清隆がしっかりと腕に抱いて帰った。まだ不意討ちで告げられた透哉の思いに混乱しているようだったが、嫌悪や拒絶といった感情は無く、死ぬまで傍に置くつもりだと話してくれた。それが自分に出来る、唯一の償いだからと。

死ぬまで思いを秘め続けた透哉は、きっとそれだけで嬉しいだろうと水琴は思うが、確かめるすべは無い。透哉はもう、この世のどこにも居ないのだから。

「……泉里さん。ごめんなさい」

片付けを済ませ、バックヤードに引っ込んですぐ、水琴は深々と頭を下げた。二人分のコーヒーを淹《い》れようとしていた泉里が、驚いたように振り返る。

「どうしたんだ、水琴。今日のことなら、君のせいでは…」

「いえ、そうじゃなくて……僕、見ちゃったんです。そこにしまってある、社長さんからの手紙を……」

初めて透哉の姿を見たあの日、探ってしまった本棚を指させば、泉里の手からコーヒースプーンが滑り落ちた。床に転がったそれには一瞥もくれず、泉里は水琴の肩を摑む。まっすぐ水琴を射る黒い瞳は恐ろしいくらい真剣で、喉がごくりと鳴ってしまう。

「……いつ？」

「清隆さんたちが最初にいらっしゃった日です。透哉さんのスケッチをしていたら、頭の中にここの本棚が浮かんで…探してみたら、社長さんの手紙があって…」

白状するうちに、泉里の顔にゆっくりと理解の色が広がっていった。肩を摑む手が、ほんの少しだけ緩む。

「…だからあの日、急に体調を崩したのか。しかし、あれを君に見られていたとは…」

「ほ、本当にごめんなさい。盗み見るなんて駄目だと思ったんですが…」

「いや、俺も悪かったんだ。いくら弁護士から保管しておくよう言われたからって、こんなところにしまっておくべきじゃなかった」

「…え？　弁護士さん……？」

きょとんとする水琴に、泉里は説明してくれた。拘置所に収容された後、明雅は自分の弁護士を通じ、泉里に何度も面会に来てくれるよう頼み込んできたそうだ。あまりに執拗《しつよう》だったので、水琴に秘密で一度だけ赴いたところ、とんでもない願い事を言い出したのだという。

「俺に弁護側の証人として出廷して欲しいと、そう言われた」

「泉里さんに⁉　…ど、どうして…」

「被害者の息子である俺が明雅のために証言台に立てば、情状酌量され、減刑される可能性が高いからだそうだ」

開いた口が塞《ふさ》がらないとは、このことだろう。犯した罪を隠し、泉里を利用し続け、やっと捕らえられて反省するのかと思えば、己の罪を少しでも軽くすることしか頭に無いなんて。一体どの面下げて泉里と対面出来たのか。

「…そ…、それで、泉里さんは…？」

「もちろん断った。二度と面会には応じないと言って帰ったんだが…」

すると今度は、泉里の顧問弁護士宛に手紙を寄越すようになったのだ。内容は決まって泉里の出廷を願うものであり、無視するうちに脅迫じみていった。拘置所の中に居る今の明雅が泉里に直接手出しをすることは不可能だが、服役を終え、出所した後に何か仕出かすかもしれない。その時に備え、手紙を保管しておくようにと弁護士から助言されたのだそうだ。

「マンションに置いておいたら、君の目に触れてしまうかもしれない。ここの本棚なら君はめったに近付かないから、打って付けだと思ったんだ」

「…それを、僕が見付けちゃったんですね…」

胸に巣食っていた黒いものが、じわじわと霧散していく。ふっと身体の力が抜け、水琴は泉里の胸に倒れ込んだ。細身のスーツの下に鍛えられた肉体を持つ恋人は難無く受け止め、戸惑いつつも背中に腕を回してくれる。

「水琴……？」

「泉里さん。…僕、やっとわかったんです。どうして僕に、社長さんの手紙のある場所が見えたのか…」

水琴の目に映るものが死者の遺した思いなのだとしたら、あの時、水琴は透哉を――透哉の思いを描いていた。奇《く》しくもそれが水琴の胸の奥にあった思いと同じだったから、二人の画家の思いは共鳴し、水琴にありえないものを見せたのではないか。

――嫉妬《しっと》、という思いが。

『君もか』という透哉の声無き呟きの意味が、今ならわかる。水琴も嫉妬に身を焦がしているのかと、透哉はそう言いたかったのだろう。彼自身が真理愛に、死してなお嫉妬の焔《ほのお》を燃やさずにはいられなかったように。

「…僕は…、社長さんが妬《ねた》ましくてたまらなかった。あんなに酷いことをした人が、僕だけの泉里さんに手紙を出して、ちゃんと受け取ってもらえていたから…」

「……」

「こんな気持ちになったの、初めてで…どうして社長さんのこと考えるだけで胸がもやもやするんだろうってずっと不思議で…。……泉里さん？」

返事が無いのを不思議に思い、しがみついたまま仰向《あおむ》けば、泉里の端整な顔が項まで真っ赤に染まっていた。水琴と目が合うと、気まずそうに顔を逸らす。

「泉里さん…、どうしちゃったんですか？」

何があっても泰然と構え、肌を重ねる時さえ余裕たっぷりに水琴を翻弄《ほんろう》する泉里がこんな姿を晒すのは初めてだ。こてんと首を傾げると、うっ、と泉里の唇からたまりかねたような呻きが漏れる。

「…君は…、君という子は、本当に…」

この子はもう本当に外に出すべきじゃないとか、野放しにしておいたら何人堕《お》とされるかわからないとか、しばらく泉里はわけのわからないことを口走っていたが、やがて何かを吹っ切ったように水琴を抱き上げ、ソファに下ろした。

ジャケットを脱ぎ捨て、ネクタイを緩めながら、ぽかんとする水琴に跨《また》がる。怖いのに見惚《みと》れずにはいられない、艶めいた笑みを浮かべて。

「教えてあげよう。……嫉妬という感情が、君だけのものではないことを」

――泉里が本気だと悟るまで、ものの十分もかからなかった。

未登録の番号から着信があったのは、日付が変わって少し経《た》った頃だった。ギャラリーでさんざん貪《むさぼ》られ、帰宅してからも気を失うまで犯し尽くされた水琴は、無機質な電子音にも目覚める様子は無い。

無視したいのは山々だが、こちらが応じるまであの手この手で接触してくるのは目に見えている。昏々《こんこん》と眠る水琴の頭を撫で、泉里はそっと寝室を抜け出した。リビングのソファに腰を下ろし、鳴り続けていたスマートフォンをタップする。

『こんばんは、奥槻さん。いい夜ですね』

「……何の用だ」

案の定、聞こえてきたのは海外出張中のはずの怜一の楽しげな声で、泉里はすぐにでも切りたいのをぐっと堪えた。何度ブロックしても、別の端末からしれっと連絡を寄越すような男だ。嫌なことは一度で済ませるに限る。

『お伝えしなければ、と思いまして。先ほど、小田垣様から丁寧なお礼を頂きました。とんでもない女に引っ掛かった息子を助けてくれてありがたいと、とても感謝していらっしゃいましたよ』

「…小田垣様は、あの女性のことを？」

『もちろん、ご存じでしたよ。いくら家柄にこだわらないと言っても、小田垣家に迎え入れるのですから、一通り調べざるを得なかったでしょう。…しかし、清隆さんはあの通りの気性の御方です。ただ調査結果を告げたところで、信じたかどうか』

確かに、良くも悪くも世間知らずで情熱的な清隆だ。父親に真理愛の本性を告げられ、反対されれば、よけいに燃え上がってしまったかもしれない。真理愛とて、己の不貞を決して認めなかっただろう。水琴がその力で透哉の告発を明るみに出したからこそ、清隆は愛した女の裏切りを受け容れたのだ。

そして水琴の貢献は、当然、怜一の口から小田垣に伝えられたはずだ。泉里が一目で魅了され、今や『妖精画家』ともてはやされる儚くも美しい絵と共に。

『真理愛さんのお腹の子が清隆さんの子であっても、親族に養子に出すなり、兄夫婦の実子として届け出るなり、対処の仕様はいくらでもあります。しかし何人もの男を咥《くわ》え込むような女を小田垣家の妻として迎え入れてしまえば、清隆さんが次男とはいえ、対外的なダメージは計り知れません。…小田垣様にとって、水琴さんはまさに救いの天使。将来、天使が危機に見舞われれば、何をおいてでも救いの手を差し伸べて下さることでしょうね』

「……全て貴様の思惑通り、というわけか」

スマートフォンを持つ手に、ぎりりと力がこもる。もし怜一が目の前に居たら、取り澄ましたその顔に拳をお見舞いしたかもしれない。

『貴方だって、もうおわかりなのではありませんか？　そう遠くない未来、水琴さんは…「妖精画家」は必ず世に出ます。どんなに隠そうとしても隠しきれないもの、それが才能というものだからです。そしてそのきらめきに群がる人間は、善意の持ち主だけとは限らない』

「……」

『もちろん、奥槻さんは守るでしょう。私とて、この身に代えてもお守りするつもりです。しかし、喜ばしくも悲しいことに、水琴さんの才能は私たちの掌に収まるほど小さなものではない。…守り手が必要なのです。一人でも多く、水琴さんの守り手が』

にわかに真剣さを帯びた声に、反論は出来なかった。泉里もまた、密かに同じ懸念を抱いていたからだ。

怜一は正しい。いつか世界じゅうの人間が水琴の才能に気付き、泉里だけでは守り切れなくなる日は、必ず訪れるだろう。

…嫌なのは、怜一の手を、水琴に魅せられた人々の手を借りなければならないことではない。水琴が泉里以外にあのきらきらとした眼差しを送り、『僕だけの泉里さん』と甘えてくれたあの愛らしい声でさえずることだ。そんなことになったら、自分は――。

ゆらりと心の中で立ちのぼりかけた炎に、泉里は苦笑する。明雅に嫉妬したと水琴は言ってくれたが、きっと今泉里の心に揺らぐ感情と、水琴のそれとは別物だ。胸がもやもやするなんて、可愛らしいものじゃない。

もしも水琴が泉里以外の男に関心を抱いたら、泉里はどんな手を使ってでもその男を破滅させるだろう。二度と水琴の前に姿を現せないように。

「……鳴かぬ蛍が身を焦がす、か」

怜一との通話を終え、泉里は水琴が描いた透哉のスケッチを眺める。本当に真理愛の罪を告発したいのなら、もっと確実な手段はあったはずだ。いくら清隆が真理愛に惚《ほ》れ込んでいたって、腹を割って話せば頭ごなしに否定はされなかっただろう。

にもかかわらず、透哉があんな形での告発を選んだのは——真理愛に脅されたからではなく、死にゆく自分が永遠に清隆の心に遺るためだったのではないか。

どうして透哉が死ぬ前に真実に気付いてやれなかったのかと、清隆は心底悔いていた。これから先も、透哉の存在が清隆の心から消えてなくなることは無い。あの絵を見るたび、清隆は透哉を思い出す。甘く切ない痛みと共に。

そんなふうに思えてしまうのは、泉里もまた透哉と同じ思いを…己の身を滅ぼしてでも、愛しい人の消えない傷になりたいという願望を、どこかで抱いているからなのか……。

ふっと笑ってスケッチブックを閉じ、泉里は寝室に戻った。眠る水琴を抱き寄せ、じわりと湧き上がる熱を抑え付けながら目を閉じる。

……たとえこれから先、どれほど多くの人間が水琴の才能に跪《ひざまず》こうと、一番近くで支えるのはこの自分だ。

眠りに沈みゆく泉里の心に、水琴以外の存在などありはしなかった。

［DEADLOCK］番外編
You're just a boy
英田サキ

扉イラスト
高階　佑

「送ってもらって助かった。ふたりともありがとう」

チェックインカウンターで手続きを済ませたネトことエルネスト・リベラは、ユウトとディックのいる場所まで戻ってきて礼を言った。午後三時のロサンゼルス国際空港のロビーはそれほど人は多くなく、どこかのんびりした空気が流れている。

「せっかくの休日を潰《つぶ》して悪かったな」

「そんなことはないよ。楽しいドライブができてよかった」

「俺がいなくなったら、ふたりきりでもっと楽しいドライブができるな」

ニヤッと笑うネトに対し、ユウトは「な、何言ってるんだよ」とうろたえ、ディックは「まったくそのとおりだ」と平然と言い返した。刑務所時代から感じていることだが、ディックはネトに一目置いているはずなのに、それでいて弱味を見せたら負けだと思っているような節がある。

ジーンズにTシャツ姿のネトが肩から提げたバッグはさほど大きくもなく、これから気楽な日帰り旅行に出発といった雰囲気だが、実際はＬＡからフロリダに飛び、さらに船でバハマへと向かう長旅だと聞いている。

昨夜、出発を明日に控えたネトに電話をかけたユウトは、トーニャが旅行でメキシコに出かけたことを知り、「それなら俺が空港まで送っていくよ」と申し出た。ネトは遠慮したが、ディックも休みだからドライブがてら、ふたりで送っていくと押し通した。

少し強引だったかもしれないが反省はしていない。またしばらくは会えないのだから、せめてこっちにいるときくらいは自分を当てにしてほしいという、もどかしいような気持ちがあるせいかもしれない。

トレジャーハンターをしている友人の手伝いを始めてから、一年の大半はＬＡにいないこの年上の友人に対し、ユウトはいつだって尊敬と親愛の情を寄せている。その気持ちは壁越しの会話で友情を育んだ頃から何ひとつ変わっていない。

「今度はどんな沈没船からお宝を引き上げる計画なんだ？」

「さあな。俺はよくわからん」

「お前はいつもそれだな。そんな調子で仕事になるのか？」

ディックが呆《あき》れたように口を挟んだ。確かにネトは今の仕事について多くを語らない。

「十八世紀のスペイン船の財宝だろうがなんだろうが、俺は言われた場所に行って言われた仕事をするだけだ。ボスが儲《もう》かれば俺も報酬がもらえる。それで十分だろ」

ネトに仕事のことをいろいろ聞いても、いつもこんなふうに素っ気ない返事が返ってくるだけだ。やはり一攫千金《いっかくせんきん》を狙《ねら》うトレジャーハントに男のロマンを感じているわけではなく、トーニャが考えているように、元ストリートギャングのカリスマボスという過去のせいで、厄介ごとに巻き込まれるのを避けるため地元を離れていたいだけなのだろうか。

ネトの本心は今ひとつわからないが、今の暮らしに満足しているように見える。というよりネトはどこにいても、どんな暮らしをしていても、今を楽しむという生き方を自然体で実践できる男なのだ。だから劣悪な環境の刑務所にいても、あの気が狂いそうな独房に長く身を置いてさえも、彼は何にも縛られず自由だった。

「見送りはここまででいいぞ」

「せっかく来たんだ。セキュリティチェックのところまで一緒に行くよ」

話しながら歩いていたら、前から来た男性とユウトの肩がすれ違いざま軽くぶつかった。相手はスーツを着た白人男性で、ぶつかった拍子に手に持った携帯電話を落としてしまった。携帯は床を滑り、ディックの靴にぶつかって停止した。

「すみません。前をよく見てなくて」

謝る相手に対し、ユウトは「大丈夫です」と笑みを浮かべた。仕事中のビジネスマンという風情だが、細身の身体つきと少年めいた風貌《ふうぼう》が合わさり学生っぽさが残っている。

「携帯、壊れてないといいけど」

「大丈夫そうだ。少なくとも画面は割れていない」

ディックは拾った携帯を男に渡した。男は「ありがとうございます」と礼を言って携帯を受け取ったが、その目はディックの顔を見るなり大きく見開かれ、端から見てそうとわかるほど釘付《くぎづ》けになった。

あまりにも露骨に見ているので、思わずネトと顔を見合わせてしまった。自分の恋人は確かにハンサムだが、驚愕《きょうがく》のあまり声も出ないほど人間離れしてはいないはずだ。

「――もしかしてリック？　リック・エヴァーソン？」

男が口にしたのはディックの本当の名前だった。ディックも相手が誰なのか気づいたらしく、はっきりと表情を変えた。

「サイラスか……？」

「やっぱりリックだ！　ああ、すごいっ。こんな偶然ってあるのか？」

サイラスと呼ばれた男は感激をあらわにして、勢いよくディックに抱きついた。ディックはよほど驚いているのか抱き返しもせず、ただ突っ立っている。こんな無防備なディックは滅多にお目にかかれない。

「俺は仕事で来たんだけど、リックはどうしてＬＡに？」

「今はこっちに住んでる」

「そうなのか。じゃあ、軍隊は辞めたのか？」

軍人時代の知り合いだろうか。目を輝かせてディックを見つめるサイラスの頬は、興奮のせいか紅潮していた。彼はこの偶然の再会を心から喜んでいる。

「……サイラス、すまない。友人の見送りで来たから時間がないんだ。もう行かないと」

ディックの言葉を聞き、サイラスの顔が悲しげに歪《ゆが》んだ。どういう間柄かはわからないが、これほど喜んでいる相手に対して、その態度は冷たすぎる。

「ネトの見送りは俺がしてくるから、お前は彼とカフェにでも行って話してこいよ。随分と久しぶりの再会みたいだし」

「いや、だけど――」

「あとで電話する。行こう、ネト」

物言いたげなディックをその場に残し、ユウトはネトと歩きだした。しばらくしてネトが突然、ユウトの背中を叩《たた》いた。

「気にするな。ただの昔の知り合いだ」

なんの話だ？　別にそんなこと気にしてないけど？　笑ってそう言い返せればいいのだが、人の心を容易《たやす》く見抜くネトに隠し事をしたところで無駄なのはわかっている。

「あんなディックは初めて見た。ただの友達って言われるより、昔の恋人だって紹介されるほうがしっくりくるよ。ディックが真剣につき合った相手は、軍人時代の恋人だけだと思ってた」

言い終えてすぐに後悔した。ユウトは苦笑を浮かべて、「ごめん」と謝った。

「見送りに来たのに、くだらない愚痴を聞かせちゃったな」

「気にするな。思ったことは溜《た》め込まず言えばいい。そのほうが気持ちはすっきりするぞ。あのふたり、わけありなのは確かだろうが、ディックは昔の恋人と再会したくらいで、あんなふうに動揺しないだろう。仮に動揺しても、それを態度に出さないはずだ。本来のあいつは、散々弄《もてあそ》んで冷たく捨てた相手と再会しても、眉ひとつ動かさないタイプだと俺は思う」

ひどい言いようだ。ディックはそんな冷淡な男じゃないと反論したかったが、昔のディックにはもしかしたら、そういう一面があったのかもしれないと思わなくもなかった。本人もノエルと出会うまで、愛というものがよくわからなかったと言っていた。

「昔のディックってどんな男だったんだろう。秘密主義なところがあるから、十代の頃のプライベートとかほとんど話さないんだ」

ディックは幼い頃に事故で両親を亡くし、大学に入るまで施設で育った。場所はコネチカット州の田舎町だというが、具体的なことはほとんど知らない。尋ねても短い言葉しか返ってこないので、そのうち触れてはいけない話題のような気がして聞かなくなったせいだ。

だから一緒に暮らしだして二年になるというのに、ディックが子供時代にどんな体験をしたのか、どんな友達がいたのか、どんな気持ちで生きてきたのか今もよくわからないでいる。それはユウトにとって随分と寂しい事実だった。

「知りたいなら聞けばいいじゃないか」

「本人が話したくないことを、無理に聞くのは嫌なんだ」

話しているうち保安検査場の前まで来た。どのゲートもさほど混んでいない。ネトは足を止めてユウトに向き直った。

「ユウト。前から思っていたんだが、お前はディックに気を遣いすぎていないか？」

「え？」

「あいつは複雑な男だ。生い立ちや過去もそうだが精神的に難しいところがある。お前と暮らし始めてから驚くほど穏やかな顔つきになったが、根っこの部分には今も不安定なものを抱えているはずだ。だからお前もどこまで立ち入っていいのか、わからないんじゃないのか？」

ネトの目はあくまでも優しかった。彼の前では不思議と自分を取り繕う必要はないのだと思えてくる。ユウトは素直な気持ちで胸の内を明かした。

「確かにそうかもしれない。ディックって心の一番深い部分が閉じているっていうか、誰にも触らせないようにしているっていうか、とにかくすごくデリケートなんだと思う。だからどうでもいいことでなら喧嘩《けんか》もできるのに、内側に深く踏み込むような問題だと、つい二の足を踏んでしまうんだ。二年も一緒に暮らしているのに変だよな」

「他人の心の中にずかずかと踏み込んでいかない優しさと思いやりの深さは、お前の素晴らしい資質だ。そういうお前だからディックも惚《ほ》れたんだろう。ただ、ああいう難しい男と生涯を共にするつもりなら、時には無神経を装うことも必要じゃないかと俺は思う。どれだけ待ったところで、あいつは人に見せないと決めた部分は自分から明かさない男だ」

その言葉はユウトの心の深い場所に突き刺さった。大袈裟《おおげさ》に言うなら目が覚める思いがした。

ネトの言うとおりだ。互いを深く愛し合う暮らしがあまりにも幸せすぎて、今のディックが本来のディックだと勘違いしかけていた。ディックという男を紐解《ひもと》いていけば、今の彼こそが別人のような在り方ではないか。

シェルガー刑務所で出会った頃のディックが彼の本質であるなら、毎日を幸せそうに生きている今のような姿は、本人にとってもイレギュラーな自分なのだろう。

心の奥底に、自分はまだディックのすべてを理解できていないという気持ちを抱えていたが、それはある意味、当然のことだった。こんなにも愛し合っているのだから待ってさえいれば、いつか自然とディックのほうから何もかもを見せてくれると信じていたが、それは間違いだったのかもしれない。

「ありがとう、ネト。すごくいいアドバイスをもらったよ。ああいう面倒くさい男には、無神経でもって対抗するしかないよな」

ユウトが拳を突き出すと、ネトは笑って自分の拳をぶつけてきた。

「そのとおりだ。安心しろ。ディックはお前になら、どれだけ踏み込まれても決して嫌がらない」

「そうかな。俺にも絶対に見せたくない姿があるって気がする」

「ディックの過去をすべて知りたいのか？」

そう問われると悩んでしまう。

「何もかも知りたいとは思わないけど、今よりは知りたいかな。ネトは恋人のあれこれを、深く知りたいと思わないのか？」

ネトは肩をすくめて「思わないな」と答えた。

「もっとディックを暴いてやれとお前にアドバイスしておいてなんだが、俺は相手が自分に見せたいと思う顔だけ知っていれば、それで十分だ」

「ネトは大人だな」

「単に冷たいんだろう。俺は他人にそこまで執着できない身勝手な男だから」

冗談交じりの言い方だったが、本心もいくらか含まれているような気がした。誰からも縛られない気ままな男は、等しく誰のことも縛らない。愛情深い性格なのに、孤独でいることをあえて選んでいるようにも見える。自由を求める代償は孤独だと考えているのだろうか。

「ネトは冷たくなんかないよ。きっとあれだ。もう枯れちゃってるんだ」

茶化したらネトは渋い顔つきになり、「まだそんな年じゃない」と言い返した。

「なあ、ユウト。相手の何もかもを知りたいという欲求は間違いじゃない。ただし相手の秘密を暴くのなら、どんな真実を知ろうと受け止める覚悟は必要だ。まあ、お前ならあいつのすべてを受け止められるだろうから、恐れずぶつかればいいさ」

ネトの言葉はいつだって、ユウトの心の奥深い場所を温めてくれる。人と人の関係は、共に過ごした時間の長さだけでは測れない。互いの存在そのものが励みになったり救いになったりする絆もある。離れていても友情を感じられる相手。ユウトにとって、ネトはまさしくそういう存在だった。

「ありがとう。家に帰ったら、あの男は何者なんだって問い詰めてみるよ。それからこれは断言するけど、ネトはすごく優しい人だ。いつも俺を励ましてくれるじゃないか」

「大事な友を励ますのは当然のことだ」

温かい眼差しを見つめていると、不意にシェルガー刑務所での困難や辛《つら》かったことを思い出して泣きそうになったが、瞬きをしてぐっと我慢した。またしばらくは会えないのだから、最後まで笑顔で見送ろう。

「そろそろ行く」

「うん。気をつけて。戻ってきたら、またみんなで集まろう」

「ああ。プロフェソルの料理が恋しくなったら帰ってくる」

一番近い列に向かってネトが歩きだす。かけがえのない友の背中が完全に見えなくなるまで、ユウトはその場から動かなかった。


ネトを見送ったあと、ディックに『話は弾んでる？』と探りのメールを送ってみた。返ってきたメールは思いがけない内容だった。

『サイラスはコネチカットにいた頃の知り合いなんだ。すまないが、長くなりそうだから先に帰ってくれ』

どこかで時間を潰して待っていると返信することも考えたが、問答無用に帰ってくれと言われてしまうと、待つのもためらわれる。それに自分が待っていたら、ディックは時間を気にして会話に集中できないだろう。

仕方なく先に帰ることにして駐車場に向かったが、帰路についた車中で何度も溜め息がこぼれた。三人で来たのに帰りはひとり。なんとも寂しい展開だ。いや、正直に言えば寂しいなんてものではない。これはかなりショックな出来事だ。

普段のディックなら誰と偶然会おうが、先に帰れなんて絶対に言わないはずだ。ディックが自分よりサイラスを優先した事実に、ユウトはひどく傷ついていた。

何年ぶりの再会なのか知らないが、今日の遭遇はきっとものすごい偶然のはずだ。積もる話もあるだろう。ネトを送ったあとは家に帰るだけで、何か予定があったわけでもないのだから、この場合、ディックがサイラスとの時間を選んだのは極めて当然の結果だ。

頭ではわかってる。ちゃんとわかっているし理解もしている。なのに馬鹿みたいにショックを受けている。そんな自分が女々しくて嫌で、自己嫌悪さえ覚えてしまう。

ディックに深く愛されて暮らしているうち、どうやら自分の心は柔《やわ》になってしまったらしい。甘やかされることに慣れすぎたせいか、こんな些細《ささい》なことにも傷ついている。まるでママの愛情を独り占めしたがる幼い子供のようだ。

ネガティブな気持ちとは仲良くなりたくない。子供じゃないんだから理性的に考えろ。サイラスに嫉妬《しっと》することとディックの態度に傷ついたことを、同じ問題にしてはいけない。嫉妬は仕方がないとしても、これくらいのことで自分を可哀想に思う感情と嫉妬は別物だから、両者を混同すべきではない。

こんなときは違うことを考えようと、ユウトは気持ちを切り替えることに努めた。

家に帰ったらユウティと散歩に行こう。留守番をさせられて鬱憤《うっぷん》が溜まっているはずだから、きっとたくさん遊びたがる。可愛いユウティと疲れるまで走り回ったら、きっと気分もすっきりする。

そしてディックが帰宅したら、サイラスはどういう相手で、彼とどんな話をしたのか根掘り葉掘り聞き出してやるのだ。ネトの言うように、これまで気を遣いすぎていた。

ディックが話したがらなくても、今日は遠慮も手加減もしてやらない。

ディックはいっこうに帰ってこず、夕方になってようやくメールが届いた。てっきり今から帰るという連絡だと思って目を通してみたが、そうではなかった。

『まだ帰れそうにない。本当にすまない。夕食は先に食べてくれ』

読んだ瞬間、ユウトは思わず「いやいやいや、それはおかしいだろう」と独り言を言ってしまった。話が弾んで帰宅が遅くなるのは、理解したくないがまあ理解できる。しかしその前にディックはサイラスとの関係をちゃんと説明すべきではないか。

恋人がいわくありげな相手と再会したまま帰ってこない。少し考えれば、それがどんなに気を揉《も》む状況かわかるはずなのに、ディックはなんのフォローもしてくれない。

あの優しいディックがなぜ。これは一体どうしたことか。サイラスと過ごす時間が楽しすぎて、恋人を思いやることすら忘れてしまっているのだろうか？

ネトは否定してくれたが、やはり親密な関係だったのではないかという疑いが強まっていく。サイラスは人好きのする優しい顔立ちの青年で、どこかノエルを思い出させる雰囲気があった。――ような気がする。

こんなとき、友人のルイスなら躊躇《ちゅうちょ》もなく年下の恋人に電話をかけ、「ダグ。今一緒にいる相手は、君にとってどういう存在？　十秒以内に完結に答えてくれ。できないならもう帰ってこなくていいよ」とか言いそうだ。

自分も率直に今の気持ちをディックに伝えられたらと思うのだが、残念ながら頑固すぎる理性がそういった行動を許さなかった。勘ぐればいくらでも怪しく思えるが、客観的に考えれば昔の知り合いと再会して、単に話が長引いているに過ぎない状況だ。帰宅するのを待てばいいじゃないかと自分を抑えこんでしまう。

とてもではないが夕食をつくる気になれず、ピザを焼くことにした。冷凍庫にはペパロニピザとマルゲリータが入っていた。本当はマルゲリータにしたかったが、ささやかな復讐《ふくしゅう》としてデイックの食べたがっていたペパロニピザをオーブンに入れた。

ピザが焼けるとソファーに座り、テレビを見ながらビールで流し込むようにして食べ、食後はワインをがぶ飲みした。酔ったせいで眠くなり、横になった途端に熟睡してしまった。

肌寒さで目が覚めたときには、時計の針は十一時四十五分を示していた。つけっぱなしだったテレビを切ると部屋の中は静まり返り、自分の家だというのに妙に居心地が悪くなった。肌寒さにぶるっと震え、腕をさすりながらやるせない息を漏らす。

家中を調べなくても、ディックがまだ帰っていないのはわかりきっていた。ユウトがソファーで眠ってしまったときは、いつだってディックは毛布をかけるか、あるいは抱き上げてベッドまで運んでくれる。

携帯を確認したが連絡は入っていない。怒りたかった。怒ろうとした。いくらなんでもこれはない、ひどすぎるだろうと。なのに怒りの感情は着火点に到達しないまま不完全燃焼で燻《くすぶ》り、やがて悲しみへと転じた。

ディックのことを信じている。ディックの愛に疑いの余地などない。あの男は絶対に自分を裏切らないとわかっている。それでも悲しくなるのはなぜだろう？

サイラスがディックの過去に繋《つな》がる人物だから、これほど不安になるのかもしれない。ユウトはディックの過去を知らない。教えてもらっていないから上手く想像することもできない。けれどサイラスはユウトが知らないリチャード・エヴァーソンのことをよく知っている。どう足掻《あが》いても、その事実だけは覆せない。

「ああ、もうっ。ぐだぐだ考えるのはやめろ」

あまりにも女々しい自分に嫌気が差し、勢いよく立ち上がったときだった。玄関のほうから物音がした。ようやくディックが帰宅したらしい。

どうしよう――。ここは平静を装って出迎えるべきか。それとも怒った顔を見せるべきか。取るべき態度を決めかねつつ、ディックがリビングに入ってくるのを待ったが、なかなかドアは開かない。痺《しび》れを切らしたユウトは自分から玄関へと向かった。

「ディック……？　どうしたんだっ？」

ドアを開けて目に飛び込んできたのは、玄関先で腰を下ろして蹲《うずくま》っているディックの姿だった。具合でも悪いのかと慌てて駆け寄ってみれば、濃い酒の匂いがする。

「ディック、気分が悪いのか？」

呼びかけるとディックは緩慢な動きで顔を上げ、焦点の定まらない瞳でユウトを見上げた。

「飲み過ぎただけだ……」

酒に強いディックが泥酔するのは珍しい。一体どれだけ飲んだのだろう。

「こんなところで寝るなよ。ベッドに行こう」

動きたがらないディックをどうにか立ち上がらせ、隣から支えて歩きだす。普段はユウトのベッドで一緒に寝ているが、一番奥の部屋まで連れて行くのは無理だと判断して、すぐそばにあるディックの部屋へ入った。

ユウトがベッドカバーを剝《は》ぐ前に、ディックは自ら倒れ込むようにしてベッドに横たわった。明かりが眩《まぶ》しいのか、腕で顔を隠してぐったりしている。

「大丈夫？　水でも持ってこようか？」

ベッドの端に腰かけて尋ねたが答えはない。飲ませたほうがいいと考えて立ち上がろうとしたが、腰を浮かす前にディックに腕を摑《つか》まれ動けなくなった。

「……水より欲しいものがある」

かすれた声。熱っぽい眼差し。ディックの身体からにじみ出るセクシャルな匂いが、求めているものをはっきりと物語っていた。

「今のお前には水が必要だ」

ユウトは気づかないふりをして、ディックの手を解こうとした。けれど強い力で摑まれて無理だった。この酔っ払いめと苦笑しつつ「離せよ」と言うと、ディックは「嫌だ」と言い返した。

「離したくない。どこにも行くな。……来いよ、ユウト」

ぐいっと引かれ、勢い余ってディックの上に倒れ込んだ。厚い胸板に着地するのと同時に、もう片方の手で後頭部を押さえつけられる。あっと思ったときには、痛いほど強く唇が重なっていた。すぐさま入り込んできた熱い舌が、ユウトの内部を蹂躙《じゅうりん》し始める。

突然始まった濃厚な口づけは、性急というよりあまりにも一方的だった。

「ディック、嫌だ……っ」

顔を背けて訴えたが、聞こえていないのかあるいは聞く気がないのか、また唇を奪われた。獰猛《どうもう》な舌が我が物顔でユウトの中を占領していく。

酒臭い息が不快だった。いつもなら酔ってキスされても、こんなふうに嫌な気分にはならないが、今夜は無理だ。今のディックとはキスしたくない。

「やめろって。酔っ払いとはキスしないぞ」

ベッドに腕を突いて上体を起こそうとしたが、ディックはユウトの退却を許さなかった。自分から離れていこうとするユウトの身体を抱え込み、再びベッドに引っ張り込むと向きを回転させ、マットレスに押し倒した。体重をかけて押さえ込まれると、容易には逃げられない。

「どけよ。重い」

「嫌だ。俺はお前が欲しい」

首筋に唇が落ちてくる。肩をすくめて拒んだがそんな些細な抵抗など意に介さず、ディックはユウトの感じやすい肌を唇で嬲《なぶ》り、同時にシャツの中に手を入れてきた。脇腹から胸へと肌をまさぐる手の動きはいつになく荒々しく、ユウトの不快感は倍増した。

嫌だ、もうしないと言いながら、結局ディックの熱い欲望に負けて受け入れてしまうことは、ふたりの間ではよくあることだ。今日はそんな気分じゃないと思っていても、どうしても拒みきれず応じてしまうのは、欲求の根底に流れるディックの愛をはっきりと感じ取れるからだ。

今夜はいつもと違っていた。ディックはただ欲求の赴くまま求めている。もちろん男にはそういうときもあるから、強引な求め方自体を否定するつもりはない。けれど、この状況は最悪だ。

今日一日、ユウトが感じていた苛立《いらだ》ちや不安、言葉にしがたいもやもやした気持ち、自己嫌悪を引き出す嫉妬心、そういったことをディックはちゃんと知らなければならない。とりあえずセックスという選択肢は、今日に限ってあり得ない。絶対に。

「やめろよ。俺はそんな気分じゃない。それよりも話したいことがある」

のしかかってくるディックの身体を必死で押しやったが、びくともしない。ディックはユウトを組み敷いたまま、下着ごとスウェットのパンツを膝まで下ろした。人の言葉をまったく聞いていないディックに、激しい怒りが湧いた。

「ディック！　やめないと本気で怒るぞっ」

いつもならこれほど強く言えば即座に動きを止めるディックなのに、無視してユウトの尻を摑んできた。さらに強い力で揉みながら、奥まった場所に指を這《は》わせてくる。

「おい、やめろって。嫌だ……！」

暴れて抵抗したが指を押し込まれそうになり、ユウトはぞっとした。不快感ではなく恐怖から身体が勝手に動き、ディックの頰を強く叩いていた。

ディックの動きが止まった。何が起きたのか理解できないような表情をしている。

ユウトは力一杯にディックを突き飛ばし、身体を起こしてベッドから降りた。乱れた服を直しながら、ディックを振り返り「最低だ」と吐き捨てる。ディックは呆然《ぼうぜん》とした表情でユウトを見上げていた。

「俺をレイプするつもりか?」

うろたえたようにディックは大きく首を振り、「違うっ」と言い返した。

「俺がそんなこと、するはずがないだろう」

「嫌だって言ってるのに聞いてくれなかった。暴れたのに押さえつけて強引にしようとした。それはレイプじゃないのか? 酔っていたら相手の気持ちを無視したセックスをしても、許されるのか?」

ディックは顔を歪め、ずっと小さく頭を振り続けている。

頭の片隅でもうやめろ、言いすぎだと思っているのに、興奮が上回って口が勝手に動き続ける。

「お前がどう思おうが、俺はレイプされると思って怖かった。ぞっとした。今夜はここで寝ろ。俺の寝室に入ってきたら許さない。これは本気で言ってるからな」

打ちひしがれている相手に、さらなる鞭《むち》を振るってしまった。しかしユウトも今はディックを思いやる余裕はなく、乱れる感情を抑え込むのに必死だった。

「ユウト、すまない。本当に悪かった。許してほしい」

悄然《しょうぜん》とするディックから顔を背け、無言で部屋を出た。

自分の部屋に入ったユウトはベッドに倒れ込んだ。シーツに顔を押しつけ、ギュッと目を閉じて歯を食いしばる。

ひどい言い方をしてしまった。あんなふうに言わなくてもよかったのに、と自分を責める気持ちが後悔となってまとわりついてくる。

けれど同時に、散々心配させておいて酔っ払って帰り、いきなりセックスしたがるなんて最低だとディックを責める気持ちもあり、ふたつの相反する感情がユウトの胸の中でせめぎ合っていた。

もっと嫌なのは、こんなことを考えてはいけないと思うのに、サイラスと再会して劣情をかき立てられ、その捌《は》け口《ぐち》として自分を求めたのではないかという、とんでもなく最低な妄想まで浮かんでくることだった。

被害妄想の域だとわかっていても胸がむかむかして、手に負えない暴れ馬のような心を持てあますばかりだった。


翌朝、ユウトはまるですっきりしない頭を抱えて自分の部屋を出た。昨夜はなかなか寝つけず、明け方頃になってようやく睡魔が訪れたものの、当然、睡眠は足りていない。

ディックと顔を合わせるのが憂鬱だったがリビングは無人で、ダイニングテーブルにサンドイッチが載った皿と、一枚のメモが置かれていた。

ユウトはメモを手に取り、ディックの少し癖のある文字に目を通した。

『ユウトへ。今日は早出だから先に出る。昨夜は本当にすまなかった。心の底から反省している。仕事から帰ったらあらためて謝らせてほしい。――お前を死ぬほど愛して止まないDより』

寝不足のせいで頭が上手く働かない。それに連鎖して感情も動かない。メモを読んでもディックのつくってくれたサンドイッチを見ても、「ふうん」という気持ちだった。

顔を洗って服を着替え、コーヒーを淹《い》れてサンドイッチを食べ始める。

軽く焼いたバンズに、厚切りベーコンとトマトとレタスを挟んだだけのシンプルなサンドイッチだったが、驚くほど美味しく感じられた。マヨネーズが口についても構わずかぶりつく。味覚が刺激されたせいか、ようやく眠っていた感情が動きだした。嬉しい気持ちがじわじわと込み上げてくる。

ディックの昨夜の行動に問題はあったが、ちゃんと反省して誠意を尽くそうとしている。本当に浮気をしたなら大問題だが、ディックはそんな男ではない。結局のところユウトがひとりで気を揉んでいただけの話だ。もちろんそうなる原因はディックにあったので、そこは大いに反省してもらう必要はあるが。

最悪の気分で一日を過ごすところだったが、ディックのメモとサンドイッチのおかげで回避できた。仕事中に余計なことを考えてミスを犯すようなこともなく、ロス市警ギャング・麻薬対策課の刑事として、いつもどおりの目まぐるしい一日を終え、八時頃には家路についた。

玄関のドアを開けるなり、ユウティが飛びついて出迎えてくれた。毎日の習慣のようなものだが、毎日嬉しい。ひとしきり撫《な》でてから、突っ立ったまま自分を見ているディックに「ただいま」と声をかけた。

「お帰り、ユウト。……昨夜は本当にすまなかった」

ノーネクタイに腕まくりしたワイシャツ姿のディックは、ユウトに近づかず、硬い表情で謝罪した。

「昨夜はどうかしていた。お前に嫌な思いをさせたことを心から悔いている。あんな真似は二度としない。約束する。だからお願いだ。どうか俺を許してほしい」

ディックの思い詰めた表情は、死刑判決が下るのを待つ罪人のようだった。あまりにも真剣すぎて、そういう場面ではないとわかっているのに思わず笑ってしまった。

「な、なぜ笑うんだ？　俺は変なことを言ったか？」

「言ってないけど、なんだか可笑《おか》しくて。お前、必死すぎだよ」

「必死にもなるさ。今この瞬間に俺の人生がかかっているんだ。お前に嫌われたら俺はもう終わりだ。別れるなんて言われたら、生きていく意味がなくなる」

真顔で言うからまた笑いそうになった。ディックのすごいところは、こんな臭い台詞《せりふ》を本気で言うところだ。大袈裟でも誇張でもなく、心からの言葉だと嫌でもわかる。

笑えたことで、すべてのわだかまりが消え去っていた。

ディックはやっぱりディックだ。誰よりも自分を愛してくれる最高の恋人を、ほんの少しでも疑った浅はかさが恥ずかしい。

ユウトは微笑《ほほえ》んで「馬鹿だな」と言い、両腕を広げてディックに抱きついた。

「俺がお前を嫌うわけないだろ？　昨日は確かに腹が立ったけど、ちゃんと謝ってくれたんだから許すに決まってる」

「ユウト……。よかった。そう言ってもらえて安心した。ああ、本当によかった」

ユウトの身体をきつく抱き締め、ディックは溜め息交じりに安堵《あんど》の言葉を囁《ささや》いた。耳朶《じだ》を包む甘やかな吐息。痛いほどの力で巻きついてくる両腕。温かな広い胸。ああ、と幸せな溜め息が声になって出そうだった。

あるべき場所にすべてが収まった。これこそがふたりにとって正しい在り方。そう実感することで、身も心も幸福そのもののような充足感に包まれていく。

「俺こそ大袈裟な言い方をしてごめん。酔ってちょっと強引になっただけなのに」

「いいや。俺が全面的に悪かった。本当にすまない」

「もういいよ。それより……」

顔を上げてディックの青い瞳を覗き込む。ユウトの願ったとおりに優しい唇がそっと落ちてきて、しっとりと甘いキスが始まった。だが仲直りの口づけが深まる前に、ユウトの腹の虫がキュートッと鳴った。ディックは唇を離して薄く笑った。いい雰囲気が台無しだ。

「わかった。先に食事だな」

「ごめん。お腹がペコペコなんだ」

ディックのつくってくれた料理を食べたあと、ソファーに移動してからユウトは「教えてほしい」と切り出した。

「サイラスとはどういう関係なんだ？　ちゃんと説明してもらわないと、俺の気持ちがすっきりしない。昨日は先に帰れって言われて、そのうえ帰宅まで遅かったから相当苛々した」

いつもなら言わないような個人的感情だったが、今回はあえて隠さず伝えることにした。自分がどんな気持ちでいたのか、ディックには知る義務があるはずだ。

「そんなに気にしていたのか？」

驚くディックにユウトのほうが驚いた。こいつ、寝ぼけてるのか、と本気で思ったほどだ。

「気にしないほうがおかしいだろ。もしお前が逆の立場だったらどうなんだ？　俺が出先でなんだかわけありの相手と再会して、お前を先に帰して、さらに夜中まで帰ってこなかったら、どう思う？」

「……それは、かなりやばいな。俺ならメールを何通も送りつけたり、何度も電話をかけたりするだろう。もしかしたら居場所を聞きだして、こっそり様子を見に行くかもしれない」

そうだろう、お前なら絶対にそうするよ、と心の中で大きく頷《うなず》いた。

「自分はそうなのに、どうして俺は平気だと思うんだよ」

「お前は俺と違うと思ってた。そうか、お前も本気で嫉妬するんだな。嬉しいよ」

いや、これはお前を喜ばせるための話じゃないぞ、と思ったが、ディックが幸せそうな表情をしているので、突っ込めなくなった。

ユウトだって嫉妬することは普通にあるのに、それをあまり表に出さないせいで、ディックに誤解されていたらしい。こんなにも愛されているのに嫉妬するなんて、ディックを信用してないと言っているようなものではないか。そういう気持ちもあって、ユウトは嫉妬心をあからさまにしてこなかったが、これからはみっともないとかディックに悪いとか恥ずかしいとか思わず、焼き餅《もち》を焼く姿をどんどん見せていこうと決意した。

「で、サイラスはどういう人？　昨日はどうしてあんなに遅くなったんだ？　しかも珍しく泥酔してた。十代の頃の思い出話に花が咲いたのか？」

ディックの顔からすっと表情が消えた。楽しい夢の世界から急に嫌な現実に連れ戻されたかのような変化だった。ディックにとってサイラスは、触れられたくない部分に通じているらしい。

だがユウトも退く気はない。

「彼は学校の友人？」

「いや、サイラスは俺と同じ施設にいたんだ。言わば幼馴染《おさななじ》みだ」

「施設の仲間だったのか。会うのは施設を出て以来？」

「ああ。施設を出たあと、何年か手紙のやり取りはあったが、会うのは十五年ぶりくらいになる。まさかＬＡで再会するとは思わなかった。互いの近況なんか話し合っていたら、すっかり飲み過ぎた。心配かけてすまなかったが、本当にそれだけの話なんだ」

なんでもない口調だが、ディックはこの話を早く終わらせたがっていると思った。

「もっとちゃんと話してくれ。サイラスと何を話したんだ？」

「何ってだから近況だよ。なんの仕事をしているのかとか、パートナーはいるのかとか。お前のことも、一緒に暮らしている恋人だと紹介したぞ」

明るく喋《しゃべ》るほど、ディックのガードが厚くなったのを感じる。このままではのらりくらりとかわされて、上辺だけの会話で終わってしまう。

サイラスが施設時代の仲間なら、なおさら自分は聞かなくてはならない。ディックの心の中に深く分け入っていくのは今しかない。

「なあ、ディック。はっきり言うよ。いつもだったら、話したくないことは話さなくていいって言うけど、今回は駄目だ。すべて話してほしい。お前とサイラスの関係を疑うとかそういうことじゃなくて、お前の過去をもっと知りたいからだ」

「やけに大袈裟だな。俺の過去なんて語るほどのものじゃないぞ」

苦笑いを浮かべるディックに、ユウトは首を振った。

「俺は語ってほしい。コネチカットにいた頃、お前はどんな暮らしをしていて、何を思っていたのか知りたいんだ。知ることで今より深くお前を理解したい」

「お前は今でも十分に俺のことを理解してくれている。お前以上に俺のことをわかってくれる人間はいない」

「もっとお前を知りたい、理解したいと思う俺の気持ちは迷惑か？　不愉快か？　もしそうならはっきり言ってくれて構わない。もしそんなふうに感じているなら、俺は今後二度とお前の過去を詮索《せんさく》しない」

それは賭《か》けだった。ディックが頷けば、この話し合いは終了してしまう。そしてユウトがディックの過去を知る機会は二度とやってこない。

だが、そうはならないという気持ちのほうが強かった。ディックは自分の詮索を退けたりしない。二年をかけて積み重ねてきたふたりの愛を、その揺るぎない強さをユウトは信じる。

ディックはしばらく無言でいたが、小さな息を吐いた。

「どうしても話さないと駄目なのか？」

「駄目じゃないけど話してくれないなら、きっとわだかまりが残る。それは些細なわだかまりかもしれない。でもそういった小さいことが積み重なって、ふたりの関係に大きな亀裂を生む可能性はある。それでもいいなら沈黙を守ればいい」

ディックには悪いがそれは本心ではなく、「まさか俺より大事なものがあるのか？」という脅しのようなものだった。

ユウトが軽い気持ちで知りたがっているのではないと、ディックは理解したのだろう。二度、三度と小さく頷き、「わかった」と答えた。

「お前に嫌われたくなくて隠し事をしたせいで、お前を失ってしまうのなら本末転倒だな。すべて話すよ。だがサイラスとは本当に何もない。あいつは二歳年下の弟みたいな存在だった」

固く閉ざされていたドアが、ようやく開いた。ユウトは深く安堵しながら、ディックの不自然な態度のわけを聞くことにした。

「そのわりには嬉しそうじゃなかった。っていうより、むしろ会いたくなかったように見えた。サイラスのことが好きじゃなかった？」

「好きかと聞かれたら迷うな。あいつは結構、面倒な奴だったから」

「面倒？」

「ああ。お喋りでうるさいし泣き虫だった。正直言うと邪魔な奴だと思ってた。何しろ俺は、性格の悪い子供だったからな」

冗談っぽい口調だったが、ディックが難しい子供だったのは想像に難くない。しかし口で言うほど、サイラスを邪険にしていたとは思えない。本当に彼を嫌っていたなら、そもそも空港でふたりきりにならなかったはずだ。

「子供の頃のうるさい弟分と再会しただけで、ディックはあんなふうに呆然としないだろ」

「……呆然としていたか？」

「してた。すごく動揺しているように見えた」

率直な感想を告げるとディックは沈黙したまま唇を舐《な》めた。葛藤《かっとう》の気配を感じた。話すか話すまいか、まだ悩んでいるのかもしれない。

話してくれよ、ディック。俺に隠し事なんてしないでくれ。それがどんな事実だろうと、俺はすべて受け止めてみせるから。

心の中で呟《つぶや》いてディックの手を握った。ディックはすぐその手を握り返し、ユウトの目を見つめ返してきた。視線を介して熱い何かが流れ合う。いつだってそうだ。ふたりの瞳と瞳は互いの胸の内を雄弁に伝え合う。

ディックはユウトの励ましや覚悟をすべて読み取ったかのように、また小さく頷いた。

「これから話すことは、俺にとって嫌な記憶でしかない。本当はお前にも聞かせたくない話だ。いくら子供の頃の話とはいえ、自分の犯した過ちを打ち明けるのは苦痛でしかない」

過ち――。

思いがけない言葉が飛び出したので驚いた。

ディックは何を話すつもりなのだろう。不安はあったがディックの過去を知りたいという気持ちに迷いはない。ユウトは翳《かげ》りを帯びた青い瞳を見つめ続けた。

「空港で言葉が出ないほど驚いたのは、サイラスと偶然再会したからじゃない。俺が避けたかったのはサイラスじゃなく、サイラスが連れてくる過去の記憶だった。……なあ、飲みながら話してても構わないか？」

素面《しらふ》では話しづらいのか、ディックがお伺いを立てるように聞いてきた。昨日の飲み過ぎの件があるから、ユウトの顔色を窺《うかが》っている。

「ビール二本までなら許す。俺も飲みたい」

ディックは冷蔵庫から瓶のブルームーンを二本持ってきて、一本をユウトに手渡した。

「サイラスは七歳のときに施設にやってきて、どういうわけかすぐ俺に懐いた。俺は偏屈で嫌なガキだったから、なぜあいつに懐かれたのか今もってよくわからない。まあ喧嘩は強かったから、俺といればいじめっ子に目をつけられなくてすむと思ったのかもな」

「そんなに偏屈だったのか？」

「自分で言うのもなんだが、相当扱いづらかったと思う。無愛想で無口なくせに皮肉だけは口にする反抗的な子供だったから、大人たちも手を焼いていた。何人かの里親とも暮らしたが、みんなお手上げだと思ったのか、しばらくすると施設に戻された」

「どうしてそんなに大人を嫌っていたんだ？　何かされた？」

「嫌な記憶はいくらでもある。でも問題は自分自身の心にあったんだと思う。俺はいつだって無性に苛立っていた。大人にも社会にも、自分のままならない人生にも腹を立てていた気がする。今にして思えば寂しさや孤独に呑み込まれて、周りがすべて敵に見えていたのかもしれないな」

心を固く閉ざした子供だったのだろう。周囲の大人たちは手を差し伸べたはずだが、ディックの凍てついた心を温めることはできなかったのかもしれない。

「サイラスは俺と真逆で人懐っこい性格だったが、親からネグレクトされたトラウマがあって、嘘《うそ》をついたり物を盗んだりする問題行動を起こしがちだった。だからあいつも何度か引き取られたのに、結局は施設に戻されてきた。あるとき、慈善活動に熱心なドーソン夫妻が俺とサイラスを一緒に引き取ってくれることになった。サイラスが十一で俺が十三のときだった。家には俺たちの他にも、別の施設から引き取られたメリッサという少女が暮らしていた。俺と同じ年で、すごくきれいな子だった。俺はすでにゲイの自覚があったからなんとも思わなかったが、サイラスは初対面のときからどぎまぎしてた。あいつの初恋だったと思う」

微笑ましい話だが、ディックの表情は浮かないままだ。

「ドーソンは地元の名士で、妻のシンディは品がよくて控え目な人だった。子供に恵まれなかった夫妻は、これまでにも恵まれない子供たちを引き取っていた。ドーソンは表裏のあるタイプで好きになれなかったが、シンディは慈愛に満ちた素晴らしい女性だった。俺とサイラスが問題を起こしても頭ごなしに叱《しか》らず、なぜそんなことをしたのか本当の気持ちを必ず聞いてくれた。メリッサは無口で何を考えているのかよくわからない子供だったが、その家での暮らしには満足しているようだった。ただ俺のことは最初から嫌っていた。なぜだか警戒されていると感じた」

部屋の隅に置かれたクッションで寝ていたユウティが、何を思ったのかむくりと起き上がって歩いてきて、ディックの足元でまた丸くなった。自分だけ仲間はずれにしないでくれ、と言いたげな態度だった。ディックの唇に淡い笑みが刻まれる。

「三か月ほど何事もなく時間が過ぎ、俺とサイラスは新しい暮らしに馴染《なじ》んだ。メリッサは相変わらず俺とは話さなかったが、サイラスとは気が合うのか仲良くなっていた。俺のほうはシンディのことをますます好きになって、彼女となら家族になれるんじゃないかと思い始めていた。そんなふうに感じられる相手は初めてだった、けど、幸せな日々は長く続かなかった。俺はメリッサに対するドーソンの態度に、不審なものを感じるようになった。奴の行動を見張っていると、夜遅くに彼女の部屋に入っていくことが何度もあった。中の様子を盗み聞きして確信した。ドーソンはメリッサに手を出している。あの男は人格者のふりをして、子供に性的虐待を行う卑劣な男だった」

予想外の展開に顔が強《こわ》ばった。引き取った里子を虐待するなど、あってはならない話だ。

「それでどうしたんだ？　シンディに伝えた？」

「まずメリッサと話した。虐待の事実をシンディに話すべきだと俺が言うと、メリッサは虐待なんかされていない、俺の勘違いだと怒りだした。最初は脅されていると思ったが、本気でドーソンをかばっているように見えた。何度か話し合ううち、メリッサは自分がひどい家庭で育ったと打ち明けてきた。子供の頃から実父に性的虐待や暴力を受けて育ったらしい。だったらなおさら今の状況は辛いはずだと俺は考えたが、メリッサは今が一番幸せだと言い張った。こんなきれいな家で暮らせて好きな服も着られる。飢えることもないし、殴ったり罵《ののし》ったりする人もいない。ドーソンとの性的な関係は望んでいないが、彼は優しいから我慢できる。方法は間違っているかもしれないが、彼なりに自分を深く愛してくれている、と」

「それは違う。そんなのは愛じゃない」

「ああ。俺もそう思った。けどメリッサはずっとこの家の子でいたいから、邪魔しないでくれと俺に懇願した。あまりに必死だったから俺は頭が混乱した。それが本心なのか、本心じゃないのかわからなくなった」

確かに難しい判断だ。メリッサ自身も混乱していたのではないかと、ユウトは想像した。幸せな家庭で暮らしたいという願いが強すぎて、別の不都合には目を瞑《つぶ》ろうとしていたのかもしれない。だがどう考えても、そのままでいいわけがない。

「元々好きじゃなかったドーソンが、ますます嫌いになった。表ではよき夫、よき父親を演じているが、実際は逃げ場のない少女を弄ぶ薄汚い男だ。顔を見るだけで虫唾《むしず》が走り、俺はドーソンを激しく憎むようになった。だから天罰を下してやろうと考えた。……俺は愚かな子供だった。もっと賢いやり方があったのに、どうしようもなく馬鹿だった」

ビールを飲み終えたディックは、それきり黙り込んだ。ユウトは立ち上がってキッチンに行き、新しいブルームーンを持ってきてテーブルに置いた。ディックは二本目に手を伸ばし、一口飲んでから再び口を開いた。

「俺はドーソンを罰するために、窓からメリッサの部屋を覗き、ふたりの行為を写真に収めた。それを証拠として警察に通報したんだ。ドーソンは逮捕され、メリッサは児童保護サービスに保護されることになった。メリッサは余計なことをしたと俺を罵った。泣きながら絶対に許さないとも宣言された。シンディは俺のしたことを正しいと言ってくれると信じたが、彼女は夫の裏切りに傷ついてそれどころじゃなかった。俺とサイラスはまた施設に戻ることになった。俺はメリッサだけじゃなく、シンディのことも救ったと勘違いしていた。夫の本性を暴いてやったんだから、彼女もいつか感謝してくれると思ってた。けど現実はそんな単純じゃない。浅はかな子供だったから何もわかっていなかった。捜査が進むとドーソンがこれまでにも里子を虐待していたことがわかって、地元ではスキャンダルになった。繊細なシンディは耐えきれなくなったのか、自宅で睡眠薬を飲んで自殺した。俺が彼女を殺したようなものだ。あんな優しい人を俺が死に追いやった」

「違う。それは絶対に違う、お前は正しいことをしたんだ」

思わず口を挟んだが、ディックは俯《うつむ》いたまま首を振った。

「メリッサには恨まれてシンディは自殺した。この結果のどこが正しいんだ？　それに俺の行動の根っこにあったのは正義じゃない。メリッサのためでもない。ドーソンが気に食わなかっただけだ。嫌いなあの男を懲らしめてやりたいという、自分本位な感情から正義を利用したに過ぎない。それが自分でもよくわかっているから、ずっと苦い気持ちが残ってる。人は本当に正しいことをしたと確信しているときは、こんなふうに後悔しないものだ」

ディックの言葉には一理あると思った。正義は我にあり。その確信さえあれば、人は大抵の振る舞いを正当化できる。逆に利己的な思いから他者にダメージを与える行動を取れば、良心が疼き続ける。

しかしこの場合はディックがどういう動機で行動したとしても、その結果が最悪なものになったとしても、ドーソンは逮捕されるべきであり、メリッサは安全な場所に保護されるべきだった。だからディックが間違ったことをしたとは思えない。

それでもユウトがもしディックの立場で同じことをしたなら、やはり長く後悔するのは想像できた。感謝されないどころか助けた相手には恨まれ、大好きだった人は死んでしまったのだ。仮に純粋な正義心から行動したとしても、これはあまりに辛すぎる結果だ。

「お前がドーソンを嫌って通報したんだとしても、それ自体は正しい行動だった。メリッサがどれだけお前を恨もうが、虐待を受けていたのは事実じゃないか。お前はメリッサを助けたんだ。シンディのことは残念だけど、彼女を追い詰めたのはお前じゃなくて夫だ。夫の過ちこそが、すべての不幸の原因だった」

ディックの手を握って話しかけた。こんな言葉でディックの気持ちが晴れるとは思わないが、それでも言ってやりたかった。

「メリッサを助けたとは思えない。その証拠に彼女は今も俺を恨んでるそうだ」

「え？」

ディックは翳りを帯びた眼差しのまま、ユウトの指に自分の指を絡めた。

「シンディが自殺したのはショックだったし、やり方を間違えたという後悔は残っていたが、正直に言うとメリッサのことは、俺も助けてやったと自分を正当化してきた。十代の俺は自己中心的な人間だったから、メリッサに恨まれても本音ではあいつが馬鹿なんだとさえ思っていた。だからその後のメリッサの人生なんて俺には関係ないと、突き放した気持ちでいたんだ。俺の冷たさに呆れるだろう？」

そんなことはないという気持ちを込めて、繋がった手に力を込めた。

「本当に俺は未熟な人間だった。ずっと他人は他人、どうなろうが関係ないと思っていた。軍隊に入って仲間ができてからは、人と人の絆の大切さを実感として知った。人はひとりでは生きられないとわかったからだろうな。さらにお前とつき合うようになって、過去の冷淡な自分を恥じる気持ちが湧いてきた。お前のような誠実で優しい男を間近で見つめ続けていると、自分がどれだけひどい人間だったのか思い知らされる」

「褒めすぎだ。それって惚れた欲目だよ。俺はお前が思うほど立派な人間じゃない」

「いいや。お前は立派だ。俺はいつもお前を尊敬している。そんなお前に愛されて暮らしているうち、過去を悔いる気持ちがどんどん強くなってきた。できれば記憶喪失になって昔の自分のことなんかすべて忘れて、自分の人生をリセットしたいくらいだ」

「ストップ。記憶喪失ネタは禁句だぞ」

ディックの唇に指を押し当てて言ってやった。

「お前が記憶喪失になったとき、俺がどれだけ辛い想いをしたと思っているんだ？　あんな目に遭うのは、二度とごめんだからな」

今では笑い話だが、ディックに忘れられてしまったあの出来事は、本当に悲しかった。ディックは「すまない」と謝り、ユウトの手を持ち上げてキスをした。

「さっき言った言葉は取り消す。俺も記憶喪失には二度となりたくない」

空気が和らいだのを見計らい、「メリッサのことだけど」と話を戻した。

「今も恨んでるってどうしてわかるんだ？」

「昨日、サイラスが話してくれた。施設に戻ったあとも、サイラスがメリッサのことを心配して連絡を取り続けていたのは知っていたが、まさか大人になった今もつき合いがあるとは思わなくて驚いた。あいつは今、ニューヨークで弁護士をしているらしい」

「すごい。頑張ったんだな。メリッサはどうしてるんだ？」

ディックはすぐには答えず、「メリッサは」と言葉を探すようにユウトから視線を外した。

「幸せにはなれなかった。十代で結婚して子供を産んだが、暴力を振るう男で離婚してシングルマザーになった。生活が苦しくなり、結局、子供は養子に出したらしい。酒に溺《おぼ》れ、次第に薬物にまで手を出すようになり、ここ数年は依存症の施設を出たり入ったりしているそうだ。サイラスは彼女を放っておけず、ずっとサポートしていると言ってた。メリッサはまだ俺を恨んでいるのかと聞いたら、サイラスは言いにくそうに、そうかもしれないと教えてくれた。メリッサはドーソン家にいた頃が一番幸せだったと、今でも言っているそうだ」

聞いていてやるせなくなった。メリッサは間違っていると言うのは簡単だが、何を幸せに感じるかは本人の自由だ。歪んだ認知から生じる判断だとしても、本人が幸せだったと思っている気持ちは誰にも奪えない。

「メリッサは自分の不幸な人生は、すべて俺のせいだと思っているかもしれない。そしてサイラスは自分に非がないのに、今もメリッサを支えている。なのに俺は自分のしたことを忘れて、いや、実際には忘れていないが、忘れたふりをして生きてきた。サイラスは俺との再会を純粋に喜んでくれたし、俺を責めるようなことはひと言も言わなかったが、俺は自分の身勝手を突きつけられた気がして、昨日は最悪の気分を味わった。サイラスとは夕食を共にして八時頃には別れたが、やり切れなくなって酒場で浴びるほど飲んだ。そのまま帰ったら、お前にすべて懺悔《ざんげ》してしまいそうで怖かったのかもな。結局はこうして白状しているわけだが」

寂しげに微笑む顔に胸を締めつけられ、咄嗟《とっさ》に頼りなげに見えるディックを抱き締めた。昨夜、ディックは目を背けてきた過去の過ちと対峙《たいじ》したのだ。それはどんなに苦しいことだったろう。

「俺に懺悔なんてする必要はない。俺はお前を裁く存在じゃないんだから。でもなんだって話してほしい。お前の過去に過ちや罪があるのなら、俺もお前と一緒に苦しむよ。どんなときもお前の心に寄り添っていたいんだ」

「……ありがとう」

ディックの唇が額に落ちてきた。温かな唇はしばらくの間、ユウトの額の上に留まっていた。

「どうして俺はあんな嫌な子供だったのか、我ながら不思議なんだ。プライドというか妙な意地みたいなもので、必死で自分を守っていた気がする。自分を憐れんで生きるくらいなら、他人を馬鹿にして生きていくほうがましだと思っていたのかもしれない」

ディックは人一倍、繊細な子供だったのではないか。傷つきやすい心を守るため、無意識のうちに他者を排除したり攻撃したりする方向性に、気持ちが向かってしまったように思う。

「子供の心が歪んでしまうのは、その子の責任じゃない。置かれた環境に問題があるんだ」

「だったらもし俺の両親が死ななくて普通の家庭で育ったなら、俺は性格のいい子供として成長できたんだろうか？」

「きっとそうだよ」

「うーん。そうかな。俺はどんな環境で育っても、捻《ひね》くれた嫌なガキだったと思うが」

ユウトはくすくす笑いながら「まあ、性分ってものはあるだろうけど」と言い、ディックの髪を撫でた。自虐的というよりディックは自分に夢を見ることができない性格らしい。

ディックの心の奥深い場所には、きっと今でも寂しい子供がいる。誰より屈強でタフな男の中に潜む可哀想なその子を、優しく抱き締めてやることができたならいいのにと思った。

「ディックの両親は事故で亡くなったそうだけど、どんな事故だったんだ？　交通事故？」

今まで触れてこなかった話題だが、今日こそは聞くべきだと思った。ディックは「そうだ」と頷いたが、自分から詳細を語ろうとしない。

ユウトは催促せずに待った。ディックは絶対に話してくれるはずだから、急《せ》かしてはいけない。

長い沈黙のあとで、ディックは話し始めた。

「俺は当時、六歳だった。覚えているのは、車の後部座席に座っていたこと。父親が運転していて、母親は助手席にいたこと。どこかのハイウェイを走っていたこと。寒い日でちらちらと雪が降っていたこと。カーラジオからクリスマスソングが流れていたこと。——そして誰かに抱きかかえられながら、両親の乗った車が炎に包まれるのを見ていたこと」

最後の言葉に驚愕して、すぐには言葉が出てこなかった。

「何があったんだ……？」

そう聞くだけで精一杯だった。ディックは首を振り、「記憶が抜け落ちてる」と答えた。

「ショックのせいだろうが、事故の瞬間の記憶がないんだ。これはあとから聞いた話だ。前方不注意のトレーラーが蛇行運転になり、俺たちの車を巻き込んだ事故を起こした。他のドライバーたちが両親を助けようとしたが、車体が潰れて前のドアが開かない。そうこうしているうちに車体から火の手が上がり、俺だけが車外に連れ出された。その直後にガソリンタンクに引火して車は爆発した。……ものすごい炎が車を呑み込んでいく光景は覚えているのに、自分がどんな気持ちでそれを見ていたのかは、どうしても思い出せない」

ディックは淡々と喋っているが、ユウトは耳を覆いたくなった。なんてひどい話なんだろう。衝撃が強すぎて慰めの言葉も浮かばない。

息ができず胸が苦しい。大きく空気を吸い込んでいるのに酸素が足りない。喘ぐように胸が上下し、耐えきれずディックの胸にもたれかかった。

「ユウト？　どうした、具合が悪いのか？」

「……苦しいんだ。胸が、すごく苦しい。まさか、そんなひどい事故だったなんて……。すまない。お前が話したくないと思うのは当然だ。辛いことを話させて本当にごめん」

両親が車ごと焼けていく。六歳の少年が見るには、あまりにも残酷すぎる光景だ。信じられないほど悲惨すぎる。痛ましいディックの過去が、鋭い針のようにユウトの胸に突き刺さり、見えない血が流れ出ていく。

「もう昔の話だ。俺は幼かったから記憶は曖昧《あいまい》だし、お前が思うほど辛く感じていない。……ユウト、泣いているのか？」

ディックはユウトの濡《ぬ》れた頬を両手で挟み、深く顔を覗き込んだ。痛ましいものを見るような瞳がそこにあった。

「お前が泣く必要なんてないのに。やっぱり話さないほうがよかったな。大昔の話でお前を悲しませたくなかった」

おかしな話だ。これはディックの悲劇なのに、なぜか自分のほうが慰められている。ディックはもう辛くないのだろうか。幼い日の悲劇を思い出して心が苛《さいな》まれることはないのだろうか。

自問自答するまでもなかった。どれだけ時間が経とうが辛いに決まっている。ディックが平気だと言い張っても、心に焼きついた喪失と恐怖の痛みは消え去るはずがない。

「……教えてくれないか。ディックの両親はどんな人たちだった？」

「あまりよく覚えてないが父は無口な人だった。母はきれいな金髪の持ち主で、すごく美人だった。息子の贔屓目《ひいきめ》かもしれないが、世界中の誰よりきれいだと思ってた。けど、今はもうふたりの顔をはっきりと思い出せない」

「写真は持ってないのか？」

「ない。両親の写真も形見も持ってないんだ。俺たち一家はコネチカットに越してきたばかりだったみたいで、近所づき合いもなかったらしい。探したが身内は見つからず、俺は施設に送られた。住んでいた部屋は市に委託された業者がどうにかしたんだろうが、荷物なんかは何ひとつとして俺の元に来なかった。手違いだったのか、故意にそうなったのかわからない。何しろ俺は事故のあと、しばらくは自分の殻に閉じこもっていたから、周りで何が起きていたのか覚えてない」

どういう経緯でそうなったのか知らないが、杜撰《ずさん》としか言いようがない。親の形見すら手元に残らないなんてひどすぎる。

「落ち着いてから施設の職員に何か保管されてないか、聞いたりしなかったのか？」

「聞かなかった。仮に両親の持ち物や写真が見つかっても、ふたりが戻ってくるわけじゃないしな」

二度と戻らない幸せな日々。大事な家族。思い出しても悲しくなるだけだから、いっそ忘れたいと願ったのだろうか。幼い子供が両親のことを忘れようとするなんて、その強がる気持ちを想像するだけで涙が出そうになる。

「施設には優しいスタッフもいた？」

「ああ。嫌な奴もいたが優しい人たちもいた。子供の頃は最悪の場所だと思っていたが、今は面倒を見てくれた大人たちに感謝してる。……そうだ。チャーリーという黒い犬がいたんだ。全然懐かない可愛げのない犬だったけど、俺の友達だった」

ディックの眼差しが優しくなった。嫌な記憶だけではないのだと思えたら胸が熱くなり、会ったこともないその犬に感謝したくなった。

ユウトはディックの肩にもたれかかり、「見てみたい」と呟いた。

「チャーリーを？　もうとっくに死んでるさ」

「違うよ。俺が見たいのはお前が育った施設だよ。通った学校や町も見たい」

「何もない退屈な場所だ。行ったってしょうがない」

ユウトは首を振り、「それでもいいんだ」とディックを見つめた。

「観光で行くんじゃない。お前が育った場所だからこそ俺には意味がある。お前が見ていた風景を俺も見たい。——だからいつか、俺を連れて行ってほしい」

ディックは少し困ったような表情を浮かべながら、「本気で言っているのか？」と尋ねた。

「本気だよ。俺ってあんまり我《わ》が儘《まま》を言わない恋人じゃないか？」

「ああ、そのとおりだ。もっと我が儘を言ってほしいと俺はいつも思ってる」

「だったらこれが俺の我が儘だ。叶《かな》えられるのはお前しかいない」

ディックにとって、帰りたくない場所なのはわかっている。それでもユウトは行きたいと思った。

大人になった今のディックだからこそ、昔と同じ場所に立っても違う景色が見えてくるのではないか。長く抱えてきた後悔という重い荷物を、ほんの少しでも置いてくることができるのではないか。勝手な希望だが、そんなふうに感じるのだ。

けれどももし故郷に帰ることでディックの心がより辛くなってしまったら、そのときは自分が苦しみを癒《い》やしてあげたいと思う。抱えきれない重荷の半分を持ってやりたいと思う。

とうに覚悟はできている。ディックと共に生きると決めた日から、ふたりの人生はひとつになったのだから。

「……わかった。いつか一緒に行こう。約束するよ。俺が育った場所にお前を連れていく」

ディックの瞳は穏やかだった。さっきまでの翳りはもう見当たらない。

「不思議だな。絶対に帰りたくないと思っていたのに、お前とふたりであの町にいる自分の姿を想像したら、なぜか嫌な感じがしないんだ」

「俺に過去の話をしたせいじゃないかな。ちょっとすっきりした気持ちになってない？」

「確かになった気がするな」

「秘密とか嘘とか抱えていると、心の中で嫌なものがどんどん膨らんでいくんだ。子供の頃、俺はそれを黒い風船って名付けてた」

ディックは可笑しそうに「黒い風船？」と聞き返した。

「うん。人に言いたくないことや、知られたくないことがあると、胸の中で黒い風船が日に日に大きくなっていく感じがするんだ。だけど、ばれちゃえばもう平気なんだ。パチンと割れた風船みたいに消えてしまう。子供の頃、レティが大切にしていた花瓶を割ってしまったことがあったんだ。叱られたくなくて、つい自分じゃないって嘘をついた。そしたらすごく悶々《もんもん》としてさ、そのうちお腹まで痛くなってきた。結局、俺が割ったのがばれてすごく叱られた。レティは花瓶を割ったことより、嘘をついたことに対して怒ったんだけどね。厳しく叱られて泣いたけど、でも嘘がばれて安堵もしてた。もう黒い風船はなくなったから大丈夫って気がしたんだ」

ディックはなぜかニヤニヤしながら聞いている。

「なんで笑うんだよ」

「ユウト少年がレティに叱られて泣いている姿を想像したら、猛烈に可愛くて」

「馬鹿。そんなの想像するなよ」

ディックの鼻先をキュッと摘まんでやった。

「……ちょっと思ったんだけど。コネチカットに行けたら、ディックの両親のことを調べてみないか？」

「俺の両親のことを？」

「うん。コネチカットに来る前、どこに住んでいたのかわかれば、両親の友人だって見つかるかもしれない。そしたらいろいろ聞ける。ふたりがどんな夫婦だったか、どんなふうにお前を愛していたのか。そういうことを知りたくないか？」

ユウトの問いかけに、ディックはしばらく無言だった。

「知りたくないというより、知りたいと思う自分をずっと無視してきた。自分は強いから両親の記憶なんて必要ないと言い聞かせてきた。戻らない人たちを恋しがっても辛くなるだけだと、わかっていたからだろうな。でも今は、お前が一緒にいてくれる今は、両親のことを知りたいと思う。それがどんな事実でも、今の自分なら受け入れられそうな気がする」

素直な気持ちで答えてくれている。ディックの心の奥に埋もれていた硬い蕾《つぼみ》のような本心が、今夜わずかに花開いたように思えた。

「だったら調べてみよう。身内が見つからなかったっていうけど、ちゃんと調べればひとりくらい発見できると思うんだ。ディックに似たハンサムな従兄弟《いとこ》とか現れたら面白いな」

ディックが不意に微笑んだ。ひどく優しい表情でユウトを見ている。

「想像したら楽しくなってきた?」

「いや、お前が愛おしくてたまらないと思っていた。俺のためにいろんなことを考えてくれてありがとう。俺には両親も兄弟も身内もいないがお前がいる。それこそが人生最大の幸運だ。お前さえいてくれれば他に欲しいものはない。心からそう思っている」

お前さえいれば他には何もいらない。いつもディックが言ってくれる言葉だ。その言葉を聞くたび、嬉しさと一緒に歯がゆさも感じていた。

ディックにはもっと多くを望んでほしい。人生には楽しいことがたくさんあるのだから、恋人だけを人生の中心にしてしまうのではなく、他にも夢中になれることを見つけてほしい。自分への愛が深いほど、生きる世界を狭めてしまうことにはならないか、という心配があった。

だけど今は違う。歯がゆさをまったく感じなかった。

ディックの孤独を自分が癒やしている。自分という存在が彼の心に空いた無数の穴を、ひとつ残らず埋めつくしている。だからディックはこんなにも満ち足りた表情をしているのだ。今のディックに足りていないものはない。自然とそう思えた。

ああ、そうなのか。ディックは本当に幸せなんだな。だったらしょうがない。

お腹がいっぱいで満足したと言ってる相手に、それ以上、何かを食べさせたいと願うのはお節介というものだ。

とはいえ、ユウトとしては大好物ばかり食べないで、バランスよく他の食べ物を口にしてほしいという気持ちは捨てきれない。だからこれからも、あれこれ気を揉んでしまうのだろう。

でも今は、今夜はよしとしよう。自分だけを熱く求める男にもっともっと自分を与えて、今以上に幸せにしてやろう。それ以上に素晴らしいことは思いつかない。

「俺のことが好きすぎるディックを、俺も大好きだ。ところで今夜は優しくしてくれるよな?」

ユウトはディックの首に両腕を回すと、あざとく頭を傾けながら上目づかいで尋ねた。

「え……? え、どういう意味だ?」

ディックが珍しくうろたえている。笑いそうになるのを我慢して、「意味、わかんないのか?」と耳元で囁く。

「お前が欲しくて誘ってるんだよ」

「いや、でも、昨日はあんな真似をしたから、俺はもっと反省すべきだし、だからしばらくは我慢したほうがいいかと……。いいのか? 本当に?」

ディックはしばらく禁欲しようと決めていたのかもしれない。その心がけは立派だが、セックスはふたりでするものなのに、勝手に決めるのはちょっと独りよがりではないか。

「いいよ。だって俺がしたいんだから。お前はしたくないのか?」

耳にキスしながら尋ねると、「愚問だ」と抱き締められた。

「俺にしたくない日なんてない。いつだってお前が欲しい。許されるなら、朝でも夜でもお前を抱きたい。ベッドでもソファーでもキッチンでもバスルームでも、お前がそこにいるだけで俺はたまらなくなる。いつだって抱き締めてキスして——すまん。これだと盛りのついた野獣と同じだな」

放逸な自分の欲望を恥じているのか、ディックは反省するように視線をそらした。今さら隠すようなことでもないのに、と可笑しく思いながら、ユウトは理性的な野獣の唇にキスをした。

ユウトの寝室、いや自分たちの寝室で、ふたりは下着姿になって求め合った。

昨夜の反省もあってか、ディックがいつになく真剣な態度で行為を開始したものだから、ユウトも調子を合わせるしかなかった。軽口やおふざけを寄せつけない雰囲気のセックスは、妙な緊張感がある。

ディックはいつも優しいが、今夜は優しいというより紳士的だった。甘いキス。甘い愛撫《あいぶ》。甘い囁き。まるでお姫さまに傅《かしず》く王子さまのような完璧さだ。しかし残念なことにユウトはお姫さまではないので、あまり丁寧に愛されると気恥ずかしさが先に立ってしまう。

「もっと野獣モードでもいいのに……」

独り言を呟いたら、ユウトの膝にキスしていたディックが「え？」と顔を上げた。慌てて「なんでもない」と誤魔化し、ディックを手招いた。ディックの頭がキスできる位置に戻ってくる。

「どうした？　まだ右足しか愛撫してないぞ。爪先まで味わったら、今度は左だ」

「もういいよ。焦《じ》れったくなってきた。それより早く来てほしい」

「我慢できないのか？」

下着の中で高ぶっているユウトのものに手を伸ばしたディックが、意地悪な目つきで囁く。ディックは盛り上がった生地の上からユウトのペニスをつーっと撫で上げ、指の腹で先端をぐりぐりと弄った。直接摑んでほしくてたまらず、ユウトは「で、きない」と訴えた。

「焦らさないで早く握ってくれ……」

「強くか？　優しくか？　お前の好みを言ってくれ」

そんなのどっちだっていいと思ったが、答えるまでディックがいたずらし続けるのは目に見えている。ユウトは息を乱しながら「強く」と呟いた。

「ディックの手で強く握って、激しく、し、扱《しご》いてほしい……」

望まれている恥ずかしい言葉を口にすると、ディックは「いい子だ」とユウトの耳にキスをした。さらに耳朶に軽く歯を立て、尖《とが》らせた舌を小さな穴に差し入れてくる。背筋に震えが走ったその瞬間、大きな手がするっと下着の中に入り込んできた。

高ぶりきった熱い欲望を、痛いほどの力で握られる。腰が跳ね、喉《のど》が「んっ」と鳴った。

ディックの手が力強く動きだす。先端から根元までの大きなピストンは最初から激しく、目の奥で火花が散るほどの快感を連れてきた。

焦らしに焦らされたせいで、ユウトの身体は貪欲《どんよく》に快感を味わうが、それでも足りず、もっともっとと腰が浮き上がっていく。

「あ……ディック、駄目だ、そんなしたら、俺、ん……っ、もう駄目、だって……っ」

「駄目じゃない。気持ちいいんだろう？　だったらその可愛い声で『いい』と言ってくれ」

ディックは手を動かしながら、ユウトの乱れる姿を愛おしそうに見下ろしている。快感に溺れる顔を見られるのは、恥ずかしくたまらない。頼むから見ないでくれと思うのに、同時にディックの前でだけは、自分でも見たことがないような自分をさらけ出したくなる。

ディックにならいい、いや、ディックにだけは見てほしい。誰にも知られたくない恥ずかしい姿を。

暴かれて困ることは、何ひとつとしてないから。

俺の心にも身体にも、お前に対する秘密など存在しないから。

愛と欲望が一体となって、さらなる興奮が生まれる。その興奮はスピードとボルテージを上げて、どこまでも高く駆け上がっていく。

「ああ、ディック、いい……。すごく、いい。もう、死にそうだ」

「死なれたら困るな」

笑いを含んだ声でからかわれたが、言い返す余裕もない。火がついた身体はもう収まりがつかない。

前への刺激だけでは足りなくなり、ユウトはディックの股間に手を伸ばした。下着の中で石のように硬くなったものを、生地の上から手で強く愛撫する。

「そっちはまだだ。もう少し我慢してくれ」

「無理。我慢なんてできない。今すぐ来てくれ」

ディックの下着を引き剝がし、あらわになった尻に両手を押し当てる。硬く盛り上がった張りのある大臀筋《だいでんきん》がたまらない。なめらかな肌に指を立て、早く早くと急かすようにディックの腰を自分のほうへと引き寄せた。

「そんなに欲しがられると俺の我慢も限界だ。今日は手順を踏んでたっぷり時間をかけてから、紳士的にインサートするつもりだったのに」

「手順なんていいから、俺の中に、早く……っ」

反り返ったディックの欲望を握り、奥まった場所へと導く。性急な欲しがり方をするユウトに、ディックは「ローションが必要だろ？」と囁いた。駄々っ子をいさめるような言い方だった。

「いいから挿れてくれ」

「駄目だ。痛くしたくない」

「いいんだ。痛いくらいのほうが、今日は感じそうだから」

無意識のうちに飛び出した言葉だったが、言ってから恥ずかしくなった。

「どうしたんだ？　新手の言葉責めか？」

「馬鹿、そんなんじゃないよ。本当に来てほしいから言ってるんだ。紳士的じゃなくても構わない。むしろ獣のように求めてほしい」

気のせいだろうか？　手の中にあるディックのそれが、いっそう熱く、硬く、大きくなった気がした。

「お前……。俺を殺す気か？　くそ、これ以上は我慢できない」

余裕が消え去り、紳士が荒い息を吐く獣へと変化していく。自身の先端をユウトの窄《すぼ》まりに押し当て、先走りのぬるつきで気休め程度に潤すと、ディックはゆっくりと腰を沈めてきた。

「あ……っ、ディック、待って……っ」

「今さらやめろと言われても聞けないぞ」

「ちが、そうじゃなくて、はぁ、あ、んぅ……っ」

狭い場所をこじ開けて、ディックの欲望が奥まで入ってくる。押し開かれる痛みはあるが、それ以上の快感があった。自分の空洞を恋しい男に隙間なく埋められる愉悦は、安堵にも似ていた。

「いい、すごく、いい……。もっと欲しい。もっと激しく動いて……ん、お前を感じさせてくれ。奥まで突き上げて、めちゃくちゃに俺を揺さぶって……」

譫言《うわごと》のように口走ってしまったが、自分では何を言っているのか自覚していなかった。ただ本能の赴くままに口が動いていた。

「お前、やっぱり言葉だけで俺を達《い》かせようとしてるだろ？　そんな悪いテクニック、どこで仕入れてきたんだ？」

ぐいっと強く貫かれ、「ああっ」と甘ったれた声が漏れた。

「自覚はないだろうけど、お前のような男がいやらしい言葉を吐くと、ものすごく来るんだ。

……ああ、くそ。やばい。どうして俺はお前とやるときだけ、こうも我慢が利かないんだ？」

たくましい腰遣いでユウトを揺さぶりながら、ディックが不本意そうに呟く。

「悪い。第二ラウンドで粘るから許してくれ」

謝るディックに何も言えなかった。気持ちよくてそれどころじゃない。ディックの腰に足を絡ませ、激しさを増すラストスパートに必死でついていく。

ユウトの快感の鉱脈を巧みに掘り当てながら、ディックは獣のような息を吐き続けた。たくましい肉体からは汗が滴り落ち、ユウトの肌をしとどに濡らしていく。

それは天然のローションと化し、重なった肌と肌をヌルヌルと滑らせた、その淫《みだ》らな感触がたまらない。苦しげに眉を寄せるディックの表情があまりにもセクシーで、視界からも快楽が押し寄せてきた。

もう何も考えられない。頭が真っ白になり、自分という存在すら消えていく。確かなのは今、ディックと深く繋がっているという実感だけだ。

ふたりして本能のままに身体を動かして貪欲に快感を貪《むさぼ》る。熱い息を撒《ま》き散らしながら、最高としか言いようがない到達の瞬間に向かってダイブした。

「ちょっと頑張りすぎたかも。明日は筋肉痛になりそうだ」

情事のあとの気怠《けだる》さに身を任せながら呟くと、ディックが笑った。ディックの胸に頭を乗せていたので、軽い振動が伝わってくる。心地いい振動だ。

「実は俺も途中で腰が攣《つ》りそうになった。必死で耐えたけどな」

「あれくらいで？　最近、運動不足じゃないか？」

もちろん冗談だ。頭を上げてディックを見ると、ニヤニヤと笑う顔がそこにあった。何を言いだすのか予想はついた。こういう締まりのない顔のときは、大抵ユウトの恥ずかしい姿を思い出している。

「今日のお前、最高にエロかったな」

「エ、エロいって言うな。せめてセクシーとか言えよ」

「セクシーで可愛くてキュートで、最高にエロかった」

語彙《ごい》の足りないロブみたいだな、と思ったが、言えば拗《す》ねそうなので心の中に留め置く。

「しかし難しいな」

「何が？」

「お前に激しくしろって言われると、どこまでしていいのかいつも悩む。今日みたいに痛くしてと可愛くおねだりされたら――」

「もういい。最後まで言うな」

手でディックの口を塞《ふさ》いで阻止した。興奮が冷めてから自分の痴態を語られるのは、どうにも恥ずかしくて我慢ならない。

痛いほうがいいだなんて、我ながら現金なものだと呆れてしまう。昨夜は荒々しく求められて怒ったのに、今夜はそれを自ら望んだ。

けれど、それは仕方がないと自分に言い訳してみる。今夜のディックは愛に満ちていた。溢《あふ》れ出る愛でユウトをすっぽりと包み込み、それでもまだ足りないというように、甘い蜜のような情熱をとろとろと際限なく注いでくれた。

そんなディックだからこそ、激しい行為を安心して求められたのだ。どれだけ煽《あお》っても自分を傷つけたりしないという信頼があるから、ディックが興奮する言葉を口にできる。要するに愛があるから大丈夫、ということだろう。

「もう寝る。お休み」

ディックの上から降り、背中を向けて目を閉じた。ディックは笑いながら後ろからユウトを抱き締め、「都合が悪くなると、すぐそれだ」と耳元で囁いた。

「本当に眠いんだよ。……そうだ。今朝はサンドイッチありがとう。すごく美味しかった」

「どういたしまして。昨夜のお詫《わ》びにもならないが、食べてもらえてよかった」

ユウトの髪に顔を押し当てながら、ディックが「サイラスのことなんだが」と言いだした。

「明日の夜の便でニューヨークに帰るらしい。その、お前さえよければ、俺と一緒に空港まで見送りに行かないか？　あいつにお前をちゃんと紹介したいんだ」

思わず振り返って、身体も回転させてディックに向き直った。

「本当に？　俺も行っていいのか？」

「ああ。昨日はちゃんと紹介できなかったから、サイラスもお前に会いたがっていた。ただし覚悟しろよ。あいつのお喋りは大人になってもまだ健在だった」

ユウトは微笑んで「わかった。覚悟しておく」と頷いた。

「お前の昔の友人と話ができるなんて、すごく嬉しいよ。サイラスからお前の子供時代の話を聞こう」

「それはやめてくれ。あいつは俺の恥ずかしい話を山ほど知ってるんだ」

苦笑いを浮かべるディックに、「大丈夫だよ」と言ってやった。

「どんな話を聞いたとしても、俺がお前を嫌いになることは絶対にないから」

「ユウト……」

ディックは切なそうな眼差しを浮かべ、手の甲でユウトの頬をそっと撫でた。まるで壊れ物に触れるような手つきだった。

「俺はいつだって傲慢《ごうまん》だった。欠陥だらけだったのに、それが俺という人間なんだと思って生きてきた。ある種の開き直りだ。でもそれは逃げだったと、最近になってようやく認めることができた。結局、嫌なものから目を背けていただけで、自分自身と深く向き合ってこなかったんだ。俺の過去をすべて語って聞かせたら、さすがのお前でもきっと嫌になる。他人にひどいことを言ったり、心ない振る舞いもたくさんしてきた」

ユウトはディックの手に自分の手を重ね、「大丈夫だよ」と微笑んだ。

「過去を悔いる気持ちがあるなら、俺はお前を責めたりしない」

ディックを誰よりも愛している。だから心は決まっている。ディックの過去はすべて受け入れると。

これから先、まだ語られていない過ちを知ることもあるだろうが、それがどんなことでも受け止めてみせる。何を知ってもディックを見放したりしない。

「昔傷つけた人が現れてもしお前を責めたら、お前は誠心誠意、その人に謝るべきだ。そのときは俺も一緒に謝る。罵倒《ばとう》も非難も甘んじて受ける。絶対にお前をひとりにしない」

「ユウト……」

ディックの目が潤んでいた。青い瞳が宝石のようにきらめいている。

「どうして俺は他人を傷つけて平気でいられたんだろう」

「寂しさと怒りがそうさせていたんだ。可哀想な子供だったんだよ。子供のしたことは許してやらなきゃ」

ディックは「許してもいいんだろうか？」と消えそうな声で呟いた。ユウトは「ああ」と頷いた。

「俺からも頼むよ。生意気で反抗的だったリック少年を、もう許してやってくれ。寂しかったんだなって、ギュッとハグしてやろう」

自分を許せるのは自分だけだ。ディック自身が過去を見つめて受け入れないと、かつての自分と和解できない。

「俺は子供が苦手だから上手く扱えそうにない。だが努力してみるよ」

「うん。少しずつでいいよ。一番の理解者になってあげて」

ユウトの言葉を嚙《か》みしめるようにディックは瞬きで頷き、深い息を吐いた。

「お前はすごいな。長年、俺の心にあった黒い風船をパチンと割ってくれた。絶対に割れないと思っていたのに。何度も言うが、俺はお前に愛されて新しい人生を得た。心から生まれ変われた気がする。今の俺をつくったのは、きっとお前だな」

「大袈裟だな。俺はお前のママじゃないぞ」

笑って言い返したが、本当は泣きそうだった。

孤独だった少年は、もう孤独じゃない。

寂しくて人を傷つけてしまった少年は、もう誰のことも傷つけたりしない。

ユウトは愛を知らなかったかつての少年を抱き締め、その柔らかな唇に優しく口づけた。

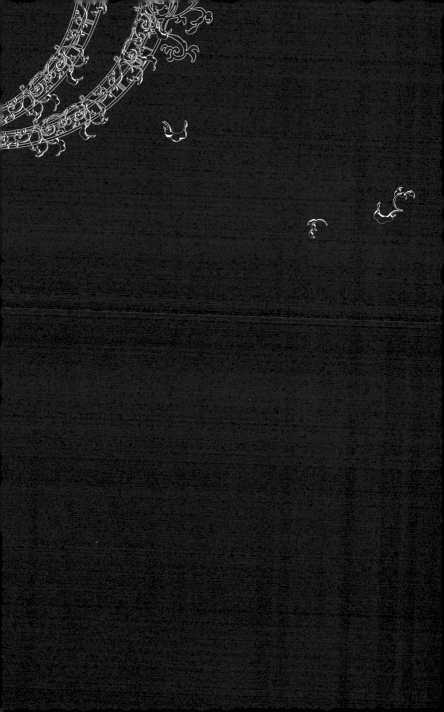

［式神の名は、鬼］番外編

最高の恋人は鬼でした

夜光花

扉イラスト　笠井あゆみ

その日、陰陽師《おんみようじ》を生業《なりわい》としている氷室櫂《ひむろかい》は、田園調布《でんえんちようふ》を車で走っていた。

「羅刹《らせつ》。ちょっと寄るところがあるんだが、いいか？」

車の運転をしていた櫂は、助手席でスナック菓子を食べている男に聞いた。男の名は羅刹、本名ではなく櫂が名づけた。羅刹の正体は鬼で、今は人間の姿に化けている。放っておくと余計なことしかしない困った奴だが、食べ物の嗜好《しこう》が小学生並みなので、スナック菓子を与えておけば静かにしている。

「構わぬが、どこへ行く？」

羅刹が菓子をぽりぽりさせながら聞く。

「日が暮れてきただろ。夏に一緒に出かけた場所——新宿《しんじゆく》に寄りたいんだ」

櫂は言葉を濁して言った。あの時出かけたのは新宿三丁目だが、今夜訪れるのは二丁目、そう——櫂のかつての古巣へ寄ろうと決めた。現在の時刻は午後六時、ちょうどいい頃合いに二丁目につくだろう。

新宿二丁目はいわずとしれた同性愛の街だ。

櫂が初めて訪れたのは高校三年生の夏休みで、初めて男に抱かれたのもその時だ。それから二十歳になるまでの間、櫂は行きずりの男と何度も関係を持った。数人だけ恋人関係になった男もいたが、何度も身体を重ねると罪悪感が増していき、離れるようになった。

男が好きなくせに、男を愛せなかった。

誰かと深い関係になるのを恐れたせいだ。櫂は特殊な家の生まれで、櫂の傍にいると物の怪が寄ってくるという危険がある。幼い頃から物の怪につきまとわれ、それを追い払うのが常で、誰かと長くつき合うことは、相手を危険な目に遭わせることにも繋《つな》がった。

物の怪に憑依《ひょうい》された初恋の友人に襲われるという事件が起きた後、櫂は新宿二丁目にはぱったりと行かなくなった。伊織《いおり》に対する自責の念が、足を遠ざけていた。

だが、自分の身にさまざまな出来事が起こり、鬼である羅刹と愛し合う関係になった時、櫂は久しぶりに新宿二丁目に足を運ぼうかという気になった。

嫌な思い出ばかりではない。あの頃、自暴自棄になっていた櫂を救ってくれたのは、間違いなく二丁目にいた同性愛者たちだ。今日は仕事の関係で、田園調布に住む政財界の大物の屋敷に招かれた。その帰り道、櫂は六年ぶりに新宿二丁目にあるゲイバー『下ネタ禁止』を訪れた。

(この辺りもだいぶ変わったな。この店が残っててよかった。さて……)

重いドアを押し開け、意を決して中に入る。入ってすぐの店内にはカウンター席が並んでいて、奥には丸テーブルが七つ置かれている。店内は小さいながらもステージがあり、夜な夜なダンサーたちが腰をくねらせる。店内はちっとも変わっていない。

「ひ……久しぶり」

カウンターの中にいる女装姿の男に声をかける。カウンターにはこの店の主人である麗子《れいこ》ママがいて、櫂を見るなり目を丸くした。

「ま……っ、櫂！　櫂じゃないの！」

グラスを磨いていた麗子ママが、櫂に気づいて素《す》っ頓狂《とんきょう》な声を上げる。麗子ママは六十代のガタイのいいオカマで、今日はラメの入ったピンクのドレスを着ていた。髪をアップにして化粧もばっちりだが、お世辞にも美しいとは言い難い。学生時代はラグビー部だったというし、今でも筋骨隆々だ。

「えっ⁉　櫂⁉　皆、櫂だって！」

麗子ママの声を聞きつけた従業員——三人のオカマが、いっせいにこちらに駆け寄ってくる。昔と変りない面子《メンツ》で、逆に驚いた。彼らはまだこの店で働いていたのだ。常連客の中にも見知っている顔がいて、つい顔がほころんだ。オカマにオネェに女装、ニューハーフ、ゲイ、ドラァグクィーン、傍から見れば同じだろうが、細かく言えば違う。六年ぶりに訪れた店の懐かしい空気に、櫂は感慨深い思いを抱いた。

「やだーっ、櫂じゃない！　あんた、どんくらいご無沙汰《ぶさた》なのよっ」

「どの面下げてきたのよぅ！　すっかり足を洗ったもんだと思ってたわよ！」

「憎たらしいくらい、お肌が綺麗ねっ」

その場にいた昔の知り合いから口々に責め立てられ、櫂は苦笑した。当時は同性愛者である自分を嫌悪していたのに、気がつくといつもこの店に足を向けていた。麗子ママや従業員のオカマと話していると、嫌な気分を一時忘れられたからだ。店に遊びに来た男に声をかけ、そのままホテルに行くというのも日常茶飯事だった。

「皆、変わってないな。元気そうでよかった」

しみじみとした口調で耀が言ったとたん、皆の顔が耀の背後にいる男に注がれる。咳払《せきばら》いをして代表である麗子ママが、極上の笑みを見せた。

「耀、その後ろのいい男は……？」

値踏みするように耀の後ろに立っていた羅刹を見つめる。羅刹は初めて入るゲイバーを興味深げに眺めている。

「あー。えっと、俺の彼氏」

耀は頬を染めて、照れ笑いを浮かべながら羅刹を紹介した。

そう、久しぶりに二丁目を訪れるに当たって、耀は羅刹を伴った。目的はただ一つ——羅刹を自慢するためだ。中身が鬼とはいえ、羅刹の外見はかなりのイケメン、ゲイにモテモテの筋肉男だ。鼻筋はすっと通っているし、髪が赤いので外国人にも見えるし、何よりも二メートル近い身長で人目を惹《ひ》く。今日は羅刹によく似合う黒シャツにグレーのジャケットを着せた。相変わらずネクタイは首を絞められるようで嫌だと拒否されたが、ノータイでもかなり格好いい。

こんないい男、捕まえましたよ！　と報告するために、耀はこの店に来たのだ。

「きぃいっ、悔しい！　何よ、何よ、いい男じゃない！」

「ちょっとこの腕見て！　たくましいっ、濡《ぬ》れちゃうっ」

「いやぁん！　抱かれたいーっ」

女装した男たちに群がれ、羅刹が困惑して固まっている。羅刹にはここに来る前に、絶対に鬼の姿に戻るなと釘を刺しておいた。

「何だ、こやつらは。魑魅魍魎《ちみもうりょう》か？」

身体中べたべた触られて、羅刹が櫂に耳打ちしてくる。

「魑魅魍魎ってひどーい！」

「あんたはそうでしょっ」

「うるさいわねっ、人外は黙ってなさいよっ」

羅刹の台詞《せりふ》に皆がぎゃあぎゃあ騒ぎ出す。昔はこの騒がしさが苦手だったが、今はそれが嫌ではない。明るく楽しい彼らが、今も元気で暮らしているのが嬉しい。

「あー、こいつちょっと海外生活が長くて、日本語が変なんだ。気にしないでくれ」

櫂は羅刹の背中に手を回し、あらかじめそう言っておいた。ふつうなら鬼である羅刹を紹介したりしないが、ここにいるのは全員変人。羅刹よりよほど変わっている者ばかりだから、大丈夫だろう。

「彼氏、お名前はぁ？　アタシはぽむぽむりんって呼んでぇ」

小太りのオカマが羅刹の腕に腕を絡めて聞く。

「ぽむ……？　面妖な名だ」

羅刹は名前を聞き取れなくて、顔を顰めている。抜け目なくべたべたしてくるので、羅刹の背後で睨みつけておいた。

「何がぽむぽむりんだ、お前はでぶりんだろ。いつの間に名前を変えた！」

「いやぁん、櫂ちゃん、こわぁい。その名前は三年前に止めたのよ！」

ぽむぽむりんと名乗ったオカマは、羅刹を強引に空いている丸テーブルに座らせる。

「怖いのはお前のぜい肉だろ。六年前から何キロ太ってんだ、こら」

櫂が小声で威嚇していると、羅刹のテーブルに次々とオカマが群がってくる。羅刹は問答無用で出された焼酎のグラスをぐいっと呷《あお》る。

「彼氏、お強いぃ」

一気飲みした羅刹に、オカマたちが拍手喝采《かっさい》する。

「羅刹と呼べ」

羅刹は馬鹿正直に名前を名乗っている。

「やっだー、羅刹って何⁉　源氏名⁉　どこの店よ、通うから言いなさい！」

オカマたちは羅刹の背中をばんばん叩いて興奮している。源氏名ではなく、鬼なのだが……。

鈴木《すずき》とか田中《たなか》とか無難な偽名を言っておくべきだったかと心配したが、オカマたちは何ら気にならないらしく、羅刹の名を呼んできゃっきゃとはしゃいでいる。

「櫂は向こう行ってなさいよ！　麗子ママに不義理をしてた詫《わ》び入れてきなさい！」

櫂はオカマたちにテーブルから追い出され、仕方なくカウンターのほうに足を向けた。カウンターでは麗子ママが櫂のために酒を作ってくれている。

「それにしても久しぶりねぇ。心配してたのよ、急に来なくなったから」

麗子ママが微笑《ほほえ》みながら、焼酎をそっと差し出す。昔好きだった味を、今でも覚えていてくれる。櫂はカウンターの席に座り、しみじみと麗子ママを見つめた。六年の月日で麗子ママの化粧はさらに濃くなったようだ。

「やーん、彼氏、惚《ほ》れるぅ。お強いぃー」

羅刹はオカマたちに囲まれ、酒を勧められている。水を飲むようにグラスを空にする羅刹に、皆がはやしたてている。

「自暴自棄になるのはやめようって思って、隠居生活してたんだよ」

櫂は苦笑してグラスを傾けた。

「あー。あんた、決まった相手作らずに、とっかえひっかえしてたものねー。顔は綺麗なのに、女装はしてなかったからよくニューハーフの子と喧嘩《けんか》になってて」

麗子ママに懐かしそうな顔で語られ、櫂は当時の記憶が蘇《よみがえ》って乾いた笑いを漏らした。なるべく問題が起きないような男と寝ていたつもりだが、それでもトラブルに発展することは多くて、あの頃は道を歩くだけでこれ見よがしに囁《ささや》かれたものだ。

「今度の彼氏は続きそうなの？　ちゃんと紹介するの初めてじゃない」

麗子ママは羅利を見やり、目を細める。

「ああ。あいつは最後の男だから」

櫂は口元に笑みを浮かべて言った。麗子ママが「あらご馳走様《ちそうさま》」と嬉しそうに微笑む。

「昔のすさんだ雰囲気がすっかり消えているじゃない。彼氏、本当にいい感じなのね。妬《や》けちゃうわー。ここに連れてくるくらいだから、あんたのこと、まるっと受け入れてんのね」

「まぁね」

櫂はにやにやして答えた。

「彼氏、どんな男なの？　いいスーツ着てるけど」

「いや、あれは俺が買ったやつだから……」

何気ない口調で櫂が言うと、麗子ママの表情が固まる。

「今日の会計、誰がするの？」

小声で麗子ママに聞かれる。

「え、もちろん俺だけど」

当然のように答えた後、ハッとして内心冷や汗を流した。これはまずい。傍から見ると、イケメンホストに貢《みつ》いでいるアホ女にしか見えない。そうではなくて、羅刹は鬼だからと喉元まで出かかったが、言ったところで爆笑されるか頭がおかしくなったか心配されるだけだ。

「麗子ママ、違うんだ。あいつは甲斐性《かいしょう》のない男ではないんだ！」

「へー……」

「頼りになる男なんだよ！　えっと、えーっと……っ」

櫂は必死に言葉を探した。麗子ママはその後に続く台詞を待っている。櫂だって、羅刹は金がないだけでいい男なんだと訴えたいが、それに見合うエピソードで話せるものが一つもなかった。妖怪から守ってくれたり、櫂が人間じゃなくなりそうなところを助けてくれたり、他にもたくさんいいところはあるのに。

「本当なんだ、あいつ、すごいんだけど……っ。具体的な話はできないけど、本当の本当にすごいからっ！」

こんなことなら事前にそれっぽいエピソードを捻出《ねんしゅつ》しておくんだったと後悔した。麗子ママの目がどんどん細くなり、憐れむような目つきになっていく。

「すごいって……夜のこと？」

麗子ママに小声で聞かれ、かぁっと耳まで赤くなった。それだけで麗子ママは察したように深く頷《うなず》き、櫂に二杯目の酒を差し出した。

「そ、そうじゃなくて……っ、いや、そうなんだけど、それだけじゃないっていうか」

羅刹の絶倫ぶりは否定できないので、櫂もしどろもどろになった。麗子ママは困った子どもを見る目になり、軽くウインクした。

「あなたって貢ぐタイプだったのねぇ」

駄目押しのように笑われ、櫂はがっくりきて酒を飲み干した。これ以上何を言っても信じてもらえないだろう。今夜から貢ぐ男としてこの界隈《かいわい》で有名になってしまうが、観念するしかない。

（だって鬼なんだもん）

事実を明かしたいのは山々だが、こればかりは口にできない。

それにしてもここは変わっていない。麗子ママと仲が良かった頃は、明日に希望を見いだせず、同性愛者である自分を受け入れることもできず、やさぐれていた。今となってはすべていい思い出……とまでは言わないが、羅刹は鬼だから櫂がどんな過去をもっていようと気にしない。

（こうしてみると鬼の彼氏って最高じゃないか？）

気を取り直して注《つ》ぎ足された焼酎を飲むと、櫂はおつまみのチーズを摘まんだ。

羅刹は性欲が強いから櫂を満足させてくれるし、顔もいいし、ガタイもいい。ナニのサイズは鬼に戻ると巨根すぎてつらいが、人間の姿のままだったら最高に気持ちよくなれる大きさだ。それを他人に分かってもらえないのは残念だが、自分だけ知っていればいい。

「そういえばあんたって、スピ系の仕事してるって言ってなかった？」

話しているうちに麗子ママの記憶が蘇ったらしく、ふと思い出したように聞かれた。

「陰陽師だよ、陰陽師」

燿が苦笑気味に言うと、麗子ママがそうそうと笑う。

「あんたが少しの間つき合ってた利賀《とが》さんっているでしょ？」

麗子ママに言われて、燿は複雑な表情を浮かべた。利賀佑二《ゆうじ》は燿が数カ月ほどつき合ったサラリーマンの男性だ。その頃、修羅場続きで疲れていて、性格が良く、一人の人と長くつき合うタイプの利賀に告白されてうっかり了解してしまった。利賀は人はいいのだが、早漏でセックスは淡白だった。性欲の強い燿としては欲求不満が高まり、三カ月でさよならをした間柄だ。

「利賀さん、元気？」

利賀を思い出すと罪悪感が半端ないので、燿はうつむいて尋ねた。

「それが元気じゃないのよ。家に幽霊がいるとか言って、すっかり別人みたいになっちゃったの。昔のよしみで助けてあげなさいよ、あんた」

「え」

驚いて燿は顔を上げた。利賀の家に幽霊？　利賀はのほほんとした人柄で、妬《ねた》みを買う性格ではないし、ついていた守護霊も強いものだった。

「利賀さん、今もあの家に……？」

燿は気になって首をかしげた。利賀はここから歩いて行ける距離のマンションに住んでいた。確か大手の不動産会社に勤めていたはずだ。

「同じ場所よ。家にいたくないって毎日のようにここに来てたんだけど、ここ一週間、姿が見えないのよ。気になるから、行ってきてくれない？　ほら、彼氏も連れてって」

麗子ママに顎《あご》をしゃくられ、櫂は悩んだ末に分かったと答えた。すさんでいた頃、世話になった相手だ。羅刹を連れていけば、よりを戻したいと思われることもないだろう。

「じゃあ、ちょっと寄ってみるよ」

グラスを空にして、櫂は席を立った。テーブル席を振り返り「帰るぞ」と羅刹に声をかける。女装姿の男たちが「えーっ」と残念そうに羅刹に抱きついている。人の男にべたべた触るなと、櫂は奥から羅刹を引っ張り出した。

「お会計です」

レジカウンターで信じられない金額を提示されて、櫂は愕然《がくぜん》とした。

「麗子ママッ、いつからここはぼったくりバーになったんだ！」

ほんの一時間程度しかいないのにこの金額はありえないと、櫂は騒ぎ立てた。すると麗子ママが冷たい眼差しでテーブル席を指さす。

「あんたの彼氏が酒豪すぎるからでしょ。あの空になったボトルの数を見なさい」

言われて確認すると、羅刹が座っていたテーブルに空のボトルがずらりと並んでいる。羅刹は勧められるままにどんどんボトルを空けていったらしい。

「なかなか良い酒を出すではないか。吾《われ》はまだまだいけるぞ」

ご満悦で顎を撫《な》でる羅刹を睨みつけ、櫂は断腸の思いで財布から万札をごっそり取り出した。

羅刹を見張っておくべきだった。昔の仲間が高い酒を勧めるのを阻止するべきだった。尽きぬ後悔で顔を歪《ゆが》め、櫂は店を後にした。

「この辺りの気は、不思議だな。独特の気だ。吾に近い気がする」

いかがわしい店が並ぶ通りを歩きながら、羅刹が興味深げに言う。羅刹が魑魅魍魎と言ったのはあながち間違いではないかもしれない。男か女か分からない有象無象《うぞうむぞう》が多いし、奇天烈《きてれつ》な恰好《かっこう》や、変態な趣味を持つ輩《やから》があふれている。

「一軒、寄りたいところがあるんだ。昔の知り合いなんだけど」

櫂は羅刹を連れて繁華街を抜けた。新宿御苑《ぎょえん》のほうに向かうと、喧騒がやや静まり、同じ新宿でも違う趣を見せる。羅刹は新宿御苑の木々が並ぶ方角に顔を向け、「物の怪がいるな」と呟く。御苑に物の怪がいても、ちっとも驚かない。あそこは独特な場所だから。

利賀のマンションは新宿御苑の近くにある。道順を覚えているか不安だったが、実際歩いてみるとすんなり辿《たど》り着いた。

「えーっと、あ、506だ」

十階建てのマンションのエントランスに入り、櫂はインターホンを押した。何度か押したが、返答はない。金曜の夜なので家にいないかもと思い、出直すことにした。

「あいつ、飛び降りる気か？」

マンションから遠ざかろうとした時、羅刹が何気ない口調で呟いた。ハッとして振り向くと、今まさにベランダから飛び降りようとしている男がいる。しかも——髭《ひげ》が伸び、髪が乱れ、やつれた面立ちで分かりづらいが、あれは利賀ではないか!?

「羅刹！　受け止めてくれ！」

とっさに櫂が叫ぶと、羅刹が風のような速さで飛び出して、落下してきた身体を受け止めた。

櫂は心臓が口から飛び出しそうだと思いつつ、羅刹の元に駆け寄った。羅刹の腕の中には、ぐったりした利賀がいる。

「ずいぶん汚い奴だな」

羅刹は利賀のうなじの辺りの匂いを嗅《か》ぎ、臭そうに顔を顰めた。利賀の身なりを言っているのではなかった。利賀にまといつく邪気がひどくてそう言ったのだ。

「利賀さん！　しっかりして下さい！」

櫂は利賀の頬を叩いて声をかけた。しばらくすると羅刹の腕の中で利賀が薄く目を開く。

「か……い……？　俺は死んだのか……？」

利賀がうつろな表情で呻《うめ》く。意識を取り戻したと思ったが、すぐにまたぐったりしてしまった。

羅刹が受け止めたおかげで怪我《けが》はないようだ。飛び降りを目撃した通行人が寄ってきて、ざわつき始める。目立ってはまずいと、櫂は羅刹に利賀を抱えさせ、マンションに入った。

「ずいぶん軽い男だな。死臭がするぞ」

羅刹は利賀を肩に担ぎ上げ、臭そうに顔を歪める。櫂もそれは感じていた。利賀の顔には生気がなく、生命の光は今にも消えそうになっている。耀と別れてから利賀がどういう生活をしていたか知らないが、あまり幸せになってないのは確かだ。

エレベーターに乗り込み、利賀の住む五階で降りると、利賀の家のドアには鍵《かぎ》がかかっていなかった。

「利賀さん、入りますよ」

羅刹に担がれている利賀に声をかけ、耀は中に踏み込んだ。

「う……っ」

ドアを開けて、思わず怯《ひる》んだ。綺麗好きだった利賀の家とは思えないほど汚れている。ゴミの詰まったビニール袋が廊下にいくつも重なっているし、段ボールやペットボトルや服や紙ゴミが散乱している。

「吾は入りたくない。何と臭い家だ。黄泉《よみ》の国とて、もう少しマシだろう」

ドアの前で羅刹が固まり、今にも利賀を廊下に放り投げようとする。耀も入りたくないのは同感だったが、このまま見捨てるわけにもいかない。

「うあー。いるな、男の霊が……」

耀は奥の部屋を見据えて、身震いした。利賀のマンションは１ＬＤＫなのだが、部屋の奥に悪意に満ちた幽霊が居座っていた。利賀がおかしくなった原因はあの幽霊だろう。

「う……」

利賀がようやく意識を取り戻して羅刹を見上げる。

「誰、だ……？」

利賀は自殺を図ったことを理解していない様子で、羅刹の腕から逃れようとする。

「利賀さん、お久しぶりです。燿です」

燿が声をかけると利賀はさらに覚醒《かくせい》したようで、目を見開く。

「燿……っ、燿、か？」

羅刹の腕を押しのけ、利賀が床に足をつける。利賀は裸足《はだし》で、共有スペースである廊下を振り返り、力が入らなくてその場に尻もちをついた。

「俺……何を？　空を飛んだような……」

利賀はベランダから飛び降りた記憶が蘇り、がくがくと震えている。

「利賀さん、しっかりして下さい。自殺しかけたんですよ。家に入ろうとしたんだけど、その、汚くて……。土足で入っていいですか？」

とてもこの汚部屋に靴を脱いで入る気にはなれず、燿は小声で問いかけた。利賀は初めて自分のマンションを見たように、真っ赤になって腰を浮かせた。

「す、すまない……。そのうち掃除しようと思って、ずるずると……。えっと、彼、は……」

利賀は壁に手をかけて立ち上がり、羅刹をちらちら見やる。

「あー、今つき合ってる男……です」

櫂が頬を赤らめて言うと、利賀がショックを受けたように息を呑《の》み、がくりとうなだれる。

「そうか……、君はちゃんと相手を見つけたんだね……。ずいぶん変わったようだ。いい方向で……うらやましいよ」

悲しげに言われて、櫂はドキドキしながら愛想笑いを顔に貼りつけた。うっかり昔の彼氏と言おうものなら、羅刹が嫉妬《しっと》するかもしれない。今のところ羅刹はただの知人としか認識していない。

それにしても利賀は重症だ。両肩に陰気な男の霊がくっついている。彼らはほぼ人の形をとっておらず、『失敗しやがって』と利賀が死ななかったことを怒っている。

「麗子ママに言われて訪ねてきたんですよ。こいつがいなかったら死んでましたよ。原因は、あの男の霊でしょ？」

櫂は部屋の奥でにたにた笑っている男性の霊を顎でしゃくった。本人にも悪霊がくっついているが、問題は家の中にいるほうだろう。厄介な色情霊だ。

利賀は『霊』などと言い出した櫂を、呆気《あっけ》にとられた表情で、しばらく無言で見ている。そういえば利賀には陰陽師であることを隠してつき合っていたのだと思い出した。霊とかスピリチュアルとかそういった類の話は一切しないようにしていた。

「黙っててすみません。俺、幽霊、視えるもんで」

いきなりこんなカミングアウトをしても理解できるか不安だったが、櫂は素直に打ち明けた。

利賀は泣きそうな顔で笑い出し、くしゃりと髪を乱した。

「どこか……、近くのファミレスでも行かない？」

利賀が櫂の手を握って頭を下げる。利賀の目に思い詰めたものを感じ、櫂は頷いた。


徒歩二分の場所にあったファミリーレストランに入ると、櫂は改めて利賀を見た。櫂とつき合っていた頃はふくよかな体形で、身だしなみに気をつける性格だった。今の利賀のように髭が伸びた顔も見たことがないし、やつれた面立ちも初めてだ。六歳くらい上だったはずだから、利賀は今、三十代前半だろう。

「吾は腹が減った」

しみじみしている櫂とは裏腹に、羅刹は喰うことしか頭にない。深夜二時まで開いているファミリーレストランがあってよかった。櫂はウエイトレスにハンバーグを大盛りで三人前頼み、品物が来るまでの間、羅刹にはオレンジジュースを与えておいた。

「こんな姿を櫂に見られるなんてなぁ……。恥ずかしいよ、本当に」

利賀に憑《つ》いていた悪霊を追い払うと、利賀は理性が戻ってきたように、ぼさぼさの頭を手で梳《す》いて言った。悪霊に取り憑かれている人間は四六時中鬱な気分で過ごすものだ。意識を変えるという意味では、利賀をこういった店に連れてきたのは正解だったらしい。少しずつ目に光が戻り始め、櫂に対して羞恥《しゅうち》を覚えている。とはいえ、これは一過性のものだ。また一人になって気分が沈めば、霊たちが寄ってくる。利賀はすっかり憑かれやすい人間になっていた。

「彼氏さんにも申し訳ない……」

利賀はちらちら羅刹を見て、挨拶《あいさつ》すべきか悩んでいる。羅刹は利賀にはまったくの無関心で、オレンジジュースを飲みながら、ハンバーグはまだかと厨房《ちゅうぼう》に熱い視線を送っている。

「あの、こいつには構わないでいいですから」

羅刹を気にする利賀に苦笑し、櫂は身を乗り出した。

「いつから、あの霊、いるんですか？」

他人に聞かれたら厄介なので、櫂は声を潜めて尋ねた。

「……半年くらい前からかな。その時つき合ってた彼と破局になった後、からだと思う。最初は気分が鬱々するなぁというくらいだったんだけど、ここ一カ月くらい、は、はっきり視えるようになってきて」

利賀は頭を抱えて声を絞り出す。利賀をじっと視ていると、頭に木彫りの変な像が浮かんできた。黒っぽい影がちらついている。

「あのー、どっかの民族っぽい変な木彫りの像がありません？」

櫂が聞くと、利賀がどきりとしたように顔を強張《こわば》らせる。

「あ、ある……。その彼が、置いてったやつ……」

「あー。それに厄介なものが憑いてたみたいですね。たち悪そうだし、捨てたほうがいいと思いますよ。ただ捨てるのはいいけど、あの部屋どうにかしなきゃ、また変なの呼び寄せますよ？」

櫂は依頼者と話すように気軽にそう口にした。だが利賀にとっては驚きの連続だったらしい。目を丸くして、櫂を凝視している。ちょうどウエイトレスが三人分のハンバーグを持ってきて、それぞれの前に置く。櫂は自分の分を羅刹のほうに追いやり、利賀に笑顔を向けた。

「とりあえず何か食べないと。利賀さん、ガリガリになっちゃって麗子ママもびっくりしますよ」

櫂が促すと、利賀は複雑な表情で見つめ返してくる。櫂の横ではしんみりした空気をかき消す勢いで羅刹がハンバーグを貪《むさぼ》り食っている。その食べっぷりがすごかったのか、利賀もつられるように食べ始めた。

「それにしても利賀さんが霊に悩むなんて、意外ですよ。いつも穏やかで負の感情があまりなさそうな人だと思っていたのに」

櫂が首をかしげて言うと、利賀は重苦しいため息をこぼした。

「君とつき合っていた頃は、タチだったから……」

利賀が消え入りそうな声で呟く。櫂がぽかんとすると、利賀は水を飲み干してまつげを震わせた。

「その破局した彼に、無理やりネコにされちゃってね。最初は抵抗あったんだけど、意外にはまっちゃって。何だろう、ネコになったとたん、性格まで変わっちゃったんだよ」

「へ、へー……」

櫂は何とも言えずに、顔を引き攣《つ》らせた。

(俺とつき合ってた時も、ホントは抱かれたかったのかな。早漏だったしな。ネコのほうがあってるかも。にしても、そういうのまったく気づかなかったなー)

昔の彼からカミングアウトされ、微妙な気分になり、櫂は黙り込んだ。横では羅刹があっという間に二人分の大盛りハンバーグを食べ終えている。利賀は相変わらず櫂より羅刹のほうばかり見ていて、その視線が気になった。これは——興味を持っている目だ。

「吾はまだ喰い足りぬ……」

皿を空にしてしまった羅刹が、ちらりと利賀のハンバーグを見やる。利賀の表情が明るくなり、食べかけの皿を押し出す。

「よ、よかったらどうぞ」

「そうか」

羅刹は当然といった様子で利賀の皿を手元に引き寄せ、人が口にしたものでも構わず胃袋に収めている。

「すごい食欲だね……かっこいいし……筋肉もすごい……」

利賀がうっとりした目つきで羅刹を眺める。すると、利賀の背後にゆらりと浮かんだ影があった。目を吊《つ》り上げ、険しい顔つきで何か喚《わめ》いている。角刈りで筋肉質の身体つきの男だ。

（あー。これ、その別れた男だな。生霊になってる）

別れた男はまだ未練があるのか、あるいは支配欲が強いのか、利賀に固執しているようだ。

「利賀さん、これは俺のなんで。そんなことより、元カレ生霊になってくっついてますよ」

咳払いして櫂が言うと、ハッとしたように利賀が青ざめる。霊視したイメージを利賀に伝えると、元カレと一致した。やはり元凶は元カレのようだ。さてどうしようかと櫂は頭を悩ませた。


腹が満ちたおかげか、利賀は明らかに自殺しかけた時より生気を取り戻した。再びあのマンションに戻るのはよくないと思い、今日は近くのビジネスホテルに泊まるよう勧めた。利賀は櫂に会って目が覚めたようで、明日にでも汚部屋を片づける不用品回収業者を呼ぶと言っている。元カレからもらったものは他にもあって、全部処分したほうがいいとアドバイスした。部屋が綺麗になれば、霊も居心地が悪くなる。

「じゃあ明日、伺いますから」

乗りかかった船で、部屋に棲《す》みついている悪霊を明日退治しようと、櫂は胸を叩いた。

「ほ、本当に、その除霊？　ってできるの……？　任せていいのかな……危なくない？」

利賀は半信半疑らしく、浮かない顔つきだ。

「大丈夫です。俺、陰陽師なんで」

櫂が明かすと、利賀が「えーっ」と驚きの声を上げる。さすがに陰陽師は知っているようだ。

「知らなかった……。それじゃ、よろしくお願いします……」

利賀は狐に摘まれたような様子で頭を下げ、ビジネスホテルに入っていく。

「羅刹。今夜は近くのラブホに泊ろう」

当初の予定では埼玉《さいたま》の奥地にある家に帰るつもりだったが、利賀の件もあるので新宿で一泊することにした。無数にあるラブホテルのどれにしようかと櫂が歩き出すと、羅刹が「ラブホ……？」と首をかしげる。

「えーっと、連れ込み宿っていうかな。いや、お前の時代にはそれもないか。要するに、エッチする宿だよ」

櫂が小声で言うと、羅刹がふーむと感心する。

「ところでこの街は何故夜でもこんなに人がいるのだ？　おまけに明るくて昼間のようではないか」

羅刹は深夜になっても騒がしい街並みに、興味を抱いている。

「道化のような顔をした者も多いし、男か女か分からぬ者も多い。吾に喧嘩を吹っ掛けたい者も多いようだ」

歌舞伎町《かぶきちょう》を歩いていると、羅刹は時々強面《こわもて》の男とすれ違いざまに一触即発の雰囲気になる。こんな場所で問題を起こすなと櫂は羅刹の腕を引っ張った。

「ここは、はぐれものの街なんだよ。どんな奴も受け入れる懐広い場所だ」

目当てのラブホテルを見つけ、櫂は羅刹と一緒に入った。昔何度か利用したホテルで、懐かしいなぁと目を細めながらフロントで部屋を選んだ。男同士でも入れる裏道にあるホテルだ。

どぎつい装飾のないスタンダードな部屋を選んで、鍵をもらう。エレベーターに乗り込み、目当ての部屋に足を踏み入れた。大きなベッドルームと浴室がくっついていて、落ち着いた色合いの家具に、テレビ、応接セットがある。部屋に入り、室内を浄化すると、櫂は羅刹に抱きついた。

昔の知り合いに羅刹をべたべたされて、内心気が気ではなかった。出かける前は羅刹の正体がばれたらどうしようと心配していたが、実際は恋人を奪われるのではないかという心配のほうが強かった。

「お前、触らせすぎだろ。もー、こっちは気になってたんだから」

櫂が羅刹の厚い胸板に顔を埋めて言うと、羅刹の大きな手が櫂の髪を撫でる。

「そうだったか？　この街はやたらと馴《な》れ馴《な》れしいのが多いなと思っていたが……。妬いたのか？　可愛いではないか」

羅刹に笑われ、櫂は軽く睨みつけた。

「あのなぁ、お前のようないい男はここじゃモテまくりなんだぞ」

二丁目でモテる男は断然、髪の短いスポーツマンタイプだ。羅刹は髪は長いが、衣服の上からも見て取れるくらい筋肉がすごいので、人気のタイプだ。

「皆お前に興味津々だったぞ、利賀さんだって……ん？」

羅刹が着ていたジャケットのポケットに手を差し込んだ櫂は、顔を引き攣らせてポケットに入っているものを取り出した。いつの間にか羅刹のポケットにごっそりと名刺が入っている。

「あのオカマたちめ……っ、抜け目ないっ」

名刺はどれもゲイバーにいた店員や常連客のものばかりだ。櫂は名刺をびりびりに破いてゴミ箱に捨てた。暇だったら電話してねというメッセージまで書き込まれていた。手の早さでオカマに勝てる者はいない。

「っていうか羅刹、お前、俺の見てない間に口吸いとかさせてないだろうな？　ん？」

眇《すが》めた眼差しで羅刹の衣服を脱がしながら、櫂が問いただす。羅刹が着ている服はすべて櫂が買ったものだ。汚したりしわをつけたりしたらたまらないので、先にハンガーにかけていく。

「あの魑魅魍魎たちが吾の生気を吸おうとしたので、あやうく角が出るところだったがな。衆道は吾の時代にもあったが、あれほど恐ろしい道化はみたことがないな。妖怪あべこべという奴か？　白粉の匂いが吾は苦手だ」

手早く衣服を脱ぎ捨て、羅刹がベッドに腰を下ろす。

「一応人間だぞ。俺も化粧の匂いが駄目なんだよなぁ……。一回罰ゲームで化粧したら、マジで女にしか見えなかったし、ってか今思えば八百比丘尼《やおびくに》そのものだったよなぁ」

自分が着ていた衣服もハンガーに吊るし、櫂は思い出しつつ言った。シャツを脱いでいる途中で羅刹が背後から抱き込んできて、櫂の唇を吸う。

「ん、……シャワー、浴びないのか？」

羅刹の手が櫂の胸元を探り、興奮した息遣いを耳朶《じだ》に被せてくる。

「お前の匂いは興奮する」

耳朶の裏を嗅がれ、艶《つや》めいた声で囁かれる。その声に櫂も身体に火が灯り、シャツと下着だけの姿で羅刹とベッドに倒れ込んだ。

「ところで吾も気になったのだが……」

羅刹が覆い被さって、あちこちにキスをしながら呟く。シャツの上から乳首を引っ掻《か》かれ、櫂は甘い吐息をこぼして羅刹の足に足を絡めた。

「ん……、何……」

大きな体躯《たいく》の羅刹に伸《の》し掛《か》かられている時が一番充足する。櫂はそう思いながら、羅刹の背中に手を回した。

「いつも金にうるさいお前が、何であのヒゲ男はただで助けてやろうとしていたのだ？」

素朴な疑問を突きつけられ、櫂はぴたりと動きを止めた。

「羅刹、口でやってやろう」

ニッコリ笑顔になり、櫂は羅刹の身体をベッドに押し返し、大きな性器に手をかける。羅刹の匂いが強くて、興奮してきた。人間の姿に化けていても羅刹の性器はとても大きい。カリ高だし、太さもあるし、何より長い。鬼に戻ると受け入れるのがつらいほどの巨根になるので、セックスの際には必ず人間に化けてもらう。

「ごまかしているのか？　まさか、あの男と関係していたとでも？」

羅刹の性器を強めに扱《しご》き始めた櫂に、羅刹が目を細めて聞く。

櫂は無言で羅刹の性器に舌を這《は》わせた。羅刹の性器は愛撫《あいぶ》を始めるとすぐに雄々しくなる。気持ちよくなったから質問を忘れてくれるかと思ったが、羅刹は櫂の頭を摑《つか》んで、じろりと睨んでくる。

「あの男に問いただしてみるか？」

羅刹に詰問され、櫂は観念して顔を顰めた。

「大昔にちょっとだけだ！　今はもう利賀さんはネコになったから、俺じゃなくてお前に気があるの！　だから個人的に話すのは禁止！」

櫂がまくしたてると、羅刹が眉間にしわを寄せる。

「あの場でも言っていたがネコとかタチとは何だ？　刀のことか？」

羅刹は理解できないというそぶりで聞く。

「隠語だよ。男同士の場合の入れる側がタチで受け手がネコ。タチってよく考えたことなかったけど、確かに太刀かもな。男性器を表してるのかも」

羅刹に説明しながら櫂もよく分からなくて首をかしげた。

「その場合ネコではなく、鞘《さや》にすべきでは？　何でネコだ？」

「知らないよ、もう。そんなことどうだっていいだろ。お前だって大昔はたくさん女を抱いて、喰ってきただろ。俺はそれを許しているぞ。だからお前も俺の黒歴史時代のことは許せよな」

不満げな羅刹を黙らせ、櫂は勃起《ぼっき》した性器を口に含んだ。硬くなった羅刹の性器を銜《くわ》えたまま顔を上下すると、さすがに羅刹も黙って息を荒らげる。

「ん……、すごい硬い……」

音を立てて舐《な》めると羅刹の性器はすぐに興奮して硬くなった。櫂は口で奉仕するのが嫌いではない。反応があると嬉しいし、銜えていると興奮する。だからシャワーも浴びていないのに、羅刹の匂いが強いその場所を丁寧に口で扱いているうちに勃起した。

「ずいぶん美味《うま》そうにやるな……」

羅刹が呼吸を乱しながら櫂の髪を撫でる。羅刹は目ざとく櫂の性器が勃ち上がっているのに気づき、櫂の顎を撫でた。

「尻を向けろ。準備してやる」

羅刹に囁かれ、櫂は濡れた目で性器を口から引き出し、シャツと下着を脱いで全裸になった。体勢を変えて、シックスナインの形で再び羅刹の性器を舐める。

「そこにローションがあるだろ……。それ使って」

櫂はサイドボードに置かれたローションの入ったボトルを指さした。羅刹は無雑作にボトルをとり、逆さにして振ってきた。ぬるついた液体を尻にぶっかけられ、櫂は「丁寧にやってくれ」と文句をつけた。

最初は入れて出すだけだった羅刹だが、最近は櫂の身体を愛撫するし、尻の穴を解《ほぐ》してくれる。決して繊細ではないが、大きな指で尻の穴をごりごり探られると、被虐心が湧く。

「ん、ん……はぁ……」

お尻を弄られながら羅刹の性器を口で愛撫していると、時おり腰がびくっと跳ねてしまう。奥の弱い部分を強く押され、つい銜えていた性器を吐き出してしまう。

「そこ、気持ちいー……」

櫂は腰をくねらせ、羅刹の性器に頰ずりした。羅刹は心得たような動きで内部を弄りだす。少し乱暴に内壁を広げられ、櫂は息を荒らげた。

(昔からは考えられない。鬼と寝てるなんて……)

高校生の夏休みに思い余って二丁目を訪れ、声をかけてきたサラリーマンと初めてセックスした。相手の顔はもう覚えていないが、男に抱かれて、自分はずっとこうされたかったのだと自覚した。

女性相手にはどうしても興奮できなかったのに、男に押し倒され、男の肉体に触れて、すぐに勃起した。身体は心より素直だった。

同性愛者であることをあの頃はまだ受け入れられなくて、友人に男とホテルに入ったところを見られて、ひどい羞恥にさいなまれたのを覚えている。

(俺を抱いてるのは……羅刹だよな)

ふと視界に映る景色があの頃と似通っていて、櫂は混乱した。ホテルの内装が昔使っていた頃と同じだったので、少し感覚がリンクしている。本当は、自分はあの頃のまま、性欲を持て余して見知らぬ男を誘ったのではないか。愛のない身体だけの繋がりを求めているのではないか。そんな不安に駆られ、羅刹を振り返った。

大丈夫。見知らぬ男ではない。自分が選んだ鬼だ。

(こんなやつ、見間違えるはずないだろ。人喰い鬼だぞ)

櫂は何とも言えない気分を味わい、笑いをこぼした。羅刹が指の動きを止めたので、体勢をずらした。

「何だ?」

櫂が腰を引いたので、羅刹がいぶかしげに聞く。その身体に抱きつき、唇に唇を重ねた。

「羅刹、好きだよ」

羅刹の口を吸いながら囁くと、驚いたように髪をまさぐられる。

「珍しいな……、どうした?」

羅刹の唇を夢中で吸い始めると、キスの合間にふっと笑われた。羅刹の大きな手が髪や肩を撫でる。それが心地よくて、頬をくっつけた。

「可愛いことを言うではないか」

羅刹がそう言って口の中に舌を差し込んでくる。キスが深くなり、羅刹の指が戯れるように乳首を摘まむ。

「ん……っ、あ……っ」

キスの最中に乳首をくりくりと弄られ、短い喘《あえ》ぎがこぼれ出る。羅刹の口の中に舌を入れると、尖《とが》った牙《きば》に舌先が触れる。

「う、ん、はぁ……っ、あ……っ」

羅刹の首に手を回し、舌先を絡めた。ぬるりとした感触と、羅刹の吐息が絡まり、唇が離れなくなる。ずっと乳首を弄られるのが、気持ちいい。乳首がぴんと尖り、羅刹の指で引っ張られて甘い声が上がる。

「ここで感じすぎではないか?」

羅刹の指で乳首を潰《つぶ》され、櫂はひくひくと腰を震わせた。しこった乳首を指先で弾《はじ》かれ、自然と目を閉じて喘いでしまう。

「乳首、吸って……」

指で弄られるだけでは我慢ができなくなり、櫂は羅刹に囁いた。羅刹が笑って顔を下げ、櫂の右の乳首を食《は》む。

「あ……っ、あ……っ、気持ちい、い……っ」

右の乳首を吸われ、左の乳首を指で摘まれ、櫂は嬌声《きょうせい》を上げた。胸元から甘い電流が全身に走っていく。両方の乳首を愛撫されて、甲高い声が漏れる。男なのに恥ずかしいが、櫂は乳首を弄られるのが好きだ。特に吸われたり、甘く齧《かじ》られたり、舌先で弾かれたりすると、ひどく感じてしまう。羅刹はそんな櫂の性癖を知っているから、しつこいくらい弄ってくれる。

「や……っ、ぁ、あ……っ、あ……っ」

音を立てて乳首を吸われ、櫂は羅刹の肩に手を置きながら、あられもない声を上げた。乳首を弄られて、性器から先走りの汁があふれている。唇で引っ張られ、指で弾かれ、目が潤むくらい気持ちよくなっている。

「ら、羅刹、入れて……っ、お尻も、欲しい……っ」

乳首だけでかなり感じてしまい、上擦った声でねだった。羅刹は櫂の尻に手を伸ばし、歯で乳首を軽く擦る。

「まだ狭いぞ……」

櫂の尻の穴に入れた指を広げ、羅刹が息を乳首に吹きかける。そんなささいな動きにすら喘ぎ、櫂は羅刹に頬ずりした。

「もう我慢できない……っ、突いて、ほしい……っ」

とろんとした目つきで言うと、羅刹が何かを堪えるような表情になった。ベッドに横たわった羅刹に跨《また》がり、櫂は勃起した性器を尻の穴に誘った。まだ十分に解されていなかったが、深い快楽が欲しくて櫂は羅刹の性器の先端に腰を沈めた。

「ん、う……っ、は……っ、大きい……っ」

先端を呑み込んだだけで奥が苦しくなり、櫂は涙目で羅刹を見下ろした。狭い尻穴に硬くなった羅刹の性器が食い込んでくる。羅刹は息を荒らげながら腰を小刻みに揺らした。そうすると徐々に身体の中に羅刹の性器が埋め込まれていく。

「や……っ、は……っ、あぁ……っ」

身体を内部から押し開かれる感覚――櫂は頬を紅潮させ、かすれた声を上げながら腰を落としていった。カリの部分が敏感な場所を擦る。櫂はひくんと大きく震え、膝をついた。

「やば、い……っ、イっちゃう……っ」

奥が気持ちよくなる場所に、腰を摺《す》りつけてしまう。羅刹の硬い性器で前立腺を擦られ、気づいたら荒々しく息を吐き出し、射精していた。

「はぁ……っ、は……っ、ひ……っ」

精液を羅刹の腹にかけて、息を乱して覆い被さる。

「もう達したのか……？　入れてすぐだぞ」

羅刹が艶めいた笑みを浮かべ、ぐったりしている櫂の頬を撫でる。櫂ははぁはぁと呼吸を繰り返し、羅刹にキスをねだった。

「ん……っ、ん」

羅刹がゆっくり身体を起こしながら、櫂の背中に手を回す。対面座位の形で飽きることなくキスを続けた。羅刹は櫂の乳首を摘まみながら、腰を揺らしてくる。

「あ……っ、ひ、あ……っ、まだ、俺……っ」

達したばかりで息が整わないうちに奥を律動され、櫂はだらしない顔になって喘いだ。羅刹は櫂の背中や太もも、わき腹を撫でていく。

「吾もお前の中に出したい……、お前の中がうねっている」

櫂の耳朶に唇を寄せ、羅刹が上擦った声で言う。しだいに羅刹の動きが大きくなり、腰に手を当てて下から突き上げてくる。

「ひ……っ、うぁ……っ、あ、あ……っ」

対面座位のせいか、深い場所まで羅刹の性器を銜え込んでいるので、櫂は悲鳴じみた声を上げてのけ反った。男の性器で支配されている感覚——これが櫂は好きだ。認めたくないが少し乱暴なくらいのセックスに感じてしまう。

「あ……っ、もっと、も……っ、ひ、やぁ……っ」

無意識のうちに逃げようとする腰を羅刹に引き戻され、腰を激しく突き上げられた。射精したばかりなのに、身体は二度目の絶頂を望んでいる。がつがつと貪るように抱かれ、嬌声が止まらない。

「く……っ、出す、ぞ……っ」

羅刹の動きがピークになった時、荒々しい息遣いと共に、身体の奥に精液が吐き出された。それにひどく興奮して、銜え込んだ性器を締めつける。羅刹の射精は長く、大量の精液が身体の奥にぶちまけられる。

「はぁ……っ、はぁ……っ、そう締めるな……」

羅刹が櫂の身体を抱きかかえ、ベッドに押し倒してくる。大柄な身体で見下ろされ、櫂は息を喘がせながら全身をくねらせた。

「出してもすっきりしないな……、吾の一物は硬いままだ」

汗ばんだ顔で羅刹が笑い、一度達したにもかかわらず抜かずに再び腰を突き上げてくる。櫂は両足を無理やり広げられ、再び甲高い声で乱れた。

「や……っ、あ……っ、すご、い……っ」

羅刹の精液の匂いが鼻につき、櫂はシーツを乱した。鬼の精液は酒の匂いに似ていて、それだけでくらりとしてしまう。おまけに羅刹の精液の量が多すぎて、抜き差しされるたびに、淫《みだ》らな音を立てている。何度も奥を突かれ、精液が泡立って結合部からあふれ出る。

「うー……っ、鬼に戻っても、よいか？」

櫂の両足首を摑みながら、羅刹が呻くように言う。

「だ、め……っ、駄目、死んじゃう……っ」

櫂は喘ぎながら懸命に首を振った。絶えず腰を突かれ、頭がぼうっとするくらい感じている。

自分の吐く息がうるさいし、汗も噴き出ている。腰から下は甘い電流が流れっぱなしで、力が入らない。

「すまん。我慢ができなくなった」

そう言うなり、羅刹の身体が変化を解く。めりめりと内部に入っていた性器が膨らみ、内壁を強引に広げていく。櫂は息を詰め、大きくのけ反った。

「ひ、あああ、あ……っ‼」

上に覆いかぶさっている羅刹が鬼に戻り、こめかみから角が飛び出る。櫂は室内に響き渡るような声で叫んだ。

「その声……余計、煽《あお》られる……」

赤い髪を揺らし、羅刹はふーっ、ふーっと熱っぽい息を吐き出した。鬼に戻った羅刹の身体は大きくなり、それに伴い性器も膨れ上がった。とても全部は呑み込めない。半分くらいを受け入れるだけでやっとだ。

「駄目、うご、かないで……っ、ひっ、あっ」

身体の奥を埋め尽くす大きなモノに、櫂は息も絶え絶えになった。動かないでくれと言っているのに、羅刹は櫂の両足を胸に押しつけ、腰を律動してくる。硬くて信じられないくらい大きなモノで奥をごりごりと擦られる。

「ひ、あああ……っ、あー……っ、あー……っ」

気持ちいいと思っているわけではないのに、気づいたら射精していて、全身をわななかせる。鬼になった羅刹とセックスすると、意識を保つのが困難だ。しかも鬼は二度目の射精が異常に遅く、このあとどれくらいの時間、突かれるか想像もできない。

「奥まで入れたら裂けてしまうな……」

羅刹は呼吸を乱しつつ、腰を突き上げてくる。巨根の羅刹が全部を埋め込んだら、間違いなく身体に異常をきたすだろう。櫂は泣きながら喘ぎ、身悶《みもだ》えた。過ぎた快楽は苦しみに似ていて、櫂はひたすら喘ぐことしかできなくなった。

「あー……っ、あー……っ、あー……っ」

ぐちゃぐちゃと濡れた音がするたび、櫂は声が嗄《か》れるまで喘ぎ続けた。羅刹は一応気遣って半分くらいまでしか入れていないが、それでも突き入れるたびに徐々に奥へ性器が入り込んでいる。時おり結腸部分まで羅刹の性器で突かれ、怖くて、それでいて脳が痺《しび》れるほど感じて、頭がおかしくなる。

「や、だぁ……っ、や……っ、あ……っ、あー……っ」

馬鹿みたいに声を上げるしか、快楽を逃がす方法がなかった。いつの間にか何度か達していたらしく、腹の辺りは精液でどろどろだ。出すものがなくなったせいか、ドライでイくようになり、櫂は理性を飛ばして忘我の状態になった。

「おい……、大丈夫か？」

途中で意識を失っていたのか、ハッとした時には体位が変わっていて、背後から尻を突かれていた。途中の記憶がない。身体はひどく感じていて、腰が痙攣《けいれん》している。

「あ……、俺……？　ひっ、あっ、何これぇ……、身体に力が……入らない」

櫂は重く感じる腕を動かして、ろれつの回らない声で呻いた。ベッドに横たわった櫂の上に羅刹が重なり、寝バックの体位で奥をぐりぐりと掻き回されている。全身に力が入らず、羅刹が動くたびに身体が勝手に跳ね上がる。

「やぁああ……っ、も、無理……っ、む、りぃ……っ」

結合部辺りはお漏らしでもしたみたいにどろどろになっている。時計を見ると、始めた時間から三時間が過ぎている。

「嘘《うそ》、う、そ……、どれくらいやってたんだ、よ……っ、ひ……っ、やぁ……っ、あー……っ」

咽《のど》はカラカラで声はしゃがれている。泣きすぎたのか、頬がカピカピだ。

「吾は四度お前の中で出した。お前は……ずっとイきっぱなしのようで分からん」

櫂のうなじをきつく吸い、羅刹が言う。羅刹は鬼から人の姿に戻っていて、櫂は記憶のない間もずっと犯されていたと知った。

「安心しろ、そろそろ達しそうだ」

羅刹はそう言うなり、起き上がって腰を激しく突き上げてきた。櫂はシーツをしわくちゃにして、ひっくり返った声を上げた。肉を打つ音と、ぐぽっ、ぐぽっという濡れた音で頭が変になりそうだった。

やがて羅刹が呻き声を上げながら、櫂の中に精液を吐き出してくる。

櫂は全身を痙攣させ、ひたすら呼吸を繰り返していた。淫靡《いんび》な匂いで、何も考えられなくなる。

明日ちゃんと立ち上がれるだろうかと案じながら、シーツに身を沈めた。


羅刹の気が済んだ頃には指一本動かすのさえだるくなり、抱えて浴室に運んでもらった。バスタブに湯を張ってもらっている間に、中に出された精液を掻き出してもらうと、後から後からどろどろと羅刹の出したものが出てきて、頭がくらくらした。

「ヤりすぎだろ……。ふつう俺が落ちたら、そこでやめてくれるもんじゃないのか？」

羅刹にボディソープで全身の汚れを洗われながら、櫂は疲れた口調で言った。立ち上がるのも億劫《おっくう》で座り込んでいると、羅刹は泡立てたソープで身体中を綺麗にしてくれる。髪の毛も洗ってくれたし、意外とマメなところもあるのだ。

「意識はなかったようだが、何度もイっていたし、気持ちよさそうだったぞ？　お漏らしした時はどうしようか迷ったが、あれはあれで興奮するな」

羅刹に平然と言われ、櫂は真っ赤になって唇を嚙み締めた。どうりでシーツがぐっしょりしていたはずだ。お漏らしか潮吹きか分からないが、まるでドラッグでもやったみたいなセックスをしていたらしい。羅刹曰《いわ》く、ずっと鬼のままだと櫂の身体に負担がかかるので、途中で人の姿に戻ったそうだ。

「うー。気持ちいい」

湯を張ったバスタブに羅刹に抱えられて入ると、櫂は心地よくて身を任せた。羅刹の大きな身体に抱きかかえられ、ひどく安心して胸が熱くなった。男とラブホテルに入ったことは数あれど、こんなふうにいちゃいちゃしたのは初めてだ。

「羅刹……」

櫂は甘えるように羅刹の唇に唇を寄せた。羅刹が吐息をかけて、櫂の唇を舐める。

「なぁ、俺のこと好きって言って」

我ながら馬鹿だなぁと思いつつ、櫂は囁くように言った。案の定、羅刹は笑って櫂の唇を吸う。

「何だか今日はやけに甘えてくるな？　別に構わぬが……」

羅刹の手が腰にかかり、間近でじっと見つめてくる。

「愛しているぞ」

照れもなく平然と言われ、櫂はくーっと身悶えて足をじたばたさせた。

「おまっ、そーいうのさらっと言うなよ！」

自分が望むよりさらに上の言葉を与えられ、耳まで真っ赤になって羅刹の手の上に手を重ねる。

「うーっ、はずっ、やばい、泣けてきた。俺って、そーいうの欲しかったんだなぁーっ」

櫂は耳朶まで赤くして、湯を跳ね上げた。昔から人を遠ざけていたから、本当は自分が何を欲していたか分からなくなっていた。自分の人生を変える出来事に遭遇して、心を開けば、わざと遠くに置いていたもの、避けていたものこそ、真に望んでいたものだと分かる。

「変な奴だな。お前は時々子どものようだ」

一人でテンパっている櫂に首をひねり、羅刹がふーっと息を吐く。湯舟に浸かり、気持ちよさそうだ。今度温泉に行ってみるのもいいかもしれない。羅刹は意外と風呂好きだ。

「ところで吾は腹が減った。肉が喰いたい」

「お前どんだけ喰うんだよ！　そりゃあれだけヤれば腹も減るだろうけど……。ルームサービスは高くつくから、朝まで待ってくれ」

「むぅ……」

羅刹は不満げに眉を寄せている。すでに夜明け前で、こんな時間に出前など頼みたくない。絶対割増料金になるに違いない。こんなこともあろうかと、バッグに非常食が入っている。

湯船にゆっくり浸かりながら、キスをしたりあちこちに触れたりしていたら、すっかりのぼせてしまった。羅刹に抱っこされて浴室を出て、備えつけのバスローブを羽織り、ベッドに戻る。羅刹に魚肉ソーセージを三本与えた後、朝まで寝ることにした。

（あー。ラブホに来てこんな満たされたの初めて）

あっという間に熟睡してしまった羅刹に寄り添い、櫂は自然と微笑んでいた。鬼のおかげで昔のトラウマが解消されるなんて不思議なものだ。

常にない優しい気持ちで眠りにつき、櫂は明日に思いを馳《は》せた。


ラブホテルで一夜を明かし、身支度を整えて利賀と待ち合わせの場所へ赴いた。午前十時に歌舞伎町の映画館の近くで落ち合う予定だ。その前に焼き肉屋に入り、羅刹の胃袋を満たしておいた。

「櫂」

待ち合わせ場所にはすでに利賀がいて、軽く手を上げて笑顔になる。

利賀はビジネスホテルで伸びた髭を綺麗に剃《そ》っていて、昔の面影が蘇った。シャツも綺麗に洗濯されたものだし、たった一夜でずいぶん気力を取り戻したものだ。

「昨夜は本当にすまなかった。やっぱり俺、取り憑かれていたのかな。ホテルで目が覚めたら、とてつもなく恥ずかしくなった」

利賀に改めて詫びられ、櫂は首を振った。利賀は羅刹に愛想よく挨拶して、自宅に向かって歩き出す。

「いや、間に合ってよかったですよ。それにしても誰かにお祓《はら》いを頼むとか、考えなかったんですか？」

素朴な疑問を感じて、櫂は尋ねた。

「誰に言ったらいいかも分かんなくて。霊が家にいるとか言ったら、頭おかしくなったと思われそうでさ」

利賀は通りすがりの人に聞かれないよう、小声で話している。

「それに……その、言いたくなかったんだけど、いやらしいこともしてくる霊でさ……。それこそ、俺の妄想だとか、欲求不満なのかって言われそうで……」

利賀が陰鬱な表情で告白する。

「いや、けっこうよくある話ですよ」

櫂はさらりと答えた。びっくりしたように利賀が振り返り、「そうなの？」と身を乗り出してくる。

「色情狂の霊だったんでしょう。霊にレイプされたっていう相談、よくきますよ」

当然のように櫂が言うと、利賀がふいに立ち止まった。櫂も遅れて足を止め、振り返る。

「そうだったんだ……。もうその一言ですごい救われた。ずっと自分がおかしいんじゃないかって悩んでたから……。こんな話、誰にも言えないと思ってた。櫂にじゃなきゃ言えなかったよ」

利賀は泣きそうな表情で頭を掻いた。その顔を見て、こうして利賀を訪ねたのは間違っていなかったと確信した。他人を助けたいと思って陰陽師という生業を選んだ。利賀を最悪の場所から引っ張り上げられたのだと胸が熱くなった。

「利賀さん……」

陰陽師を生業としている櫂からすれば、至極当然の世界だが、世の中にはまだまだこういった悩みを受け入れる場所が少ないのだ。特に利賀は会社でカミングアウトしていないし、親にも自分の性癖を打ち明けていないと言っていた。そんな利賀にとって、霊がいるだの、男の霊にいやらしいことをされたのなんて言えるはずがない。利賀のような悩みを持つ人が、もっと気軽に訪ねられる場所があれば——。

つらつらと考えながら、櫂たちは利賀のマンションに戻ってきた。こうしてマンションを見てみると、全体的に嫌な気が蔓延《まんえん》している。六年前はここまでひどくなかったのだが、いくつかの階でよくない霊がはびこっている。とりわけ悪質なのは、やはり利賀の家に棲みついている悪霊だ。持ち主の気を病ませ、死に引きずり込もうとしている。

エントランスを潜り、エレベーターで五階に下りると、櫂は利賀をドアの前で制した。

「じゃあちょっと祓ってくるんで、ここで待っていてもらえますか？」

櫂が言うと、利賀は神妙な顔つきで頷いた。

ドアを開けると、腐った嫌な臭いに顔を顰める。昼なのにカーテンを閉め切っているせいか、窓のほとんどを段ボールで埋め尽くしているせいか、薄暗くて何があるかよく分からない。土足で入っていいと言われたので、羅刹と共に部屋の奥へと進んだ。

「うー。なんか、足元がぐらつくんだが……。うっ、変なの踏んだ！」

ゴミの上を歩いているので、足元がおぼつかない。羅刹は嫌々櫂の後ろをくっついていて、「吾は臭いのは嫌いだ」と文句を垂れている。

「いたぞ、あいつだ」

リビングらしき場所に辿《たど》り着くと、ベッドの傍に男の霊が居座っていた。ベッドも眠れる場所はわずかで、衣服やタオル、ペットボトルが山積みになっている。櫂と羅刹が近づくと、男の霊は警戒しながらこちらの出方を窺《うかが》っている。部屋の隅に黒ずんだ木彫りの像が置いてあって、男の霊はそれにくっついてやってきたらしい。人の形を持ったものには、不浄霊が入りやすい。しかも厄介なことに元カレの生霊だった。おそらく木彫りの像に呪詛《じゅそ》を込めた。

「おい、お前。一分以内にここを出て行かないと、消滅させるぞ」

いきなり消し去るのも憐れかと思い、櫂は霊に忠告した。

『なんだお前ら……、こんな居心地のいい場所、出て行くわけないだろ。あいつは俺に犯されてひいひい悦んでいるぞ。出てくのはお前らだ、バーカ。あいつは一生俺の奴隷だよ』

生霊は徐々にしっかりした輪郭になり、櫂を威嚇してくる。元カレは筋肉自慢の大柄な男だったようだ。利賀が去っていき、自分のものなのにと憎悪を募らせている。生霊が厄介なのは、一度祓っても再びやってくることだ。

「羅刹、お前こういう霊は退治できるのか？」

櫂は後ろであくびをしている羅刹を振り返って尋ねた。元カレの生霊は初めて羅刹に気づき、急に顔色を変えた。

『何だ、こいつ……、鬼、か……？』

羅刹は人の姿のままだったが、元カレの生霊には隠された姿が分かったらしく、声が弱々しくなっていく。すると元カレが利賀にした行為の数々が走馬灯のように浮かんできた。利賀を奴隷のように扱っていたのが視えてくる。これはかなりのお仕置きが必要だ。

「吾はこういったクソ不味《まず》そうなものは喰わん。腹を壊すではないか」

羅刹は元カレの生霊をひと目見るなり、げーと吐く真似をする。

「攻撃を加えることはできるのか？」

試しに聞いてみると、羅刹がうざったそうに前に進み出る。元カレの生霊がたじろぐように後《あと》退《ずさ》りして、この場から逃げようとした。逃がすかと思った一瞬前に羅刹がその頭を摑み、嫌な音を立てて砕き始めた。

『ぎゃあああ！』

元カレの生霊が聞くに堪えない悲鳴を上げ、羅刹の腕から逃れようともがく。羅刹がぽいっと部屋の隅に捨てると、元カレの生霊の砕けた頭がまた元の形に戻り始めた。

『て、てめぇ……っ、何しやがんだ……っ』

元カレの生霊は殺気を漲《みなぎ》らせ、羅刹に太い腕を振り回してくる。羅刹はそれを難なく払いのけ、元カレの生霊の首をへし折った。また元カレの生霊が断末魔の悲鳴を上げる。

「うう、グロ……」

燿は目の前で繰り返される惨殺に目を背けた。

「つまり、攻撃はできるけど、生霊だし消すことはできないってわけか？　地獄で亡者を苦しめる鬼そのものだな。永遠に苦しめ続けられるわけか」

元カレの生霊の腕を引きちぎる羅刹に背中を向け、燿は耳をふさいだ。元カレには二度と利賀と関わりたくないと思うように、多少痛い目に遭ってもらったほうがいい。

『やめろ、やめろ、やめてくれぇええ！　俺が悪かった、二度とあの男に近づかないから、ぎゃあああ!!』

元カレの生霊は手足をもぎとられ、首をへし折られ、泣きながら許しを乞うている。羅刹は容赦なく元カレの生霊をいたぶっている。ちょっと愉しんでいるように見えるのが問題だが……。

「これに懲りて、利賀さんに構うなよ」

人の姿だったら十回くらい死んでしまった頃合いで、燿は仏のような微笑みを浮かべて元カレの生霊に諭した。生霊は泣きながら土下座して『俺が悪かったです！　勘弁して下さい！』と叫ぶ。生霊とはいえ肉体の苦しみを感じている。これは確実に本人にも、苦痛が与えられているだろう。呪詛は祓われるとかけた相手に戻るから、元カレは再起不能になっているはずだ。

「最初からそう言えよ。ところでこの木彫りの像、どこで」

櫂が言い終える前に、元カレの生霊が消滅する。生霊の新しい退治方法を見つけてしまった。

「ありがとう、羅刹。お前と一緒だと生霊退治が楽でいいな。これからも頼むぞ」

羅刹の肩をぽんと叩き、親指を立てる。

「あんなひねりがいのない奴、つまらん。それより吾は腹が減った。皿の上でじゅーじゅーいってる分厚いステーキが喰いたい」

生霊を痛めつけたら腹が減ってきたらしい。さっき山ほど焼き肉を平らげたばかりなのに、なんて燃費の悪い身体だろう。

羅刹と共に足場の悪い廊下を進み、ドアの前で待っている利賀に声をかけた。

「利賀さん、お待たせ。もうあいつはいなくなったから。とりあえず即刻部屋を綺麗にしたほうがいいですよ。くどいけど、元カレからもらったものは、全部処分して下さいね。あとこのマンション、あんまりいい場所じゃなくなったから、引っ越したほうがいいと思います」

櫂が笑顔で言うと、利賀は感激したようにドアを開けて中に入っていった。しばらくすると、目を輝かせて戻ってくる。

「本当にいないよ！　どうやったんだ⁉　これで今日からぐっすり眠れる……。部屋も片付けるよ、引っ越しもする。櫂、ありがとう。何てお礼を言ったらいいか……」

利賀が目を潤ませて櫂の手を握ってくる。その手を横にいた羅刹が軽く払いのける。利賀は一瞬面食らったが、すかさず羅刹の手を握った。

「ありがとうございます！　今日のこと、忘れません！」

利賀に熱い眼差しで礼を言われ、羅刹は困惑して身を引く。

「む……？」

「今度おごらせて下さい！　何でも好きなものおごりますから！」

すっかり元気が戻った利賀は気前がよくなっている。

「何でも？」

羅刹がその気になって身を乗り出したので、急いで今度は櫂が二人の手を引き剝《は》がした。油断も隙《すき》もないとはこのことだ。

「利賀さん、これは俺のなんで。――言っときますけど、さっきみたいなのまたくっつけるのも簡単なんですよ？」

物騒な笑みを浮かべて脅すと、利賀がひっと息を呑み、縮こまった。

「ブラックなところは変わってないね……」

利賀が引き攣った顔つきで言った。つき合っていた頃はいい子を演じているつもりだったが、ばれていたのか。

「ありがとう、俺に出来ることがあったら、何でも言ってくれ。このお礼は必ずしたいから」

利賀ははにかんだ笑顔で櫂たちを見た。

「じゃあ、物件選びで手を貸して下さい。――この辺りに出張所を作るのもいいかなって思ったんで。ゲイの陰陽師なら、相談しやすい人も多いかもしれないから」

櫂は思いついたアイデアを口にした。

以前から都内のどこかに事務所を作るのもいいかもしれないと思っていたのだ。埼玉の奥地では訪ねてくる依頼者はほとんどいない。もっと気軽に相談できる窓口があれば――。

利賀の仕事が不動産関係というのは何かの縁だろう。

「すごくいいね。力になりたいよ」

利賀が目を輝かせて、大きく頷く。

この調子なら今回の件を恩に着せて、手数料を値引きさせるのも不可能ではないだろう。ただより怖いものはないというが、利賀にはいろんな意味で世話になりそうだ。

「お前、悪い顔をしているぞ」

横から羅刹に耳打ちされ、櫂は慌てて天使のスマイルを心掛けた。羅刹は四六時中一緒にいるせいで、櫂の心の機微に聡《さと》くなってきた。

「お前がいると、世界が広がるな。頼りにしているぞ」

羅刹にくっつき、櫂はにっこりと微笑んだ。人生最後の男と思って捕まえた鬼は、イケメンだし、力は強いし、絶倫だし、おまけに悪霊退治までしてくれる。こんないい男が恋人なんて、最高だ。

羅刹と共に人の役に立ちついでに金儲《かねもう》けができればと、櫂は未来に希望を抱いた。

［パブリックスクール］番外編

画廊オーナーの気がかりな案件

樋口美沙緒

扉イラスト　yoco

自社の近くに迎えに来た車の後部座席へ、エドワード・グラームズは仏頂面のまま乗り込んだ。会社はちょうど昼休憩に入ったばかりの時間帯で、ロンドンのストリートにはランチのために出てきたオフィスワーカーが溢《あふ》れている。

車をゆっくりと発進させながら、運転している秘書のロードリーがミラー越しに「軽食を買ってあります。召し上がりますか？」と訊《たず》ねてくる。

これからエドは、自身がオーナーを務めるギャラリー『パルム』へ行き、打ち合わせの予定だ。終わればとんぼ返りで会社に戻ってきて、すぐにアメリカの取引先とテレビ会議なので昼食を食べる時間の余裕はない。後部座席に置いてあった紙袋を無造作に開けて、「もらうぞ」と一言断ってから、中のサンドイッチとまだ温かいテイクアウェイのコーヒーをさっさと胃袋に流し込んだ。およそ、上品とは言いがたい食べ方だ。自分でも分かる。

「ご機嫌がよろしくないようで……」

ロードリーが、運転しながらぽつりと言う。そこには、エドの機嫌の悪い理由を推し量ろうとするような空気がある。

この秘書は聡《さと》いので、黙っていたらじろじろ観察されることになると思い、エドは「べつに悪いわけじゃない」と即座に否定した。

そう、べつに機嫌が悪いわけではないのだ。

「本来の仕事が逼迫《ひっぱく》してますから、機嫌が悪くなっても普通かとは思いますが」

ロードリーはそんなフォローを入れてくる。

が、エドがギャラリー『パルム』にわざわざ請われて出ていくことはほとんどない。仕事はほぼすべてスタッフに任せてあるからだ。なのでたまの呼び出しくらいで、本業が圧迫されると文句を言うつもりはない。たしかに忙しいときに急に予定が入ると調整が面倒だが、しょせんは仕事だ。

エドにとって、それらはたやすく「どうにかなる」ものだった。

「……だから、機嫌が悪いんじゃない。少々複雑なだけだ」

と、エドは言った。そう、少々複雑なのだった。

ギャラリー『パルム』が正式オープンしてから二ヶ月が経《た》っていた。

今、イギリスには本格的な冬が到来して空気は凍《い》てつき、道を歩けば靴の底から寒気が入り込んでくる。ストリートにはクリスマスのデコレーションが溢れ、賑《にぎ》やかだ。

エドは『パルム』のオーナーだが、本業は世界的海運会社、グラームズ社のCEOである。ギャラリーは会社とは関係なく、個人で起《た》ち上げた仕事だった。が、エドにしてみれば、仕事ですらない。なぜならそのギャラリーはただ一人、恋人のためだけに作ったものであり、利益度外視の代物で、ついでにエドはアートというものにはまるで関心がなかった。

奇っ怪な造形物を見て崇《あが》め奉る趣味はない。

貴族としてはああいうものに金を払い、集めるのが普通だろう。フェラーリを何台か所有したところで、世界中のフェラーリを持てるわけではない。最高金額の車を持っていると自慢しても、同じものを持っている富豪が必ず一人はいる。だが、アートはべつだ。

この世でただ一つ、自分だけが所有できる。

そのため世界中の金持ちは、その特別性を求めてアートを買い付けるのだが、エドはそもそも車を買うことにすら興味がないので、アートを集めることに関心もなかった。

そんなエドがアートビジネスを起ち上げたことは、今や世界中のコレクターや一部のセレブの話題を賑わせている。

エドはその注視を煩《わずら》わしく思っている。一言で言うなら面倒くさい、だ。

だが面倒くさいから、自身のアートギャラリーに赴くことが複雑なわけでもない。

ギャラリー『パルム』にはこの世で一番嬉《うれ》しいこと――愛《いと》しい恋人と会える、ということ――と、この世で一番腹の立つこと――愛しい恋人が自分以外の男を最優先している、ということの二つが常に存在している。

ようするに、『パルム』に行くとエドは嫉妬《しっと》に駆られるのだ。

かといって、自分の会社である以上、まったく無視して放り出すことはできないし、恋人がそこでどう働いているかは定期的に見ておきたい。

エドにとって『パルム』という小さな箱は、矛盾する感情や事情の詰まっている場所だった。

「あなたは世界でも有数の企業のトップに立つ人なのに……レイ様のことになるとまるで駄目ですね」

ロードリーがため息混じりに言うのに、エドはむすっとして答えなかった。

そんなにお嫌なら、ギャラリーなんて与えなければよかったのに。

時々呆《あき》れた秘書から言われるが、それもまた違う。

「レイが俺の眼《め》の届くところで働いてるんだ、これくらいは我慢する」

「今、できてませんけどね。不機嫌が駄々漏れてますよ。ギャラリーに着いたら、どうぞいつもの冷静なあなたで向かってください」

当たり前だろ、とエドはつっけんどんに言った。

はあ、とため息が漏れる。ロードリーの口にする、「レイ様」がエドの恋人の名前だ。思い出すだけで胸を甘くする存在ながら、一方で、唯一エドの心をかき乱す存在でもある。

(俺は満足してるさ。後悔はしてない。レイにギャラリーを与えられてよかった。これ以上ない最善の結果だ……、どうせ、俺はレイがどこで働いてたって……俺以外の世界があるのを見るたびに嫉妬するんだからな)

自分でも分かっている。どこにいたって気に入らないなら、エドの用意した箱の中にいてもらったほうがいいのだった。

それでも悋気《りんき》がおさまらないのだから、もうこれは一種の病気であるとエドはなかば諦《あきら》めていた。

エドの思考はごちゃごちゃしていたが、その間にも車は細い道を通って、ギャラリー『パルム』に到着した。

倉庫を改装しただけのやや乱雑な外観の入り口に、『展示物変更のため休館』という知らせが掲げられている。

開館から二ヶ月間にわたり、ほぼ無休で毎日のように盛況を誇ったこのギャラリーも、今日ばかりはシンと静まりかえっていた。

だが入り口は施錠されているわけではない。ロードリーには車の中で待つように指示し、一人で扉を開いて入ると、巨大なホホジロザメの造形物に出迎えられた。

(いつ見ても趣味が悪いしろものだ。こんなものが百万ポンド以上の価値だとかいうのは、狂気の沙汰《さた》だな)

俺なら絶対に買わない。と思うが、買ったあとでレンタル物として世界中に回せば元は十分とれるな、などとは考えてしまう。

そのうちに、グロテスクな展示物の向こうからこの世の天使かと思うような恋人、中原礼《なかはられい》の駆けてくる姿が見えて、エドは心が洗われるような気分になり、甘く頬を緩めた。

「エド、忙しいところありがとう。会社は大丈夫？」

黒い髪に、琥珀《こはく》色を帯びた大きな瞳。身長はエドより頭一つ分ほど小さい。

「ああ。お前のためなら会社くらいどうとでもなる」

エドはそう言って、朝ぶりに会う恋人の細い体を抱きしめた。

それだけで、エドの心には幸福が満ちてくるのだった。礼はというと、「また冗談言って」とエドの腕の中でくすくすと笑っている。

こんなふうに場所を選ばず抱きしめても、礼が緊張せずにエドの腕に身を委ねてくれるようになったのは、ごく最近のことだ。

恋人が自然に自分に甘えてくれることの、甘美さたるや。

これからすぐに会議室に行って、会いたくもない男たちに会うのだと思うとよりいっそう、今一瞬の喜びをエドは噛《か》みしめた。

それでも、時間が有限なのは分かっているので、エドは礼に咎《とが》められる前に体を離して、会議室へと促した。我ながら、鉄の理性だと思う。

エドの恋人、中原礼はこのギャラリー『パルム』のアシスタントとして働いている。

とうに成人した男だが、どこか少女めいた雰囲気がある礼は、細い体にセミオーダーのスーツをすっきりと着こなしている。エドの雄々しい体軀《たいく》から比べると子どものようでも、イギリス随一の紳士教育を受けているから、礼の所作や身だしなみには貴族に劣らない気品が備わっていた。

——この国だと子ども扱いされるけど、日本にいたときはちゃんと男として見られたんだよ。

と、いつだったか礼がぼやいたことがある。それは女にモテたという意味か？ と気を悪くしたエドは、ベッドで半日、礼をいじめたりした。

とにかくエドはこの恋人に骨抜きで、仕事もするしギャラリーも起ち上げるしきっちり損得勘定はするが、そのすべてが礼を中心に回っているということを知るものは実は少なかった。エドにしてみれば、礼と天秤《てんびん》にかけたら、今の生活も会社も立場も、すべて捨てられるものでしかないのだ。

そんな、恋する男、エドワード・グラームズの名前は、イギリス全土に響き渡っている。

エドは古い歴史を誇るグラームズ家という名家に生まれた。爵位は伯爵位だが、血筋をたどると実際の家格はそれ以上と言ってよく、親戚の中に適当な継承者がいないときには、もっと上の爵位を兼ねることも多々ある家柄である。

だが現代において、グラームズ家の名前が威光を帯びているのは、なにより事業の成功に裏打ちされてのことだった。数年前の世界同時不況の際に、世界的海運会社グラームズ社のトップに君臨したエドは、並々ならぬ経営手腕で会社を着実に成長させてきた。ビジネス面では時に冷酷な決断をするエドのことを、揶揄《やゆ》するように「鬼のエドワード公」と呼ぶ輩《やから》もいる。

一方で、エドは長身に、金髪緑眼の美丈夫であり、そのルックスと名声、資産が注目され、タブロイドに話題がのぼることもしばしば。ネットニュースにもよく取り上げられる。エドが出ると、女性が記事を読むらしい。

だが浮世のそうした一切合切は、エドにとって大した問題ではなかった。

エドの関心事は常にたった一つ。

それが中原礼だ。

礼はエドより二つ下。誕生日の関係で、時折一つ下になるが、見てくれだけなら五つは年の差があるように見える。礼が半分日本人なので、生粋のイギリス人であるエドからは、どうしても若く見えるのだ。

初めて二人が出会ったのはエドがもうすぐ十四歳、礼が十二歳のときのことだ。身寄りを失った礼が、遠い日本からはるばるグラームズ家に呼ばれて、書類上エドの義弟となった。

エドは今でも覚えている。十二歳の礼はとても小さくて、八歳くらいに見えたこと。とても弱々しく繊細《せんさい》そうで、それが邪魔で煩わしくて、眼の前から消えてほしいとさえ思っていた。

だがすぐに、エドの心は礼に囚《とら》われた。礼はエドの持ち物ではなく、エドの心を、とりわけエドの孤独を愛し、求めてくれたからだ。

エドの両親は利己的な人たちで、エドは彼らと温かな家族関係をついに築けないままでいる。父母にあなたは利己的です、と言ったとしても反省したり振り返ったりは絶対にしてくれないタイプだ。自分たちは正しいと思っているから、エドは早々に彼らと分かり合うのをやめてしまった。

その冷たい家の中に放り込まれた生《い》け贄《にえ》が礼だった。

エドは礼の温かさに触れて、次第に礼を愛していった。

礼がパブリックスクールを十六歳で一度卒業し、日本に帰国してからも、エドは礼への愛情を捨てられなかった。貴族社会に礼を引きずり込むのは勇気が必要だった。自分のパートナーとして連れてくるためには、礼を守れる権力がなければならない。

そのためエドは八年、辛酸《しんさん》を舐《な》め、努力し、ついには実の親を引きずり下ろして、絶大な権力と金を手にしたのである。

やっと礼を迎えに行き、晴れて恋人になれたときには、礼は二十四歳、エドは二十六歳になっていた。それからおよそ、二年と九ヶ月。

礼は今、イギリスでエドと暮らしながら、エドがオーナーを務めるギャラリーで働いている。

そうなるまでにも様々な紆余《うよ》曲折があったのだが、ひとまずは、礼が自分の庇護《ひご》下で日々を過ごしている、というのはエドにとってまずまずの状態だった。

もっとも、まずまずの状態であって、懸念材料はいくらでもあるのだが。

「やあ、エド。よく来てくれたね」

展示室を横切り、上のオフィス階にある打ち合わせブースに礼と一緒に入って行くと、大して見たくもない顔が勢揃《せいぞろ》いしていた。

『パルム』のオーナーはエドだが、エドはアートに関心がない。このギャラリーは礼のためだけに作ったのだ。礼に言うと気に病みそうなので、直接そんなふうには言わないが。

一方で、まだアートの仕事に就いたばかりの礼になにもかも丸投げにするわけにはいかず、エドは礼の上司として、二人の人間を選んでいた。

ブースに入るなり、真っ先に挨拶してきたのはダイレクターを任せているヒュー・ブライトだ。貴族の次男坊で軟派な見た目。エドとは違うパブリックスクール出身だが、上流階級らしいノーブルな雰囲気は隠しようもなく漂っている。

ブライトは、元々礼と親交のあったアーティストだが、創るほうはやめてデザイナーにでもなる、と言っていたので、それならダイレクターをやったらどうかとエド自ら引き抜いた。

この男はなかなか計算高いタイプで、エドの顔を見ると一瞬その眼に観察するような色が乗る。こちらの機嫌、考えを読んで、場を回すためだろう。その眼には、今をときめくエドワード・グラームズが呼びつけられて「本当に来た」ことを面白がるような色が浮かぶ。

が、もの柔らかな挨拶をしてくるころには、それも消えているから、きっと礼は気づかなかっただろう。

ブースの奥には、かつての礼の職場『スクエア』でダイレクターを務めていたハリー・フェラーズが座っていて、エドを見ると目礼する。ハリーはめったに感情を見せない男だが、「お忙しいところ感謝する」と言う言葉は本音だろうと思われた。

彼は手堅い仕事をしてくれるし、なにより経験が豊富だ。ビジネス感覚もきちんとある男なので、エドはギャラリストに選んでいた。普段の細かな決裁は、ハリーに任せている。

そしてまだエドがなにも言っていないにもかかわらず、じろりと睨《にら》み付けてくる男もいる。『パルム』に所属する唯一のアーティスト、デミアン・ヘッジズである。

エドはデミアンのことを、変人アーティストだと思っている。

世間では天才だの、時代の寵児《ちょうじ》だのと持ち上げられ、若者世代にも圧倒的な人気があるため、まるでファッションアイコンのような存在だが、本人はファッションとは無縁そうなくたびれたパーカーに、今にもすり切れそうなデニムといういでたちだった。

エドはデミアンが、パーカー以外のものを着ているところを見たことがない。違いがあるとするなら黒か白か灰色か、あるいは汚れているかいないかだけだ。ボトムもデニムかスウェットパンツかの違いしか知らない。

「エドワード・グラームズを呼びつける必要なんてあった？」

開口一番、デミアンはうんざりした調子で言ってくる。

（最初の挨拶はこんにちは、だ。この変人アーティストめ）

と思いながらも、エドはなにも言わずにさっさと空いている椅子に腰掛けた。デミアンとエドの間に、礼が腰を下ろす。

「大がかりな仕事だから、オーナーにも見てもらわないと」

と、優しげな声で言うのはブライトだ。

礼は微笑《ほほえ》みながら「きみの快挙だもの、デミアン。きちんとした仕事にしたい」と言い、デミアンは礼のその一言で黙った。

ブライトが礼に、助かったよ、と言わんばかりに目配せしている。

まったく気にくわないやつらめと、エドは内心辟易《へきえき》していた。気にくわないといえば、礼がエドよりもデミアンのほうに近いところに座っているのもまた、気にくわなかった。

すぐにへそを曲げる面倒くさい担当アーティストのためにそうしている、とは分かっていても、俺は恋人だぞと言ってやりたくなる。もちろん言わないが。

「エドワード、とりあえずこちらを確認してほしい。条件については私のほうで調整した。あなたの了解が得られるなら、早速着手したい」

ハリーがそう言って、エドに書類を渡してくる。

今日エドが呼び出されたのは、『パルム』のオーナーとして、承認してほしい案件があると連絡を受けたからだった。

ギャラリー関係のことはスタッフに任せきりなので、書面が差し出された段階でほぼ決定事項である。

今回寄せられた案件は、デミアンの作品のいくつかの売却と、貸し出しに関するものだった。売却については、礼がデミアンとよく話し合い、ギャラリーとしても手放してもよいと思ったものが厳選されている。展示物の貸し出しは、とりあえずイギリス国内に絞って、展示のディレクションも『パルム』で行えるよう契約するようだった。

その他にも、現在、デミアンが制作している新しい作品について、依頼を出したギャラリーとして、いくらかの前金を支払う契約の他に、制作過程を時折ネットを使って発信する企画などが上がっていた。

また大手ハイブランドや企業から、デミアンとのコラボレーションを依頼するものもいくつか舞い込んでいる。ギャラリーのほうで半分以上は一旦断ったようだが、明らかにメリットのあるものは残されており、エドの意見を聞きたいと、今日この場に持ち込まれていた。

正直、以前のデミアンなら、ブランドや企業とのコラボレーションなど「お話にならない」感じだった。本人が真っ先に断りそうな仕事だ。

だが、今のデミアンは礼がやれというならやる、という気分らしい。変われば変わるものだと思う。ちょっと前まで野生の野良猫状態だったデミアンが、今では礼にだけは飼い猫のような振る舞いなのだ。

礼もそれが可愛《かわい》いらしく、とにかく仕事中はデミアンデミアンデミアンデミアン、といった様子だ。休みの日でも、時々「この前デミアンがね……」と、急に思い出したように笑って、「デミアンが可愛かった話」をされるのだから、エドとしては気分が悪い。

そのうえ一緒に働く「ブライトが親切な話」や「ハリーから学んだ話」もしょっちゅう聞かされて、エドは面白くない。礼の幸せが他の男によるものだと思うと嫉妬心が湧く。

だが礼はそのあとに決まって、

「きみのおかげで幸せに働ける。ありがとう、エド……」

などと言うから、エドは「うるさい、ギャラリーの話は俺にするな」とは言えなくなるのだった。そもそも、ギャラリーを作ったのは自分なのに、その話をするなというのはあまりに狭量すぎるので、エドとしても言いたくない。礼が可愛い言葉をつけたしてくれるからこそ、エドはなんとか平静を保っていられた。

(まあだからって、ここにいるやつらを好きにもなれないんだが……)

仕事の上では礼の「一番」を独占しているデミアンはもちろん、礼のことをどう見ても憎からず思っている——エドからしたら絶対にあわよくばという気持ちがあるに違いない——ブライトも本音では邪魔だ。ハリーは礼に対して邪《よこしま》な気持ちはなさそうだが、職場で礼の尊敬を浴びているのだと思うと、勝手ながらそれも気分がいいものではない。

それでも貴族として、ありあまる自制心を持つエドは、そんなことはおくびにも出さずに眼の前の書類を淡々と読んでいった。

「売却と貸し出しについてと、ヘッジズへの前金についてはこのまま承認しよう。ただ、次の展示プランについて考えはあるのか？」

エドは承認するものにサインをしながら、ハリーに訊《き》いた。

「ヘッジズの作品が仕上がるのを待っていたら、ギャラリーは数ヶ月閉めることになる。一応、なにか考えはあるんだろう？」

エドとしては、『パルム』で儲《もう》けるつもりなどまったくない。数ヶ月閉館するならしてくれていい。その間従業員が休みになるなら、礼はエドのフラットに閉じ込めておけるし、万々歳だ――と思うが、普通に考えて数ヶ月閉館はないだろう。

ハリーとブライトが一度顔を見合わせ、ブライトのほうが「それについても相談なんだけど」と切り出す。

「今やアートビジネスは競争も苛烈《かれつ》で、マーケットも拡大してる。それで、ヘッジズの作品のいくつかを売却したあとは、あえて一ヶ月ほど閉館しようかと話し合ってるんだ」

「なぜ」

「その間に新しいアーティストを迎えるつもりだ。何人かから、既に『パルム』にコンタクトがあった。こちらで選別して契約をしようと思う。それとはべつに、閉館期間中、将来有望な若手を見つけ出して契約したい。ヘッジズの作品に関しては、これまでわずかながらも展示履歴のあるものが多かったし、隠すよりもすべて出す戦略を使ったけど、今後はある程度の秘匿《ひとく》性を持つべきかなと思う」

誰も見たことがない未知のアート。

『パルム』にはそんな財産が埋まっているかもしれない、と思わせることで、ビジネスとして先手を打てると、ブライトが話した。

「なるほど、悪くない。そもそもヘッジズの作品群は長らく秘匿されていたわけだからな。おかげで値がつり上がった」

礼が少し、咎めるような眼でエドを見ている。その顔には、「作者本人の前でその言い方はないだろう」と書いてある。が、デミアンはどうでもよさそうだ。もう話に飽きているのか、つまらなさげに自分の爪をかりかりと掻《か》いている。

「オープンからずっと、『パルム』はデミアン・ヘッジズの唯一契約したギャラリーとして注目されてきた。もちろん、彼が『パルム』のトップアーティストには変わらないけど、ヘッジズだけに負担をかけるわけにはいかない。他のアーティストを迎えることについては、ヘッジズも同意してくれてるよ」

「同意もなにも、どうでもいいってだけだよ。ただ、俺の担当はレイのままにしといてくれるならだけどね」

ブライトの説明にデミアンが、可愛げなく付け足す。

えらそうに、とエドは思うが、一作品で数十万ポンド、ものによっては数百万ポンドの価値を生み出す男である。エドにとってははした金だが、普通の感覚から言えばデミアンは金のなる木だ。

「アーティストの選別は任せる。年単位で契約は見直してもらうがな」

あまりに赤字なら考える、とエドは言外に言ったものの、アートとは未来への投資でもあるのだから、若手アーティストがすぐに育つわけもあるまい、と思う。

それにこの世界はある種ブランディングによって決まる世界でもあるので、そのへんは優秀なハリーとブライトがどうにかするだろう。

ギャラリーを起ち上げたことにより、エドは口さがない社交界の人々や、タブロイドには、「ついにアートビジネスに手を出したか」と金の亡者のように扱われた。

実際アートビジネスは、上手《うま》くやればとんでもない巨額の富が転がり込んでくる世界だ。が、エドはこのビジネスに頭を突っ込むつもりはまったくなく、相当な赤字にさえならないなら、自分は関与しないつもりだった。

アートの世界は、恋人である礼が大切にしている場所だからだ。

エドにとってアートは、値段がつくかつかないかの世界だが、礼にとっては違う。見る者を助け、癒《い》やし、導き、あるいは啓発し、眼を開かせ、畏怖を抱かせ——礼の精神世界と密接なものなのである。それゆえに礼は、アーティストから愛されるのだ。

（どうせ新しいアーティストが入ってきても、何人かはレイが面倒をみて、そいつらがレイを

好きになる）

その光景が容易に想像できて、エドはうんざりした。

「それで……コラボレーションを俺に選べというわけか？　おい、ヘッジズ。お前はどれをやりたいんだ」

ひとまず話し合いのほとんどが片付いたので、エドはまだ決まっていないらしい案件について会話を振った。

手元に寄せられた資料を見ると、老舗《しにせ》のファッションハイブランドや、デパート、いくつかの優良企業などが、候補として残っていた。

「自動車会社がなんでこいつとコラボするんだ？」

意味が分からずに顔をしかめると、

「新車のデザインを、デミアンにお願いしたいって」

と、礼が補足する。

「フロントガラスにサメの頭でもくっつけるつもりか？　即事故を起こして廃車になるな」

エドの皮肉に「口うるさい男って最悪。まるで小姑《こじゅうと》みたい」と、デミアンが舌打ちする。

「企業とデパートはまだ早い、はずせ」

デミアンの言葉を無視してエドが指示すると、ハリーが「早いとは？」と、理由を訊きたそうに眼を細めたが、彼は賢明なので訊ねてこない。察しのいいブライトが苦笑し、礼はしばらく考えたあとで分かったのか気まずそうな顔になる。

「ヘッジズは礼儀もなにもない、ほぼ猿だ。まだ人間になってない。企業とデパートの担当者は人間だろうから、話が合わなくて破綻《はたん》する。服飾ブランドはそもそも礼儀知らずを大勢飼ってるだろうから、驚かないだろう」

「エド……」

礼が責めるような声を出すが、知ったことか、事実だ、とエドは思う。アーティストの中にもブライトのように常識を弁《わきま》え、仕事としてするべきことはきちんとするタイプがいることは知っているが、デミアンはそうではないとエドは分かっている。

大企業の、プライドばかり高いお偉方などと鉢合わせたら、トラブルに発展することは眼に見えていて、そうなると間に入る礼が苦労する。

契約書をかわしたあとで揉《も》めて、デミアンに「やっぱりやらない」などと言われたら、その調整と説得に礼が東奔西走するに決まっていた。

一方、デザイナーやクリエイターを何人も抱え、万年、「希有《けう》な才能」と付き合っているブランドなら、デミアンが絵の具で汚れたパーカーを着てこようが、挨拶一つろくにできなかろうが、そこまで気にしないだろうし、礼の苦労も分かるだろうというのがエドの見立てだった。

企業だのなんだのとコラボレーションするのは、礼がデミアンの扱いにもっと慣れるか、デミアン自身がもっと世故に長《た》けてからのほうがいいだろう。

（俺はお前のためを思って言ったんだ、レイ）

と考えるが、今夜家に帰ったら、きっと礼から苦情がくるだろうなと思う。

「本人を眼の前にしてごちゃごちゃと難癖つけるやつは人間未満じゃないの？」

デミアンがイヤミを言ってくるが、「難癖じゃなくて事実だろうが」とエドは即座に言い返した。

「まあでも、服飾ブランドとのコラボレーションは実際ヘッジズに向いてはいそうだ。若者は注目するだろうし、親和性が高い。前向きに考えてもいいよね、レイ」

これ以上デミアンが怒る前にとの配慮なのか、宥《なだ》めるように入ってきたブライトが、すぐに礼に水を向ける。礼は嬉しそうに頷《うなず》き、

「ええ。きっと大勢の人が喜ぶと思います。僕もデミアンと服飾のコラボは是非見てみたいです。絶対に面白いものが生まれるよ、デミアン」

心からそう思っているのだろう。礼がきらきらとした笑顔でデミアンへ振り向く。とたんにデミアンは満足して「べつに、一つくらいはコラボもいいかなと思ってたからね」と言う。

そのやりとりを眺めながら、エドはブライトは相当に食えない性格だな、と内心肩を竦《すく》めていた。もともと、こういうタイプだと分かっていて引き抜いたわけだが。

それでも自分が宥めるだけではデミアンには効果がないと分かっていて、すぐに礼に話を振ったところはいかにも「世故に長けている」。

礼は素直に受け取って、素直な気持ちをデミアンに伝えるから、デミアンはまんまと「やる」方向で話がまとまった。もちろん礼がデミアンにさせたくない仕事だとしたら、礼は「デミアンの気持ちを最優先に……」と言い出すだろうし、そうするとデミアンは素直に頷かないわけで、一作品で莫大《ばくだい》な金を稼ぎ出す人気アーティストの仕事の採決は、実のところすべて礼一人にかかっている。

それを礼に悟らせずにうまく回しているのが、ブライトとハリーなのは明白だった。

「ブランドの選出は我々に任せていただけそうだな、エドワード。決定次第、後日報告する」

黙っていたハリーがようやく口を開き、会議の終了を告げる。エドは「問題ない」とだけ返して、立ち上がった。

「どうしてあんな言い方するの。ひやひやしたよ、もう」

案の定、その日仕事を終えてフラットに帰ると、同棲《どうせい》中の礼に少し怒った調子で出迎えられた。

礼は今日早めにあがってきたらしく、もうゆるりとした部屋着に着替えている。ダイニングからは香ばしいバターの香りがするので、なにか食事を用意してくれているようだ。

「あんな言い方って？」

分かっていてあえて訊きながら、ネクタイを緩める。同時に礼の腰を引き寄せて、そのこめかみに軽くキスをした。怒られている最中でも、エドは構わず平気でキスをするが、礼はそれに慣れてしまって特に抵抗もしない。

「デミアンを猿って言ったでしょう」

「猿だろうが。パトロンに対して、こんにちはも言えないんだぞ。俺があいつに年間いくら払ってると思う？」

だからって、と礼は言いかけたが、なにを言っても無駄だと諦めたらしい。「もういいよ、デミアンは怒ってなかったから。着替えてきて」と言葉を接《つ》いで、キッチンのほうへ行った。

ふん、とエドは内心でデミアンに向かって悪態をつく。

（そりゃ怒るわけない。俺のレイに散々気を遣われて、どうせ俺が出たあとは、べたべたに甘やかしてもらったんだろうが――）

クローゼットのある部屋に入り、ああ胸くそが悪い、とエドは呟《つぶや》いた。

自分は午後も会議があったから、『パルム』をさっさと退出したが、デミアンはだらだら居座って、礼と遊んでいたに違いないのだ。礼にとってはそれも仕事だから、デミアンが満足するまで相手をするのは当然だろう。

ブライトもハリーも、ギャラリーが抱えるトップアーティストの機嫌を損ねまいと早々と自分の仕事に戻ったろうし、つまるところ礼の午後はデミアンに独占されていたはず。

（くそ、アーティストのなにがそんなに偉いんだ。レイといちゃついていられるなら、俺も画

家にでもなりたい気分だ）

適当な部屋着を着ながら、そんなことを思う。

もちろん絵心ゼロのエドに、画家になるのは無理だ。

祖父のファブリスはかなり絵が上手かったが、その才能はエドに受け継がれず、礼に受け継がれている。礼はファブリスが、日本人女性との間にもうけた子どもだった。エドと礼は親戚になるが、そのことは公には知られておらず、またエド自身、礼に対して親戚意識がまったくないから、あまり深く考えたことはない。なんというか、実感がないのである。礼の外見が自分たち一族の誰とも似ずに繊細で華奢《きゃしゃ》なせいもある。血のつながりが世に知られれば、たぶん二人の関係は大問題だろうから、今のところあちこちに根回ししているが、漏れる予兆はない。

もっとも、そんなことはどうでもいいのだ。

エドにとっての日々の関心事は、世間が自分たちをどう思うかではなくて、礼がどんな男とどんな会話をしたかとか、どんな男がどんなふうに礼と接したかとか、そういう、礼とエドの関係をよく知っている友人たちから言わせると「つまらないこと」に終始していた。

ラフな服装に着替えてダイニングに行くと、テーブルにはチーズのパスタとサラダ、バゲットが用意されていた。日々の食事は作れるほうが作り、無理はしない、と一緒に暮らすときに決めたが、仕事が早く終わる礼が用意してくれていることが多い。

礼はけっして料理上手ではない。

とは言うものの、イギリスの食事は舌に合わないこともあるらしく、最近ではレシピを見ながらいろいろと作ってくれる。

幼いころから一流シェフの味に慣れ親しんだエドはというと、食事にたいして興味がないので、食べられればなんでもいい。が、礼が作ってくれた料理はなんであれ好きだった。

「お前だって俺に文句があったなら、その場で言えばいいものを」

チーズに合わせてか、白ワインを持ってきて向かいに座った礼に、席へ着きながらさっきの話を蒸し返すと、礼はムッとして「アシスタントがごねる場面でもないでしょう」と言う。

たしかにギャラリーで、礼は今のところ一番の下っ端で、日々ブライトやハリーから学んでいるところだ。だが、少なくともデミアン・ヘッジズに関しては、一番の権力者は礼である。それを利用しようとも思わなければ、そもそもそんな発想すらないのが礼らしい。

チーズのパスタは胡椒《こしょう》がきいていていて美味《おい》しかった。

恋人としての期間が長くなり、軽い言い争いは日常のことになっていて、お互い引きずることもない。だから食べながら話題はさっさと別の話に逸れ、礼は若手のアーティストを、アートスクールから引き抜くつもりだと話しだした。

「閉館の期間中は、ハリーとブライトと、三人それぞれでアーティストを探すのだけど、ハリーは独自のルートがあるみたい。ブライトも、アーティスト時代の横の繋《つな》がりで考えがあるんだって。僕にはツテがないから悩んでたら、ブライトから、スクールに行って探したらって提案があって」

ブライトはさすがだよね、と礼がニコニコしているので、エドはまた面白くない気分になる。

「アートスクールね……。若い男の巣窟に行くのか……」

「女性もいるよ。今後は女性アーティストも増やしたいんだ」

礼は余程楽しみらしく、エドが漏らした呟きに、嬉しそうに反応している。そういう意味じゃないんだがなと思ったけれど、黙っておく。

「そのときに……アートスクールの授業を見学させてもらえそうなんだ。ハリーが紹介状を書いてくれるって。実は一度授業を見てみたかったから、楽しみ」

自分には知識も教養も足りないから、と礼はつけたした。アートの仕事をしていく上で、礼は劣等感や難儀を感じているらしい。それは仕方のないことなので、ふうん、と無関心ぶって聞き流したが、別の部分でエドは気が気ではない。

（アートスクールで授業？　若い男だの女だのが大勢いて、そいつらとお友だちにでもなるのか？　俺の見てないところで――また厄介なライバルが増えるのか）

ああいやだ、腹が立つ。いっそハリーにこっそり電話して、紹介状は書くな、と言ってやろうか。ハリーは呆れるだろうが、命じれば従うだろう。

（それに俺だけじゃない、デミアンだっていやなはずだ。あいつはどうせ、レイが自分以外を担当するのだって本音を言うといやに違いない）

まあデミアンのことだから、本気でいやなときは礼に直接言いそうではある。そこがエドと違うところで、エドは本気でいやでも、なかなか礼に言えない。

——他のやつらなんて相手にするな！　俺だけ見てろ！

などと、いい年をした社会人が社会人に言えることではないのだ。だがしょっちゅう思ってはいる。

自分で『パルム』を作っておきながら、その場所が礼にとって大切になればなるほど嫉妬してしまうのだから、自分でもどうかしていると感じる。

せっかく礼が作ってくれた美味しい食事も、後半はなんだか味がしなかった。

エドはこっそりため息をつき、ワイングラスの向こうで、にこにことおしゃべりしている礼の可愛い顔をじっと見つめた。

小鳥のように愛らしい小さな顔を、グラスごしに覗《のぞ》く。

グラスの湾曲に沿って、礼の体が一回り小さく見える。このままワインを飲み干したグラスの中に、礼を閉じ込めて、蓋をしてしまいたいな……という危険な考えが、ふっとエドの脳裏をよぎった。

（ああ……四月の、あの日に帰りたい）

柄にもないと分かりながら、エドはそう思う。

この願いに、何度取り憑《つ》かれてきたことか。

四月のあの日。

それは礼がロンドンにやって来たばかりの九ヶ月前。ヒースロー空港から、チョコレートのような可愛い家に礼を閉じ込めた、わずかな蜜月《みつげつ》の日々のことだった。


二十六歳で手に入れ、およそ二年の遠距離恋愛を経て、ついに礼がイギリスにやって来るという事実を前に、そのころのエドは内心かなり浮かれていた。

ロードリーに言って休みを調整させ――仕事をいつもの倍はこなした――一週間の休暇を得た。礼と二人きり、誰にも邪魔されないバカンスを用意したかった。

過ごす場所がロンドンのフラットや、実家というのはロマンチックじゃない。

どうしたら礼を独り占めできるだろう。

一週間を最高に甘ったるく過ごせるだろう。

そう考えて、エドはリゾート地近くに別荘を持っている知人にかけあい、小さな、可愛らしい家を押さえた。

家具もファブリックも愛らしい、まるで妖精が住んでいそうな家は、エドにとっては作りが小さくてやや不便だったが、礼は気に入るだろうと思ったのだ。

「気に入るというか……その部屋にいるレイ様をあなたが見たいだけでは」

と、ロードリーには言われたが、なにを言う、礼がラブリーを好きだからラブリーな家を探したんだ、とエドは反論した。

とはいえ、実際に丸っこいフォルムの家具に囲まれ、花柄のシーツの上に座った礼を見たら、ああ……そうか、俺はこれが見たかったんだ。と思った。自分にこんな趣味があるとは、ついぞ知らなかったとも感じる。

少女趣味な愛らしいものに囲まれている礼は、凶悪なまでに可愛くて、まるで妖精に見えた。ベッドの上でその体を暴いて乱すときには、出会ったころの十二歳の礼を暴いているような倒錯的な気持ちになり、ほんの少し後ろめたかった。

自分に少年愛の気質はないはずだが、エドの中にはいつでも出会ったころの幼い礼の面影が残っていて、どんなに礼が大人になっても、その印象が消えることはない。

（こんなのはレイにとっては、枷《かせ》だろうな）

と、冷静な頭では分かっている。

礼はもうとっくに成人した大人で、エドの庇護がなくても暮らしてゆけるだろう。

自分で自分の道を踏みしめて、きちんと歩んでいる自立した一人の人間。

一緒に生きるとなるとエドのせいで迷惑をかけることもあるから、その火の粉から礼を守るのは自分の務めだが、守りすぎるのは礼のためにならない。

大人の男として扱うべきだ。対等に接するべきだ。

と、理性では分かっているが、同時にこうも思う。

（俺が俺の思うようにレイを愛してなにが悪いんだ？）

礼と出会ってから十年以上、我慢したんだぞ。恋心を自覚してからと考えると十二年だが、十二歳の礼にもっと優しくしたかった、と考えると積み重ねた年月は十四年分になる。

本当は鳥かごに入れて、どこにもやりたくない。

十二歳の礼に対してならそれは可能だっただろうし、礼も望んだだろうなと思うことがある。小さな可愛い家に暮らして、やって来るエドを待って、エドに愛されて……それだけで礼は幸福を感じられただろう。

二十六歳になった礼は、エドに釣り合うようにとか、きちんと自立してとか、小難しいことを考えているし、エドと対等になることを望んでいるのが分かる。さらに最近では、それは立場上難しいということも飲み込んでいるようだ。自分にとって受け入れがたいことを受け入れた礼は一回り成長していて、それに伴って礼の世界はさらに広がっていて、エドと二人きりではもはや成立しなくなっていた。

いくらかごに閉じ込めても、その扉を勝手に誰かが開けてしまう。

リーストンで得た友人たちが、『パルム』の誰かが、そしてこれからの未来で出会うだろう、多くの人が礼の扉を叩《たた》くのだ。

エドは、イギリスに来たら礼がすぐ仕事をするつもりだと分かっていたので、せめて猶予のあるうちに、一週間だけでも自分と過ごしてほしい。自分だけを見てほしいと思って、知人の別荘を借りた。

別荘は外観や内装の可愛らしさも礼に似合いそうで気に入ったが、なにより、家自体が森の中にあって外の人間を寄せ付けないことと、車で少し行くと賑わいのある観光地になること——つまり日用品はそろう——、それでもロンドンに比べれば田舎で、中心地を離れるとのどかになるところもいいと思った。

ようするに、礼と二人きりで、誰にも邪魔されなさそうな環境を、エドは一番喜んでいた。

空港に迎えに行って、「サプライズがある」と話したときも、ラブリーな家を見せたときも礼は少しびっくりしていた。

その反応もすべて愛しくて、これからしばらくは礼と二人きりだと思うと嬉しくて、こらえ性もなく礼が気を失うまで抱いてしまった。

素直に喘《あえ》ぐ礼はたまらないほど可愛かった。離れていてなかなか抱けなかったのに、すぐに淫《みだ》らになる礼に、少し不安を覚えたくらいだ。

ベッドに縫い付けている間は、二十六歳で、日本ではそれなりの仕事をこなしていて、大勢の友人や知人のいる中原礼ではなく、ただエドだけが知っていたころの礼そのものに見えて、そのことにもエドは夢中になった。

その陶酔は、一生礼とベッドの中に引きこもっていたいと思うほどだ。

それができたらどれだけ幸せだろう。しかしそうもいかないのは、エドが一番よく分かっていた。

どうにもならない現実があるからこそ、二人で過ごす七日間を大切にしたかった。

別荘に着いた途端セックスにもつれこんでしまったのは我慢がきかなかったからと反省したが、礼が可愛すぎたので仕方ない、と思うことにした。

翌日はチョークの崖に行こうかと思っていたが、午後から雨が降るかもしれないというのでやめて、ビーチサイドの観光地へ出かけた。カフェや古着屋などが集まる街中は、休暇中の学生で賑わっていた。

エドはゴシップ誌のせいで顔が知られているので、一応サングラスをかけ、帽子をかぶった。普段はしない、カジュアルな服装だ。それでも目立つようで、歩いているとあちこちから視線を感じた。

「これでもエドワード・グラームズに見えるか？」

不思議に思って隣の礼に訊くと、

「エドワード・グラームズかは分からないけど、すっごくスタイルのいい……モデルか俳優かな？　って思うかも」

と返ってくる。そう言う礼のほうが、自分より百万倍絵になる、とエドは思う。

二人で、目的もなくとりあえずぶらぶらと歩いた。街には一風変わったミュージアムもあるので、礼が好きかと思い、入るか？　と訊いたが「今度でいいよ」と言われた。

「……今日はエドとゆっくり歩きたい」

はにかみながら言われると、抱きしめてキスをしたくなる。だがさすがにそれをすると怒られそうなので、エドはするりと礼の手をとって、握るだけにした。

「だ、大丈夫かな。手、つないで」

恥ずかしそうに頬を赤らめて言う礼に、エドは笑って「気にするな」と命じた。

なにかあってもどうにでもできるだけの根回しはとっくに終わっている。だがそれは言わずに、

「余計な心配はせずに、俺のことだけ考えててくれ」

それだけ伝えて礼の手を持ち上げ、指先にキスをした。

礼は指まで小さくて可愛いなと思う。キスされた礼はますます頬を赤くして、「そ、そうするね……」と蚊の鳴くような声で答えてくれた。

今の礼は、自分のことだけ考えている礼なのだ、と思うと、エドは胸がうずくような喜びを感じた。甘い気持ちに全身が支配されて、飛んでいけそうな心地だ。礼を独り占めしていることがなによりも嬉しい。

ビーチ近くの店でフィッシュアンドチップスを買い、砂浜に並んで座って二人で食べた。潮の香りがほのかに漂い、さざ波の音が心地いい。春先だからか、今日が平日だからか、まだビーチに人はそう多くない。

「エドって意外と、ジャンクフードも食べるよね」

言われて、そうか？　とエドは首を傾《かし》げた。自分では、自分がなにを食べているかなど気にしたことがない。

「普段食べてるご飯、ほとんどテイクアウェイだってロードリーから聞いたよ」

あいつめ、裏切ったな。

と、エドは秘書に対して思った。信頼している秘書なので、礼のことも紹介してあるし、礼はロードリーと連絡も取り合っている。

きっとロードリーはエドの栄養が偏っているから、レイ様から忠告してください、とでも言ったに違いなかった。

「単に片手で食べられるものがいいだけだ。効率的だからな」

ジャンクフードが好物というわけではなく、エドは大抵いつも仕事がある。勤務中も、休み時間にゆっくりできるわけではない。世界中の重役としょっちゅうテレビ会議があり、時差の関係で昼休憩がなくなることは頻繁《ひんぱん》だ。同じ理由で、夜遅くまで働く日も多い。なのでテイクアウェイが多くなるし、仕事をしながら食べられるものをつい選びがちだった。

（まあレイがいなかったからそうしていたんだが）

趣味と呼べる趣味もないので、仕事をしていただけで、礼が家にいるならなるべく朝と夜は一緒に食べたいとエドは考えている。

「エドが好きなのはサンドイッチだって、ロードリーが」

「サンドイッチは最上級に効率的だ。片手で食べられて、野菜と動物性タンパク質と、炭水化物が一緒くたに摂《と》れるんだからな」

かといってそれほど美味《うま》いものだと思っているわけではなかった。なにせ仕事でしょっちゅう食事が中断されるため、食べかけのサンドイッチを放置していると、最後にはパンが固くなり野菜もくったりとしてくる。

そう漏らすと、礼は呆れた顔で「もう。そういうところは、僕よりずさんなんだから」と可愛い小言を言った。そんなお説教さえ、礼に言われたら嬉しいと思ってしまうから、恋は盲目だと思う。

「フィッシュアンドチップスも片手で食べられるのがいい」

ポテトを食べながら言うと、礼はふふ、と笑った。

「グラームズ邸で魚のフライが出ると……」

「ナイフとフォークでお上品に食べてたな」

思い出して、顔をしかめる。

二人の前には花曇りの日差しを淡く反射する海が広がり、カモメが飛んでいた。

どうでもいい、のんびりとした会話にうつつを抜かしていられる時間が自分たちにある喜びを、エドは嚙みしめるような気持ちになる。礼も同じ気持ちなのか、楽しそうに言葉をつなげる。

「ああいうときのエドの所作はすごくきれいだから、僕は見てるのが好きだったよ」

「……お前は苦労しただろう。急に貴族の家につれてこられて」

そう思うが、記憶を掘り返しても、礼の所作が特別不快だった思い出はなかった。一緒に食事をしたことはそれほどないが、テーブルマナーが悪いという話も耳にしたことはない。

「実はそれほどは苦労しなかったんだ。もちろん、知らないことも多かったんだけど。きっと……僕の父親がファブリス……だったからだろうね。お母さんが、小さいころから結構マナーを教えてくれてて」

礼は少し淋《さび》しそうに、でも楽しそうにぽつぽつと昔の話をしてくれる。礼の家には、週に一回「貴族の日」があったという。

「貴族の日？　なんだそれは」

「お母さんがね、『今日は貴族の日だから、ここにある食事はご馳走《ちそう》なの』って言って……」

実際には鯖《さば》の味噌煮《みそに》とか、安売りしていた肉を焼いただけのものとか、時にはコロッケ一つ、玉子焼き一つ、とかだったんだけど、と礼は言葉を足した。

エドには味噌煮などはよく分からない。

「それをフレンチみたいにきれいに並べたカトラリーで食べるの。スープはインスタントのポタージュとか。でも、音をたてない方法をお母さんは教えてくれて」

礼が中学生になったら、お祝いに本物のフレンチに行きましょう、それが貴族の日の最終テストよ、と礼の母は何度か言っていたという。

「……きっといつか、父親に会うことがあったら、恥をかかないように……って思ってくれてたのかな。結局、中学生になった姿は見てもらえなかったけど」

小さく笑う礼に、胸が締めつけられた。

貧しい暮らしの中で、身を寄せ合うように暮らしていただろう礼とその母の話を聞くと、エドはいつもどうしていいか分からない気持ちになる。

そのささやかな生活は、けれどきっと愛に溢れた優しいものであっただろう、と分かるだけに、今自分が礼に同じような温かさを与えられているのだろうかと不安に思うのだった。

(ファブリスはきっと、レイの母親を愛していた……)

祖父から聞いたわけではなくとも、きっとそうだとエドは確信していた。

礼にその気持ちを伝えたことはないけれど、エドが実父であるジョージから嫌われているのは、容姿を含め性格も、祖父に似ているというのがある。

祖父は経営手腕に富み、現実的で、思慮深かった。絵が好きな点はエドとは似ても似つかなかったが、会社をジョージに譲り、第一線を退いてからは屋敷の奥でひっそりと暮らしつつ、古い部下にそっと指示を入れて、ジョージの暴走を防いでいた。グラームズ社が本格的に傾いたのは、ファブリスの死後だ。

エドはあまり、礼にファブリスの話をしない。どんなに話したところで、ファブリスはもうこの世におらず、エドは礼の存在を知らなかったから、ファブリスが礼をどう思っていたかはすべて憶測でしかない。

憶測で、祖父はお前を愛していたと思う、と言っても、救いになるとは思えない。

実の孫で、プレップスクールから帰ってくると毎日のように二人で話していたエドでさえ、祖父から直接的な愛情表現をされたことは少なかったし、彼が本心を語ってくれることもそう多くはなかった。

エドが知っているのは、ファブリスは自分の父母よりはずっと愛情深く、誠実な人柄だったことだけだ。一方で厳しく、孤独な人でもあった。

（きっと、俺にレイがいなかったら……俺はファブリスみたいに生きていただろうな）

家族と距離をとり、義務を果たしながらも、常にどこか一人のまま。

その祖父の、あったかどうかも分からない愛について考えるより、確実にあっただろう母親との優しい生活について思い出すだけのほうが、礼にとっては幸せな気がする。

だからエドは今も、ファブリスについてはなにも言わず、ただ腕を伸ばして礼の細い体を引き寄せて、頭を撫《な》でるだけにした。

礼もおとなしく引き寄せられたまま、やがてエドの肩に頭を預ける。

「俺は……お前の母親に感謝している。お前がお前なのは、日本での生活があったからだ」

そっと言うと、礼の微笑む気配がした。

「ありがとう……」

「中学生……というと十三歳のレイか？　あのころは可愛かったな。俺がリーストンから帰ると、小鳥みたいにさえずって」

「きみはいつも仏頂面で、うるさそうだった」

思い出した礼がくすくす笑う。

「ああ、うるさかった」

「ちょっと」

冗談めかして返すと、少しだけ怒ったように礼がエドを振り仰ぐ。

そんな姿も可愛くて、エドは笑いながらキスをした。柔らかな唇をついばみ、「嘘《うそ》だよ」と告げる。

礼の唇は柔らかく、かすかにフィッシュアンドチップスの味がする。唇をぺろりと舐めると、細い体が小さく揺れた。

「……嘘だ。俺はすごく困ってたけどな。……お前が可愛くて」

「あのころのエドが？　そんなふうには見えなかったけど……」

拗《す》ねたような口調で、けれど眼差《まなざ》しにはわずかに期待をこめて、礼が訊いてくる。

「ガキだったからだ。まだ恋かどうかも分からなかった。分かってたのは、お前を傷つけたくないのに……傷つけてしまうこと。いつかお前を愛してしまう予感だったよ」

それはもう出会ってすぐのころから、折々に感じていたことだった。

なにも持っていないのに、ずっとエドになにかを与えようとしてくる子ども。愛そうとしてくる子ども。

自分はこの子どもをいつか愛してしまう。

たぶんそう思っていたころには既に、エドは礼を愛していた。

「……今俺が愛しているお前も、あのころのお前も、俺にとっては同じお前だ」

思わずそう呟くと、礼は琥珀の瞳を揺らした。喜びとも悲しみともつかない、複雑そうな色がその眼の中にある。

エドにとっては同じでも、今の礼はもうあのころの自分ではないのだと、礼は思っているのかもしれなかった。

けれどそれを深く訊くより先に、礼が「あっ」と声をあげた。

「エド大変！」

指さされた方角へ、エドも振り返る。空から滑空してきたカモメが、砂浜に無防備に置いてしまったエドのフィッシュアンドチップスのうち、まだ二口しか食べていなかった魚のフライを取り上げて瞬く間に飛んでいった。

「くそ、やられた」

「一瞬だったね」

眼の前で起きたことに思わず呆然《ぼうぜん》としてしまったが、次の瞬間、エドは礼と眼を合わせて笑っていた。

「すごいね、僕、エドが誰かに負けるところ初めて見た」

「誰かじゃない、カモメだ」

訂正してみるが、礼はおかしそうにまだ笑っている。

「エドがカモメに食事をとられるなんて……ギルやオーリーに話したらなんて言うかな」

「やめろ、あいつらに知られたら最悪だ」

礼と二人で笑い合うのはいいが、口さがない友人たちにからかわれるのはごめんだった。ちょっとだけ、エドは不愉快になる。

それでも礼は承知せず、まだ思い出し笑いしているので、家に帰ったらお仕置きだなとエドは思っていたが、やがて笑いをおさめた礼が、「サンドイッチ、作ってあげようか?」と訊いてきたので、直前の不機嫌もすぐに消えてしまった。

「サンドイッチ?　作れるのか?」

簡単だよ、と礼はくすくす笑っている。

「日本で、お母さんとよく作ったんだよ。お母さんは卵サンドがすごく好きで、たくさん作って家の中でピクニックしたの」

礼と礼の母との、柔らかな、優しい思い出のお裾分《すそわ》けをくれるのかと思うと、エドはすぐにもそのサンドイッチが食べたくなった。

「よし、食材を買って帰ろう。俺はローストビーフを作るから、レイはサンドイッチだ」

はりきりはじめたエドを見て、礼は「平凡なレシピだよ？」と少し慌てていたが、そんなことはどうでもよかった。

サンドイッチの思い出の中に、母親とのものと一緒に、自分とのものも並べてほしい。

エドの気持ちはただそれだけだ。

数日引きこもってもいいよう、大量に食材を買って帰り、その晩は一緒に料理をした。ローストビーフは半端なできあがりだったが、礼が作ってくれた素朴な卵サラダのサンドイッチはなんとも美味しかった。

食事のあとは一緒に入浴し、ベッドの上で、礼の体を隅々まで愛した。

ピロートークがしたいという、我ながら甘ったるい感傷から、前夜ほど激しくしないように気をつけた。

それでも後ろから挿入し、膝を持ち上げて自分の上に座らせると、礼は突いてもいないのに甲高く喘いで達してしまった。

「あ、ああ……、あっ」

激しく、というよりは、緩く達したようで、長い間太ももをわなわなと震わせている。入れている性器に、礼の中の痙攣《けいれん》が伝わってきてエドも息を荒くした。

尖《とが》った乳首を弄《いじ》りながら、可愛い耳に舌を差し込み、腰を数回揺すった。礼の中は蕩《とろ》けていて、内壁がうねうねとエドの性器にからみつき、奥へ奥へと誘い込むようだった。

「んっ、ん、んんー……っ」

「声を聞かせてくれ、レイ」

耳朶《じだ》を嚙みながら言うと、だって、と礼が喘いだ。

「す、すぐイッちゃう……」

半分涙声で言われると興奮して、礼の太ももを後ろからぐっと持ち上げたまま、つい強めに突き上げてしまう。礼は中だけで達してしまい、「あ、あん、ああ……」と喘ぎながらびくびくと震えていた。

そのまま押し倒し、後背位でじっくりと抱いた。最後に礼は泣きながら腰を振っていて、エドはこのまま抱き潰《つぶ》したい、と思う気持ちに抗《あらが》えず、結局その晩も礼が気を失うまで何度も求めてしまった。

（バカだ……ピロートークの予定が……）

礼をきれいに清めて、シーツも替えてからエドは一人落ち込んだが、その日は三十分ほどすると礼が眼を覚ましたのでほっとした。ミルクを温めて蜂蜜を垂らし、いそいそと礼のもとへ運ぶ。

「明日は天気がいいらしいから、今度こそチョークの崖に行こう」

そう誘うと、礼は嬉しそうだった。

「崖は見たことがないから楽しみ。……あ、天気がいいなら明日の朝、シーツを洗わなきゃ」

思い出したように礼が言った。二人が汚したシーツは二枚、ランドリー室に放ったままだった。洗濯をしたことがほとんどないエドは——汚れ物はいつもロードリーが引き取っていく——洗濯機の使い方も覚束《おぼつか》ない。そういえばこの家では、洗濯を自分でしなければならなかった。

「洗濯機には乾燥機能がついていたはずだが……」

別荘を貸してくれた知人が、そんなことを言っていた気がする。言うと、「シーツ二枚は大きいから、干したほうがいいよ」と礼が言う。そんなものか、とエドは思う。

「エドとシーツを干すなんて楽しみ」

なにが楽しいのか、礼はそんなことを呟いてニコニコしていた。エドは思わず微笑んだ。

「俺と洗濯するだけで楽しいのか？」

「……楽しい。エドと暮らしてるんだって、感じられるもの」

思いのほかしみじみと、優しい声で礼が言う。エドはベッドの上で並んで座り、頭を礼に寄せた状態で、じっと礼の顔を見た。ベッドランプに照らされて淡く浮き上がる横顔はいとけなく、十二歳の礼をふと、思い出す。

大きな瞳がこぼれおちそうだった、初対面の礼。

いろんなしがらみをすべて解き放って、素のままの礼になったら、きっと礼はあのころからさほど変わらないのだ。

変わった部分も愛している。けれどもし変わらない礼のままでも、自分は今と同じ愛を注いだ。礼がなにを持っていても、持っていなくても、愛した。

それでもそのまま伝えれば、礼が自分と愛し合うためにもがいて手にしたものを否定するようで言えない。

(この休暇が終わったら、お前はもっと広い世界に出て、きっと傷つきながらも……進んでいくんだろうな)

礼に降りかかる火の粉を自分は無視できない。

そしてエドの恋人である以上、礼がこの先苦労をすることは眼に見えて明らかだ。

(ここにいろ。ずっと俺に守られていればいい)

本音はそれだが、礼が望んでいないことも知っている。けれど礼がひどく傷ついて、立ち上がれなくなったら、自分はたぶんどこか安全な場所に礼を閉じ込めて、二度と外には出せなくなるのだろうなと思うと、エドは自分のその激情が恐ろしかった。

そうすることで、誰よりも礼を傷つけそうで、恐ろしい。

だがそんなふうに思いつつも、知っている。礼は結局何度でも立ち上がるのだ。

傷つきやすい繊細な心。他者につけこまれやすい柔らかさ。裏切られても、相手のことを信じようとしてしまう純真さ。それらは弱さだが、同時に強さでもある。鋼鉄のような強さとは違う、しなやかな絹糸のような強さだ。

礼の強みは、傷ついても傷ついても、希望を見つけだし、立ち上がってくるところにある。

そしてそれは、他者を叩きのめし、完膚《かんぷ》なきまでに切り刻む強さよりも、よほど得がたく難しい強さなのだった。

(俺はそこに惚《ほ》れぬいている……)

礼を閉じ込めておきたい、傷ついてほしくない。

けれど礼が本当の意味で傷つききってしまうことはないとも、知っている。

礼を愛するということは、この矛盾と隣り合わせのまま生きるということでもある。

エドはそっとため息をついて、礼の体を引き寄せると、その頭に優しくキスを落とした。この休暇が永遠に続けばいいのにと願いながら――。


チーズのパスタも食べ終えて、片付けも終わるころ、居間のソファに座ると、グラスを持ってきた礼が当たり前のように隣に座った。

明日も仕事とはいえ今日は時間があるので、居間でしばらく一緒に過ごし、できればベッドで愛し合いたい。そういう過ごし方は、ここ九ヶ月の二人の日常にもなっている。

とりあえずのお酒とおしゃべりの時間、エドはウィスキー、礼はエールの瓶《びん》を持ってきていた。

礼はイギリスの、ぬるいエールがわりと好きなようだ。

「そういえばエドが帰ったあと話し合って、デミアンのコラボブランドを決めたんだ。まだ先方と話してないからこれからだけど」

エールの瓶を開けながら、礼がそんなことを言っている。九ヶ月前の甘い日々を思い出していたエドは、デミアンのコラボ先などどうでもいいので「へえ……」と気のない返事をした。

とはいえ一応続きを促すと、選ばれたのはフランスの一流メゾンブランドだった。

新店舗をオープンするにあたっての空間芸術と、新作のコンセプト作りに協力してほしい、という内容だった。もちろんデミアンのデザインが服飾に取り入れられる。

「あいつが、そんなお上品なところと合うか？」

まさか服にホホジロザメの頭をつける気じゃあるまいな、とエドは思ったが、礼はなぜか「絶対うまくいく」と自信満々に頷いている。

「ファッションはアートかどうかっていうのは結構面白い話題なんだ。僕はアートだと思ってる。だから、アーティストとのコラボは合うと思うし、デミアンはぴったりだよ」

「年中パーカーの男がか？」

「でも、あの服装でデミアンは自分を表現してるでしょ？　それはアートだし、ファッションじゃないかなって」

エドは顔をしかめた。

デミアンのことなど知るか、と思う。あいつが自分をどう表現していようがいまいが、どうでもいい。

もともとデミアンに好意的だった礼だが、『パルム』をオープンしてからは特に顕著だ。男として見てはいないようだが、親密に感じているのはたしかで、エドが見ている限りその感情を一言で言うなら――。

「かわいい」

これに尽きている。

ブランドとのコラボレーションが決まれば、おそらくデミアンと二人で、礼はパリにでも行くのだろうし、一日二日では帰ってこられないだろう。もしかすると、パリのファッションウィークに呼ばれてそのまま終わるまで滞在、という可能性も高い。

「……出張の予定を入れるか」

ぼそりと呟くと、礼は聞き取れなかったようで「なあに?」と首を傾げた。なんでもない、と答えたけれど、こんなことならどこかのブランドを買い取ってしまおうかとも思う。そうすれば、礼とデミアンにくっついていっても仕事が成り立つ。

(海運会社が服飾部門を持っても大した儲けにはならないが……)

強いて言えば輸送の利があるくらいだが、それがどれだけ影響のあることなのか、頭の中でぼんやりと試算する。老舗のブランドを買い取れば、反発も食らう。となると若いデザイナーを囲うか、とまで考えて、いや、なにを益体もないことを、と我に返った。

こんなくだらないことを考えさせるのだから、隣に座っている礼はつくづく自分の弱点だと感じる。

（いや、だがあながち的外れじゃない。ファッションウィークに礼が参加したら……優男どもが群がるに決まってる。アートスクールのこともそうだが、さっさと手を打っておこう）

明日ハリー・フェラーズに連絡して、礼がどの学校へ見学に行くつもりか押さえておこう。来年と再来年のスケジュールも、ロードリーに確認させておかねばならない。

出先でなにかあっても厄介だから、フランスの知人に根回しもしておこう。

先手を打って悪いことはない。

自分がいろいろ裏で奔走するのはすべて、礼を閉じ込めないための代償なのだから。

つい先日、礼の端末をハッキングまでしていたエドは数秒のみ懺悔《ざんげ》したがすぐに開き直った。

（ああそれにしても……とうとう国外か。やっぱり礼を外に出しておくべきじゃないな）

ふつふつと不安に取り巻かれ、また礼を独り占めしたい気持ちに苛《さいな》まれていると、しばらく黙っていた礼が、エドの体に寄り添ってきた。

どうしたのかと見下ろせば、礼は恥ずかしそうに頬を赤らめていた。

「……ギャラリーが閉館している間、まとまった休みをもらえそうなんだ」

それでね、と、続ける礼はいつもよりあどけない。少し、緊張しているようにも見える。

「もしエドも休めたら……また、どこかで二人きりで、過ごせないかなあって」

前と同じお家《うち》でもいいし……、と言う礼は、上目遣いでエドの様子を窺《うかが》っている。

「この間の七日間が……すごく楽しかったから」

そっと言う礼に、衝撃を受ける。

全身がなにか甘いもので満たされていくのを感じる。途端にさっきまでの苛立《いらだ》ちが霧散する。

エドは湧き上がる喜びを抑えられずに、礼の手から瓶を取りあげてテーブルへ置き、ゆっくりとソファの上に押し倒していた。

「……楽しかったのか？　あの七日間が」

俺に閉じ込められて？

そこまでは言わなかったが、見下ろす礼の眼はうっとりと潤んでいる。

「だって……エドを独り占めできたもの」

はにかみながら言う恋人へ、エドは知らず知らず、甘い笑みをこぼしていた。

（……レイ、お前が気負いもなくそんなふうに言えるのは、俺ほどの独占欲がないからだ）

そう分かりながらも、嬉しい。

礼のつたない独占欲が嬉しい。

エドは礼の唇に優しくキスしながら、いいよ、と囁《ささや》いた。

「休みはとれる。二人きりで、新婚ごっこをしよう」

礼が嬉しそうにエドの首に手を回してくる。素直な反応が可愛くて笑いながら、やっぱりこの恋人には勝てない、とエドは感じていた。

眼の前に人参《にんじん》をぶらさげられた馬みたいに、エドは「礼を独占できる七日間」のために、きっとまたなにもかも許してしまう。さっきまでの嫉妬や焦燥が、気がつけば薄れている。

礼の世界が広がり、多くの人と出会い、初めに愛した礼からどれだけ変わっても。

自分の腕の中に戻ってきたときの礼は、いつだって最初に愛した礼と変わらない。エドの孤独を満たしてくれるただ一人の人。

そしてエドにとって、礼が十二歳のころのまま愛したかった……と希求する対象であったとしても――。

（十二歳のレイには、きっとこんなことを言ってもらえなかっただろう……）

とも、感じる。だとしたら十四年は意味があり、礼が変わったことは、エドにとっても嬉しいことだと思える。

だからこそ、エドはつい、抱きしめた腕を解いて礼を自由にするのだ。

閉じ込めたい気持ちを心の奥へ押しやって、次抱きしめる機会をずっと窺っている。

エドは礼にキスの雨を降らせながら、死ぬ気で仕事を片付けて休暇をもぎ取ろうと決めた。今度はどこへ行こうか。二人のことを誰も知らない場所まで行って、一日中ベッドで過ごしたり、一緒に料理をしたり。それはきっと、とてつもなく楽しいだろう。

「また、卵のサンドイッチを作ってくれ」

囁くと、礼はエドに頬ずりして「気に入ったの？」とおかしそうな声をたてる。

ああ、気に入ったんだ。お前の思い出の棚の全部に、俺を入れておきたい。

そんなことを思う。

礼の鼻に自分の鼻をこすりあわせて、自分の幸福は案外安いのだなと、エドはしみいるように感じた。

礼と、ベッドと、少しの料理。

それだけあれば、世界一の幸せ者になる自信があった。

［FLESH & BLOOD］番外編
掌中に永遠
松岡なつき

扉イラスト

彩

1

芸術家として生まれるならどの国が良いか。

迷う必要はない。フィレンツェが一番だということでは衆目が一致している。

とはいえ、古代ローマの時代から彼《か》の地には戦乱が絶えないことが問題だ。一心に創作活動に打ち込みたいのであれば、もっと平和な場所がいいだろう。

となれば、次なる候補はフランスということになる。

偉大なるダ・ヴィンチが終《つい》の棲家《すみか》として選んだ地であり、歴代の王にも芸術への理解があった。

もっとも、昨今はカトリックとユグノーの血で血を洗う宗教戦争のせいで、格段に景気が悪くなっているのは否めないが。

ああ、認めよう。

信仰の問題を別にすれば、至高のパトロンは間違いなくスペイン王フェリペ一世だ。

絵画への傾倒と画家への厚遇ぶりはつとに有名で、最もお気に入りのティツィアーノに至っては爵位さえ与えている。

座所であるエル・エスコリアル宮殿は、ありとあらゆる天井そして壁が絵の具で彩られているばかりか、王が収集したフランドルの名画もずらりと飾られているそうだ。

つまり『日の沈まぬ帝国』に才能ある絵描きとして生まれれば、仕事にあぶれることはないだろうし、たっぷりと作品の代価を貰《もら》えるだけではなく、我らがイングランドの平民には望むべくもない名誉すら手にすることができる。

「羨《うらや》ましい……あー、まじで生まれる国を間違えた……いや、家か」

私、ニコラス・ヒリアードはこの上なく厳格なプロテスタントの金銀細工師の家庭に生まれた。血まみれメアリーの治世では当然ながら命の危険があり、父が仕えていた同じく新教徒のボードリ卿と共に故郷のデヴォンからジュネーヴに亡命したこともある。おかげでフランス語はぺらぺら、ラテン語もまあまあ理解できるようになった。そう、どのような階層に生まれても、可能であれば語学だけは身につけておいた方が良い。身分の梯子《はしご》を上がるための基本的な力になるからだ。

まあ、それはともかく、安全だが退屈な子供時代を過ごした後、依頼の激減で食い詰めた父は、家族と共にロンドンへと舞い戻る決断をした。敵の敵は味方、とでも言えばいいだろうか。信仰の危機は続いているものの、カトリックと敵対しているイングランド国教会は、より新教徒に寛容だろうという判断だ。

機を見るに敏な父親には感謝するしかない。

正直なところ、美しい山々よりも町の賑《にぎ》わいを愛する私には、この上ない選択だった。ごうごうと流れるテームズ河を見下ろすロンドン橋の上に立った私は、魚臭い空気を胸一杯に吸い込んで思ったものだ。

ここが私の街――もう一度しっかりと根を下ろし、一族の故郷としていく土地だと。

二度と惨《みじ》めに逃げ出したりしない。

カトリックの奴らの好きになんてさせるものか。

私が心からイングランドという祖国を愛し、忠誠を誓うようになったのは、きっとそのときだったと思う。

それにつけても、亡命前と後ではロンドンも大きく様変わりをしていた。

父に拠れば、最も違うのは宮廷の雰囲気だという。

陰鬱《いんうつ》な黒い服を身につけてロザリオをまさぐっていた姉とは違い、国教会を率いる若き女王エリザベス一世は、夜ごと華やかなローブを翻して若い男達とダンスをなさっていた。

つまり、お召し物の注文がある織物商や裁縫師、刺繍《ししゅう》職人だけではなく、胸元や指先を飾る装身具を作る我ら金銀細工師にも、すこぶる景気の良い風が吹いていたというわけだ。

俺はロバート・ブランドン親方の工房に弟子入りし、まずは家業でもある冶金《やきん》や彫金を習い、後にペンダントなどの中にしのばせる細密画の技法を身につけた。

というのも、ロンドンの宮廷では肖像画家が不足していたからだ。

スペイン王が画家を愛する理由の第一は、一体何だと思う？

権威の具象化だ。

いかにも威厳があって気品に溢《あふ》れる君主としての姿を後代へ伝える役割もあるけれど、まずもって高価な絵画を次から次へと描かせることは、国家の裕福さを語ることなく周囲に知らしめる効果がある。

ただし、引っ張りだこの芸術家をお抱えにするには、他の国よりも良い条件を出さなければならない。端的に言えば莫大な手当て、つまり金が必要だった。

即位したばかりのエリザベス女王にとって、父の肖像を描いたホルバインのような高名な画家を雇うことは考慮の外だっただろう。

北部で跋扈《ばっこ》しているカトリック貴族との内戦で枯渇した国庫には、芸術のための予算はない。

しかし、あったとしても、女王がそれを使いたいのは別のものなのだ。

スペイン王が最も重んじる芸術は絵画。

だが、イングランド女王にとって必要不可欠なものは音楽――それも敬虔《けいけん》な教会音楽ではなく、扇情的なリュートに乗せた舞踏曲だった。

まあ、若い娘ならそれも仕方がない。

重臣も最初はそう思っていたのではないだろうか。

しかし、女王は今も熱愛するダンスのために、毎晩のように楽団を召しているらしい。

画家ほどではないにしても高額な給金が請求されることに、国庫を預かっているバーリー卿が苦言を呈したことも一度や二度ではないそうだ。

だが、臣下に与える金は渋りに渋ることで有名な女王も、この出費だけは削れないと見える。国家と結婚し、己れの家庭を持たない女王の唯一の気晴らしであれば、それも理解できないことではない。

孤独な陛下が自分の肖像画を見たとき、一体何を想うだろう。

鏡さえ、ご自分ではご覧にならないと聞くのに。

とはいえ、きっぱり『画家など不要』と言えない事情もあった。

女王を直接見ることのできない国民に実在を信じさせ、忠誠心を掻《か》き立てるのには肖像画を使うのが最も容易だからだ。

よってバーリー卿らは少ない予算の中で、より多くの成果を上げる方法を考えた。

それが細密画だ。

大作ではないから画家を拘束する時間が少なくて済むし、それゆえに手当ての金額も抑えられる。

描くのは金銀細工師、つまり職人だから工期が守られるし、画家のように王や重臣が機嫌を取る必要もない。

いいことずくめだ。

女王様は節約できる。

職人にとっては、絶えず仕事が舞い込むことこそが大事だし、自分の才能を評価してもらうことになる。

見習いを経て無事に独立した俺も、金銀細工師及び絵師として宮廷に出入りするようになり、幸いなことに女王陛下の覚えも良かった。

それで満足すべきなんだろう。

でも、俺の心にはいつしか小さな影が生まれていた。鞣《なめ》し革のようにざらりとして、刺草《いらくさ》のようにちくちくと俺の気持ちを逆立て、突き刺す蟠《わだかま》りが。

どれほど精魂を傾けても、どんなに素晴らしい作品が描けたとしても、しょせんは『細密画』にすぎない、万人が尊敬する芸術ではない、という世間の眼差しが苦々しくなってきたのだ。

判っている。

職人は自分の作ったものに執着しない。

道を究めようとする人間にとって、それは単なる過程。今後も続々と生み出され、消費されていく商品の一つに過ぎない。

だが、著名な画家の筆になるものだけに美は宿るのだろうか。

確かな美が宿っているのであれば、それが一介の絵師の作品であっても一段下のもののように貶《おとし》められる謂《い》われはないはずだ。

そんな想いがどうしても私の心から離れなかった。

無論、面と向かって私を侮辱する者はいない。一応、王室のお抱えだし、陛下の覚えもめでたいから。

それでもふとしたとき、顧客の顔に浮かぶ表情で察せずにはいられなかった。ホルバインの描いたヘンリー八世陛下こそが肖像画と呼ぶにふさわしいものであり、ヒリアードなど単なる似顔絵に過ぎない、と思われていることを。

（くそ……っ）

こうしたときの常で、私はそっと唇を噛《か》みしめた。

これは高望みなのだろうか。

自分を高く買いすぎているのか。

他人に問いを投げかけて、その通りだと言われるのも怖い。

ゆえにいつまで経っても不満は消えず、もやもやとした想いを抱き続けるしかなかった。

あの日、輝かしい海辺の街を故郷とする彼らに逢うまでは。

2

エリザベス女王の宮廷が画家を急募していたのには、もう一つの理由があった。

外国へ派遣する間 諜《かんちょう》の育成だ。

以前は聖職者に扮《ふん》したり、音楽家を送り込んだりしていたが、結局のところ、外国の王宮、いや王室に深く食い込むには、彼らが最も歓迎する画家が一番だという話になったと聞いている。

運良く肖像画などを依頼されれば、長い間、国王やその家族と共に過ごし、言葉を交わす機会も多くなるからだ。そこまでの幸運に恵まれなかったとしても、宮廷貴族の知己を得れば、何かと相手国の事情を探りやすくなる。

よって私も女王陛下のお抱えになったあと、バーリー卿の命を受けてフランス宮廷に送り込まれることと相成ったというわけだ。

表向きは『遊学』――まあ、パリの芸術家達と知己を得ることもしたし、得意の細密画で小遣い稼ぎもしたが、ほとんどの時を衣擦《きぬず》れの音も優雅な夜会を泳ぎ回ることで過ごした。しかし、間諜としての私の資質は、前任者に遠く及ばなかったらしい。

私が滞在していた当時のフランス大使はポーレット卿だったが、ある日、はっきりと言われてしまった。

「君にこれ以上寄り道させるのは忍びない。ロンドンに戻って、画業に専念したまえ。諜報活動というのは過酷を極める。他人を疑い続け、あらを探し、ときには陥れることもしなくてはならないが、それには気が優しすぎるようだ」

私はまだまだパリにいたかったが、そんなわけでイングランド政府からの手当てが打ち切られてしまったので、仕方なくロンドンに戻ってきた。

私が稼ぐ小遣い程度では、とてもパリでの社交生活を維持することはできない。

いや、すっかり贅沢《ぜいたく》に慣れてしまった私は、ロンドンに戻ってからも財布の紐《ひも》が緩みっぱなしで、あっという間に困窮した。若気の至りで片づけられればいいのだが、それは今も続いている。収入が増えれば増えただけ使ってしまうのが、私の悪い癖だった。

その当時、絵の具を買うどころか、明日のパンにも事欠いていた私は、恥を忍んでバーリー卿に泣きついた。

「援助をして頂ければ幸いですが、それが叶《かな》わぬなら、せめて新しい仕事を下さい。必要ならば再び外国にも参ります」

しかし、ポーレット卿の間諜としての私に対する評価は、想像していたよりもさらに低かったらしい。バーリー卿は溜《た》め息《いき》をついて、こう言った。

「絵の具代は援助してやる。とりあえず女王陛下の美しい細密画を描いて、それをレスター伯のところに持ち込みたまえ。かつてのごとき陛下の寵愛《ちょうあい》を取り戻したいと思っている伯爵に、格好の機会を与えるのだ。彼の懐に食い込み、言葉を交わせるようになったら、また訪ねてくるがいい。次は報酬をやろう。言っている意味が判るな？」

宮廷に入る前の私には想像もつかないことだったが、貴族達は自分の家族しか信用せず、出世のために他人を出し抜くのがあたりまえで、互いの腹を探るために間諜を放ったりする。

同じ廷臣としてしのぎを削っているバーリー卿とレスター伯も例外ではない。

今や遠い昔の話だが、女王陛下が伯爵との結婚をほのめかしたとき、最も強硬に反対したのがバーリー卿で、それ以来、彼らは反目していた。恋の恨みは根深い。女王の婿《むこ》として権力を摑《つか》み損ねた無念はさらに消えない。よって彼らは永久に相容れないままだろう。

「承知いたしました」

本当にあるかどうかも判らないものを探り出すのは難しいが、単に潜入を果たすだけならば容《た》易《やす》いものだ。

私はできのいい女王陛下の細密画を携えて、まんまとレスター伯爵の懐に飛び込んだ。そして閣下とご家族の肖像画を、何とシリーズで制作するという旨《うま》い仕事にありついた。

政治向きの話などを口にしたこともない私に、すっかり安心していた伯爵は、下絵を描く間、退屈しのぎに宮廷のあれこれ、廷臣の悪口、愛人達との艶事《つやごと》などを語ったものだ。

無論、私は聞き流す風で、逐一、バーリー卿にそれを報告した。

気前の良いパトロンではあるものの、私がレスター伯一家に好意を持ったことはない。

閣下はあまりにも高慢でいけすかない人だ。再婚した夫人のレティスも、その連れ子である若きエセックス伯も同様だった。彼らはしばしば女王陛下を見下すような言動を取って、私の内心に灯った怒りの炎を煽《あお》り続けたものだ。

まったく、寵臣でいられるのは誰のおかげだと思っているのか。

君主の恩寵をないがしろにする奴らは、いずれそのツケを払う羽目になる。だが、そのときになって後悔しても遅い。相手が慈悲深い神であれば罪の許しも得られるが、怒り狂った王の報復は苛烈《かれつ》を極めるのが常だからだ。

彼らは今も顧客だが、スパイし続けていることに良心の呵責《かしゃく》はない。

むしろ、私がバーリー家の禄《ろく》を喰《は》んでいることに気づいたら、彼らはどんなに驚き、今までの言動を思い返して慌てふためくだろう——そんな想像をするのが楽しくてたまらなかった。

我ながら陰湿だと思うが、それが正直なところだ。


「君に新しい仕事を紹介したい」

そんなある日、私はバーリー卿の息子ロバート・セシルに呼び出された。

怠慢な乳母のせいで身体に障害を負ったものの、誰よりも回転の速い頭と人あしらいの巧さで、偉大なる父親の跡目を継ぐことを確実視されている青年は、どんな無理難題を出されるのかと身構えた私に、にっこりと微笑《ほほえ》みかけた。

「大丈夫。裏のない仕事だよ。私の友人達の細密画を注文したいんだ」

「ご友人……とおっしゃいますと？」

ロバートは愛想こそいいものの、特に知己を持たない。病がちだったせいで同い年の青年達と知り合う機会が少なかったこともあるし、バーリー卿が行儀見習いをさせるために引き取っていた少年時代のエセックス伯に虐《いじ》められたこともあって、積極的に友情を築こうという熱意に欠けていた。

セシル家に出入りしているうちにそうと察していた私は内心、首を傾《かし》げた。これは皮肉じみた形容なのだろうか。それとも文字通りの意味か。

「君は知らないと思うよ。宮廷に来てまもないんだ。女王陛下が新しい道化を雇ったことは耳にしている？」

「はあ」

「その子、カイトって言うんだけどね。ウォルシンガム殿に睨《にら》まれたり、エセックス伯に嫌がらせをされたりと色々あったあげく、僕と仲良くなった。彼の後見人を務めている私掠船《しりゃくせん》乗りの二人もね」

「道化と私掠船乗り……ですか」

「うん。面白い取り合わせだと思わないかい？　これまでの僕なら知り合いようもない連中さ」

きらきらと輝くロバートの瞳を見つめて、私はふいに気づいた。彼はまだ若いのだ。偉大なる父親と共に国家を動かす仕事についていても、絶え間ない宮廷闘争や謀略によって魂を消耗し尽くされてはいない。

「私掠船といえば、やはりサー・フランシス・ドレイク閣下のおられるプリマスが本場でしょうが、もしや……」

「ご名答。彼らはサー・フランシスの配下さ。確か、あなたもデヴォンの生まれだよね」

「エクセター出身です。本当に生まれただけで、過ごしたことはほとんどないのですが」

「道理で訛《なま》りもない。ウォルター・ローリー殿なんか、長いロンドン暮らしでも一向に直らないのにね」

私は苦笑を閃《ひらめ》かせた。

「あの方はわざと訛っておいでだとか。その方が女王陛下が喜ばれるとのことで」

「本人から聞いたの？　確か彼の絵も描いていたよね？」

「はい」

「さすがだね。自分を目立たせるのに、劇作家並みの演出をしているとは」

「昨今ではエセックス伯という好敵手が登場しましたし」

「見目麗しさでも気質でも、いい勝負を見せてくれそうな二人だ……まあ、それはともかく」

僅《わず》かな皮肉を滲《にじ》ませながら、ロバートはずっしりと重い皮の小袋を私に差し出した。

「直接の雇い主は僕ではなく、その私掠船乗りでね。名をジェフリー・ロックフォードという。かけがえのない愛と友情の証《あかし》として、君の描いた細密画を胸に下げておきたいそうだよ。二人ずつ組になって三枚……んー、もしかしたら四枚になるかもしれない」

「大変ありがたいことですが、それだけの数になりますと、完成までのお時間もかなり頂戴しなければなりません」

「だよね」

ロバートは首を傾げた。

「そこでものは相談だ。ジェフリー達はまもなくプリマスへ帰ることになっていてね。もちろん下絵が完成するまではロンドンにいるけれど、その後、完成までの一切は君に任せたいそうなんだ。君を推薦した僕を信用してね。この通り、手付けも預かってきた」

私は思わず眉を寄せた。

「ずいぶんお急ぎですね。信頼して頂くのは嬉しいのですが、途中でこの雰囲気で良いかなど、確認したりできないのは不安で……完成後にこんなものは望んでいなかったと言われると、私も辛《つろ》うございます」

「大丈夫。僕は君の画風を知っているし」

「私のようなものに画風など……」

いじけた物言いが口をついて、私はハッとした。

賢いロバートはそれに気づかないふりをしてくれる。

「仕事を引き受けるかどうかは君が決めてくれていい。とりあえず、彼らに会ってみてくれないか。詳しい話はそれからにしよう」

私はしぶしぶ頷《うなず》いた。

「では、どちらをお訪ねすれば？」

「サー・フランシスの屋敷に行っておくれ」

「レスター伯に知られても構いませんか？」

「ふむ、対外的にはドレイク殿の依頼ということにしてもらえるかな」

「承知いたしました」

ロバートが再び明るい笑みを浮かべる。

「良かった。君も描き甲斐《がい》があると思うよ」

「はい。三もしくは四枚ともなりますと完成までに半年ほどは……」

「そうじゃなくて……いや」

ロバートの瞳が悪戯《いたずら》っぽい輝きを宿した。

「会ってのお楽しみにしておこう」

思わせぶりな言葉だ。私の心にもさざ波が生まれる。

「一つだけ伺ってもよろしゅうございますか?」

「どうぞ」

「ロックフォード様がさように急いでロンドンを離れる理由は?」

「宮廷にうんざりしたからさ。デヴォン生まれの伊達男《だておとこ》にしては野心がない。陛下は側に置きたがっているのに」

ロバートは肩を竦《すく》めてみせた。

「一度は言ってみたいよね。僕も飽き飽きした、ここから出て行く、って」

だが、ロバートも私も判っていた。ここ以外に自分達が生きる場所がないことぐらい。

心を曝《さら》け出しすぎたと思ったのだろう。ロバートは話を変えた。

「言い忘れるところだった。別に一枚、僕のためにも描いて欲しい」

私は驚きを顔に表さないようにしながら聞いた。

「若様を描けるのは光栄の至りでございます」

ロバートは障害のある身を肖像画として残すことを嫌っていた。健常な姿として描かれるのも欺瞞《ぎまん》だと退けている。政敵たちの目に触れれば、そこに自分の弱さを見るだろう、それこそは屈辱だ、と。

だが、

「勘違いさせてしまったね。僕の絵は必要ない。彼らの絵が欲しいんだ。それを見れば、いつも新鮮に思い出が蘇《よみがえ》るようにね」

「は……」

私は頭を下げた。思い違いの失礼を詫《わ》びれば、それもロバートに屈辱を与えることになるかもしれない。

「では、早速明日よりサー・フランシスのお屋敷にて仕事を始めさせて頂くということで、ご一報頂けますか？」

「しておくよ。あちらに用意してもらいたいものとか、代わりに運んでいってほしい道具とかはある？」

「下絵までなら、特にございません。この身一つで参ります」

「判った」

「若様もおいでになりますか？」

「なに？　知った顔がいないと不安かい？」

悪戯っぽい顔をするロバートに、私は頷いた。別に怖いわけではない。ふと思いついたことを試してみたいだけだった。

「私掠船乗りの方々はローリー様やドレイク様のように、ちょっと近づきがたい方々のように存じますので」

ロバートはくすくす笑った。

「はっきり海賊とつき合うのは怖いって言ったら？」

「若様……！」

「安心したまえ。ドレイク殿はともかく、気位の高いローリー殿とは違う。面と向かってそう告げたところで、あっさり笑い飛ばすだろうよ。なにしろ『女王陛下の海賊』と自称しているぐらいだしね。『私掠船乗り』という呼び名は耳障りがいいだけで、敵国向けの建前だということを承知しているのさ」

その言葉から、ロバートと彼らが本音でつき合っているということがしのばれる。

政治家は誰に対しても腹の底を見せない——幼い頃から徹底的にそれを叩《たた》き込まれているはずの青年の変化に、私も新しい顧客に対する興味がいや増した。

「これは経験上、申し上げられることなのですが、親しいご友人が側にいると、描かれる方も緊張が解けて、良い表情になりやすいのです」

「判ったよ。そういうことなら、同席させてもらう」

「ありがとうございます。では、また明日」

去りかけた私に、ロバートが言った。

「そういえば、懐かしい顔に出会えるかもしれないよ」

「と申されますと？」

「それも明日の楽しみにしておいで。絵が三枚になるか、四枚になるかは彼次第さ」

セシル邸を後にした私の胸では、さらに大きなさざ波が起こっていた。

こんな感覚は久方ぶりだ。間諜を務めていたとき以来かもしれない。

「……ちっ」

そこまで思って、私は舌打ちをした。ここ最近は絵を描いていてもときめかなくなっていると、自ら告白しているようなものではないか。

（だが、本当のことだ）

私には問題があった。このままでは絵を描くことが単なる『作業』になってしまう。私だけが生み出し得る『何か』を、金儲《かねもう》けのために引き受けた数多《あまた》の作品の中で、うっかり見失ってしまうかもしれない。それが恐ろしかった。

「うらやましいよ、坊ちゃん」

煌《きら》めくロバートの瞳を思い出して、私は呟《つぶや》く。

俺にだって、あんな頃があった。

自分を信じ、未来を信じ、無限の夢を思い描いていた頃が。

それが今日は遠い――――遠すぎる昔のように思えてならなかった。

3

世界周航を成し遂げたサー・フランシス・ドレイクは、デヴォンいやイングランドでも有数の金持ちになった。実際のところは判らないが、私掠船乗りとして女王陛下に献上するはずの財宝をかすめ取ったのでは、などと陰口を叩かれるほどに。

ロンドンの住まいも貴族に負けないほど壮大かつ華やかで、成り上がり者の夢を完璧に実現していた。こんな屋敷に住めるなら、命の危険を冒してでも海に出て行こうという気にさせられる。

まあ、私の場合は一瞬で思い直したが。

「ようこそ、ヒリアードさん。主人から承っております。どうぞ、こちらへ」

玄関で私を迎えた家令は、これまた成り上がり者の家にありがちなことなのだが、自ら高位と認めない客への態度が素っ気ない。

別に愛想を振りまいて欲しいわけではないが、冷たくされる謂われもない。出鼻を挫《くじ》かれ、気分を害した私は、重い足を客間へ踏み入れた。そして、次の瞬間、憂鬱さを吹き飛ばすような驚きに包まれる。

「こんにちは、ヒリアードさん！　お目にかかれるのを本当に楽しみにしていました！」

明るく弾むような声の持ち主は、見るからにイングランド人ではなかった。

いや、この欧州大陸のどこかでもない。

遠い異国の血を感じさせる顔立ちで、おまけに今まで見たことがないほど鮮やかな紅い髪をしている。

「僕はカイトです。カイト・トーゴー。女王陛下の道化をしていました。以前は『グローリア号』のキャビンボーイで、これから復職するところです」

私は圧倒されながら少年に挨拶をした。

「ニコラス・ヒリアードです。お声をかけて頂き、まことに光栄で……」

「光栄なのはこちらです。引き受けて下さったって聞いたときは、本当に嬉しかった。あなたは女王陛下のお抱えで、お仕事も貴族の注文がほとんどだとロバートが言っていたので、断られてしまうかもって思ってたんです」

外国人にしては恐ろしく流暢《りゅうちょう》なイングランド語だった。ときどき発音が微妙だったり、聞き覚えのない単語が混じったりするが、自分のフランス語と比べると格段の差がある。

「まずはこちらにかけて……ええと、何かお飲みになりますか？　俺のお薦めは林檎《りんご》の絞り汁です。今日は少し蒸しているので、爽《さわ》やかな気分になれますよ」

子供じゃあるまいし、と思ったが、私は頷いた。

にこにこしている坊やをくだらないことで傷つけたくはない。

「はい、どうぞ」

すでに近くのテーブルに用意されていた絞り汁は、驚くことに冷やされていた。

「さすがはドレイク様のお屋敷ですね。夏も近いというのに冷たい飲み物が出せるとは」

私の問いにカイトはにっこりした。

「ガラス製の壺《つぼ》にいれて、井戸水に浸けておいたんです。屋敷の人が『冬は冷たくて当たり前だけど、夏の井戸水ときたら指先が痺《しび》れるほどだ』って聞いて」

「なるほど」

「でも、本当はもっと冷やしたい。だから、ドレイク閣下にヒムロを作るように勧めているんです」

また聞き慣れない言葉が出てきた。

「ヒムロ、というのは？」

「ええと、氷を貯蔵しておく地下の部屋と言えばいいかな。例えばテームズ河が凍ったとき、その氷を大きめに切り出して、そこに入れておくんです。段々と溶けてはいくけど、いっぱいにしておけば夏も越せる。氷が使えれば今よりもっと冷たい飲み物も作れるし、肉や魚みたいな生ものをしばらく保存しておけます」

「それは凄《すご》い」

「俺の生まれた国では普及してるんだけど、まだイングランドにはないみたいで……本当は船に作れたらいいんですけどね。食料の保存は長い航海をする船乗りにとって、いつも頭痛の種だから」

顔立ちこそ幼いが、気配りは下手な大人を遥《はる》かに超えている。さすがは王室の道化に選ばれた子だ――――私は感心しながら絞り汁で喉《のど》を潤した。

「サー・フランシスに見せて頂いたんですけど、あなたが描いた女王陛下の細密画は、本当に色鮮やかで生き生きとした雰囲気が伝わってきますね。星室庁《スター・チェインバー》での陛下はしかめ面をしているかもしれないけど、俺達の前ではいつも笑ってる。ああ、あなたは陛下を良く知っている方なんだなって感じました」

「恐れ入ります」

私はにやけそうになる顔を引き締めた。何と嬉《うれ》しいことを言ってくれるのだろう。確かに私は描く対象を理解しようと努めてきた。素の彼らを画布――――細密画の場合、正確には布を張った板の上に留め、それを注文した者や贈られた者が親しみを感じ、常に身の回りに置いてもらえるように、と。

一生懸命に描いたからには、一瞥《いちべつ》だけでは寂しい。

私の作品は何度でも、好きなだけ見て欲しい。

心から愛する人を見つめるように。

金銀細工師になって良かったと思う理由の一つは、私の絵にぴたりと合うペンダントも作れることだ。

黄金や宝石に包まれた肖像を、粗末に扱う者はいるまい。

永遠とも思われた愛が色褪《いろあ》せ、消え失《う》せても、首飾りは宝石箱の底に残る。

つまり、私の作品も存在し続けていくだろう。

「私は本物の画家ではありませんし、細かいものを丁寧に描くしか能のない男です」

またもやうっかりと口を突いて出た卑屈さに、我ながら激しい嫌気を覚えていると、カイトが微笑んで言った。

「教会や王宮に飾られるものだけが絵じゃないでしょ？　あなたはこの時代を代表する優れた画家だ。ロンドンを見渡してごらんなさい。他に誰か、あなたのように瞬間を切り取ったような絵を描ける人がいますか？　もちろん、真似《まね》をしている人はいる。でも、あなたのように今にも語り出したり、踊り出しそうな姿を、画面に甦《よみがえ》らせることはできません」

昨日のロバートのように光輝く黒い目で、こちらの頬《ほお》を赤らめさせるほど熱心に私の長所を説いてくれる少年に、私は頬を叩かれたような心持ちになった。

痛くもないし、それで気分が悪くなることもない。

しっかりしろ、と目覚めさせてもらったような気持ちと言えばいいだろうか。

（聞きたかった言葉だ。ずっと……ずっと！）

私のやっていることは間違いではない。進んできた道は決して誤りではなかった。カイトの言葉は、停滞し腐りかけていた私の情熱に、再び火を灯してくれるものだった。

「細密画のように、装身具の扱いを受けるものも芸術……？」

私の囁《ささや》きを聞きつけて、カイトは大きく頷いた。

「もちろん！　後代の人々はきっと喉から手が出るほど、あなたの作品を欲しがりますよ」

「こ、後代？　それはさすがに……」

大げさなと思っていると、赤毛の少年は自信たっぷりに告げた。

「きっと、そうなります。あなたの陛下に対する敬愛は本物だ。それが伝わる絵が、どうして本物じゃないと言えますか？」

絵の大小ではない。画家の知名度ではない。どのような教育を受けてきたかも関係ない。

私が伝えたいと思ったことを、正しく受け止めてくれる人がいれば、その絵にごまかしや嘘《うそ》はないのだ。

私はぼんやりとそんなことを考えながら、手にした絞り汁を飲んだ。そしてどうしようもないことに激しく噎《む》せた。

「だ、大丈夫ですか？」

慌てて背中をさすってくれる少年に頷きながら、私は思った。

ありがとう、ロバート。私をここに導いてくれて。

そして、ありがとう、カイト。私はもう迷うことはないだろう。

昨日から感じていた胸のさざ波が、大きな波となって卑小な影を押し流していくのを感じた。

そして、私は心の底から思った。

絵を描きたい。

こんなにも描きたくてたまらない。

「失礼……」

ようやく咳《せき》を押しとどめた私は、まだ心配そうなカイトに向き直った。

「セシルの若様によればご注文の絵は三枚か四枚、ご友人二人で一つの画面を構成するものをご所望とか。他の皆様もこちらにおいでですか？」

「アイ・サー」

キャビンボーイだというだけあって、彼は船乗り式の返事をする。しかし、

「私はそのような身分の者ではありません。恐れ多いことです」

「ああ、すみません。尊敬する方や大事なお客様には尊称をつけるのが習慣になっていて」

この子はどこまで私の気分を良くさせてくれるんだろう。さすがは女王陛下が側に置きたいと思われただけのことはある。たぶん、手放すのも惜しかったに違いない。ロバートの口ぶりでは宮廷を辞したいと願ったのはカイト達であって、陛下がお払い箱にしたわけではない。まあ、詳しい事情は下絵を描いているうちに、なんとなく聞き出すことはできるだろうが。

「今後はお気遣いなく」

「判りました。じゃ、皆を呼んできますね」

ふわっと紅い髪が舞って、妖精のような少年が去っていく。

（何だか夢のようだ）

だが、惚《ほう》けたようにカイトの消えた方向を眺めていた私は、すぐに思いがけない現実を突きつけられることになった。

「やあやあ、懐かしい顔に巡り合えたな」

大仰な台詞《せりふ》回しで私の前に現れた男は、フランスで間諜をしていたときの仲間だった。私を使っていたのがバーリー卿、向こうはウォルシンガム卿の手先という差こそあれ。

「しぶとく命を繋《つな》いでいるようだな、キット」

キットことクリストファー・マーロウは優雅に腰を折って、礼を取った。劇作家として成功を収めたという話は聞いていたが、特に会う機会もなく、当人にさしたる興味もなかったので、こんな風に顔を合わせるのはパリ以来だ。

「なぜ、君がここに？　ウォルシンガム様とドレイク様は犬猿の仲だろう」

私の言葉に、キットは頷いた。

「今となっちゃ、その表現も生温《なまぬる》いな」

私は声を潜めた。

「内情を探りにきたのか？」

「いーや」

へらり、とキットは笑った。

「鞍替《くらが》えしようかなって思ってさ。この辺りでウォルシンガム殿とは距離を置きたいんだ」

「な……！」

他人事《ひとごと》ながらぞっとした。

「勝手にそんなことをすれば睨まれるぞ」

「だろうね」

「一体、何があった？　そこまで思い詰めるまでには、どんなことが……」

間諜組織の首領であるウォルシンガム卿は、敵に回せば地獄に落ちるよりも恐ろしい目にあわされることで有名だ。骨に食らいついた犬のごとく、どこまでも執念深くつきまとい、相手が破滅するまでは攻撃の手を緩めない。死の静寂こそが『神の恩寵だ』と言われるほどに。

「あんた、いい人だな。心配してくれるとは思わなかった」

「ふん、間諜には向いていないと言われる所以《ゆえん》だよ」

キットは肩を竦めた。

「怖くないと言えば嘘になる。が、俺だけじゃなく、仲間もいるんでね」

「仲間？」

キットはくい、と顎《あご》をしゃくってみせた。

「さっきの赤毛もそうだよ。いや、全てはあの坊やから始まったと言ってもいい」

いかにも善良そうな少年だったが、という疑念が私の顔に表れていたのだろう。

「スペインの間諜だと疑われているのさ。それも卿の宿敵、かの有名なサンティリャーナの」

またもや背筋に戦慄《せんりつ》が走るような話だった。顔立ちからして我々と違う外国人は、平時でも警戒されやすい。戦争が近いと言われているこのご時勢ではなおのことだ。

「実際には違うんだろう？」

「ああ。しかし、ウォルシンガム卿にとっては、長年敵と戦ってきた自分の見立ての方が真実に思えるのさ。それに陛下の寵愛も仇《あだ》となった。廷臣ってのは、自分よりも女王に気に入られている者の足を掬《すく》おうとする生き物だからな」

キットの言葉には嘘も誇張もない。この私でさえ、下絵を描いている間など、女王と親しく話ができるということで妬《ねた》まれたことがある。

「一生そこで生きていく覚悟のない奴は、さっさと出て行った方がいい。カイトも逃げ出せて幸いさ。まあ、助かったのも坊やの保護者たちが命知らずで、たまたま俺やロバート・セシルみたいに有能な友人がいたおかげだがね」

聞き流せない名前が上がった。私は信じられぬ思いでキットを見つめる。

「いつ若様とあんたが友人に？　まだ鞍替えが成功したわけでもないだろうが」

「いずれはそうなる。俺の魅力を拒める人間は、そう多くはないからな」

だが高く聳《そび》え立った彼の鼻を、カイトと共に部屋に入ってきた人物がへし折った。

「ここにいるぞ。俺には貴様の魅力など、一切通用しない。いや、そんなものがあること自体、認めない」

赤毛の少年を挟んで立っていたのは、宮廷でも滅多にお目にかかれないような二人の美青年だった。それぞれ眩《まばゆ》い金髪、濃い褐色の髪と趣は違っているが、そうして並び立つことで互いの魅力を引き立てあっている。

（女官達に人気のあるローリー殿も顔負けだな）

ダンスと同じぐらい陛下が好まれるもの――それは若くて背の高い美形だった。寵臣はもちろんのこと、身の回りの世話をする召使いを雇うときも、その点が重視される。ロバートのようにずば抜けた才能の持ち主でさえ、しばらくは陛下の側近くに寄ることができなかった。一国を率い、導いてゆく君主の身でありながら軽薄が過ぎると彼の父親、バーリー卿を憤慨させたほどに。

（いや、ローリー殿だけではない。まだ子供のカイトはともかく、この青年達が宮廷で生きることを決断していたら、我先に女王の目に留まろうとしている者らも、心穏やかではいられないだろう）

バーリー卿は不満だろうが、姿形の良い者を愛する君主はエリザベス女王だけに限らない。

私が滞在していたフランスの王アンリ三世も、これはと目をつけた青年を片っ端から小姓にして、昼夜を問わず遊び狂っていたものだ。時には共に女装までして。あちらの国では重臣も小姓出身だったから、諫《いさ》める者もいなかった。それを思えば、イングランドはだいぶマシだ。

それはともかく、出世の近道には脇目もふらず、危険極まりない海へ戻っていくことを選んだデヴォンの青年達に、私の興味は掻き立てられた。画家としても、個人としても。

（ロバートは『描き甲斐がある』と言っていた）

私は心の中で頷く――――まさに。

滅多にお目にかかれないものこそ、画布の上に残したいものだ。天にましますわれらの主以外、永遠に存在するものなどないのだから、出会った瞬間の驚きや喜びを、少しでも長くこの世に留めておきたい。

「ニコラス・ヒリアードと申します」

絵筆を取りたくてたまらなくなった私は、挨拶もそこそこに切り出した。

「出航の日まで間がないとか。どなたから描かせて頂きましょうか」

一瞬、面食らったように瞬きをした金髪の青年が、微笑みながら口を開いた。

「事情を鑑みてくれて嬉しいよ。俺はジェフリー・ロックフォード。カイトの隣にいるのは、親友のナイジェル・グラハム。それからキット……彼とは古いつき合いなんだって？」

「はい」

仲間というだけあって、ジェフリーは劇作家に裏の職業があることも知っていた。ならば、私も身分を偽るまい。

「ロバート・セシル様からお聞き及びかもしれませんが、私はバーリー卿の間諜を務めておりますので、同業者のことはある程度存じております」

カイトが大きな目をさらに見開いた。

「あなたも？」

私が頷いてみせると、赤毛の少年は感心したように溜め息をついた。

「この時代の芸術家って凄いよね。煩《わずら》わしい任務をこなしながら、次々に作品を生み出していくんだからさ。気力も体力も並みじゃない」

まるで他の時代も知っているような口ぶりに、私は苦笑する。

「褒めて頂いた、と思うことにします。それで……」

何とか話を戻そうとする私に、ナイジェルが応じてくれた。

「俺はあとでいい。ジェフリー、カイトは病み上がりだ。用件を済ませて、早く休ませた方がいいと思う」

「アイ」

ジェフリーも同じことを考えていたのだろう。ほっそりとしたカイトの肩を抱いて、私の前に進み出た。

「よろしく、マスター。色々、無理を言ってすまないな。ニコラスって呼んでも構わないか？」

「もちろんです」

するとと赤毛の少年がひょい、と首を突っ込んできた。木々の枝を駆け巡る栗鼠《りす》のような愛らしさとすばしっこさで。

「俺もそう呼んでいいですか？」

するとジェフリーが華麗なまでに整った顔を顰《しか》めた。

「宮廷じゃあるまいし、堅苦しいことは一切なしでいこうぜ。俺達は新しい友人。それでいいだろう？」

雇い主の意向には逆らうべきではない。私はにっこりした。

「では、そのように、ジェフリー、カイト」

名前を呼ぶときは少しどきどきした。我ながら他愛ない。だが、それも仕方ないことだろう。金銀細工師としての私は親方で、それなりに弟子も抱えているが、工房を出ればいつも『仕える者』だ。自分が描く相手に友人として扱ってもらえるなど、想像したこともなかった。

「どこでデッサンをするの？」

素描という絵画用語を知っていたのも驚きだが、カイトはさらにフランス語で言った。

「君はフランス語もできるのかい？」

赤毛の少年は親指と人差し指で、何かを摘むような仕草をした。

「ちょっとだけ《アン・プー》」

肩を抱いたままのジェフリーが、当人よりも得意げに眉を上げた。

「俺のキャビンボーイは大したもんだろう？」

私は頷きながら思う。もともと同じ船に乗っていたとはいえ、女王陛下のお気に入りだった道化を奪い返して平然としている青年も、かなりの心臓の持ち主だ。

「陛下を描くときは王宮の庭に出ることにしているんだ。その方が表情が良く見えるし、蠟燭《ろうそく》の火の下では判らない肌の色を確かめることもできるからね」

「だったら俺達も外へ行くぞ」

さっさとカイトを伴って歩き出すジェフリーを、ナイジェルが押しとどめた。

「病み上がりだと言っただろう。これを持っていけ」

甲板の上でどんな仕事をしているのかは知らないが、ナイジェルは用心深く、あらゆる状況を想定して、迅速かつ適切に対処することを常としている青年らしい。うっかり見落としていたのだが、携えてきた薄手の毛布をカイトの身体に巻きつけながら、それでもまだ足りぬというようにジェフリーに指示を出している。

「カイトから目を離すな。少しでも疲れた風なら、休ませてやってくれ」

「アイ、アイ。おまえさんに言われなくたって、俺の目は坊やに釘付《くぎづ》けさ」

「返事は一度」

「アーイ」

「船長で良かったな。手下どもなら即座に鞭打《むちう》ちにしているところだ」

「おまえは航海長だろ。水夫長のお株を奪う気か？」

そうしてふざけあっている姿は、恐ろしい海賊という印象からはかけ離れている。おそらくスペイン船を前にすれば、また違った姿を見せるのだろうが。

（どちらかといえば、そういう姿を描きたい……）

画家としての心が騒ぐ。しかし、危険な場所に行きたいかというと話は別だ。私は非力だし、血を見るのも怖かった。

「ナイジェル、もう俺、元気になったよ。寒くないっていうか、むしろ暑いし」

グルグル巻きにされたままのカイトが言った。

「ならば尻の下にでも敷いておけばいい。とにかく、もしものことを考えて持っていくんだ」

「アーイ」

「キャビンボーイは水夫見習いの仕事だが、何でもかんでも見習えばいいというものでもない」

「アイ・サー」

「よし」

紅い髪を優しく撫《な》でたナイジェルは、キットを振り返ると打って変わって冷たい声を上げた。

「まだいたのか、貴様」

「酷《ひど》い。邪魔すると怒るから、大人しく黙っていたのに」

「さっさと消えろ。目に入るだけで気分が悪い」

「そこまで言われるようなことを、俺がいつ、どこでしましたか？」

舌打ちのみを残して去っていくナイジェルに、キットが追いすがる。

「どこまで残酷なんだ！　俺は無視されるのが一番応《こた》えるって知ってるくせに！」

呆然《ぼうぜん》と彼らを見送った私に、ジェフリーが悪戯っぽく告げた。

「ウォルシンガムの雇う間諜は同性愛者が多いそうだが、君は？」

「妻子がいますよ」

「だとしても、男の方が好きな奴はいるだろう？」

「私は本当に女性が……」

そこまで言って、ハッとした。

「もしかしてキットは本当にナイジェルのことを？」

まだグルグル巻きのままでカイトが頷いた。

「ベタ惚《ぼ》れだよ。ナイジェルはあの通り、全く興味がないから気の毒だけど」

知り合ったばかりの私にも判る。航海長殿の心は、そう告げる赤毛の少年のものなのだろう。

部屋に入ってきてからというもの、ほとんど彼の瞳がカイトから離れることはなかった。

「頬が赤いぞ。ほら、取ってやる」

そして毛布から少年を救い出した船長殿も——いちいちナイジェルに言われなくたって、その晴れた海のように輝く蒼《あお》い瞳が、愛する者の不調を見逃すことはないはずだ。

(友情の証を胸に飾りたい、とロバートは言っていた)

彼は知らないのだろうか。それとも知らぬフリをしているのか。

(ますますもって描き甲斐がありますね、若様)

寄せる心。応える気持ち。届かぬ想い。それでも消えない恋の炎。永遠を願う愛。

友情だけにはおさまらない、彼らの複雑な関係を画布に描き出すことができたら、画家としての腕はさらに上がるに違いない。

(上手くなりたい……!)

欲が出た。絵筆を取りたいという衝動が強くなっただけではなく、以前よりも優れた作品を生み出したいという思いが強くなる。初心を見失いかけていたこのときに、天は最も素晴らしい贈り物をくれた。まだまだ行ける。私には伸びしろがある。この道の先は続いているのだ。立ち止まらず、そして迷わずに歩いて行けばいい。

「庭に出よう。気取った姿勢なんかクソ喰らえだ。芝生の上に毛布を広げて寝っ転がっていてもいい」

熱に浮かされたような私の言葉に、ジェフリーとカイトが微笑んだ。

「楽しそう。眠くなっちゃうかもしれないけど」

「怠惰な俺にはぴったりの絵になりそうだが、おまえさんはどうかな？」

猫のように顎の下をくすぐられて、カイトが笑う。

「俺だけ目を開けてるのも変じゃん。それに瞳の色が見えないのは惜しいよ。滅多に見られないようなブルーなんだから……って、ちゃんと色を出せる絵の具はあるのかな」

当然の心配だ。だが、私は請け合った。

「手元になくても探すし、色々と混ぜ合わせて研究しよう。確かに寝姿ではもったいなさすぎる。君の大きくて澄んだ瞳もきちんと描かねば」

ジェフリーは指先でカイトの顎を持ち上げ、まじまじと顔を見つめた。

「どれどれ……確かにでかいな。俺の顔もくっきり映って、鏡の代わりにもなりそうだ」

「もういい……いいってば」

凝視に堪えられず、藻掻《もが》き始めたカイトを、ジェフリーの腕が抱き締めた。ようやく冷めかけた少年の頬が、再び熱を帯びる。

「可愛《かわい》いだろう？　本当は俺以外の誰にも見せたくない」

カイトの抵抗など歯牙《しが》にもかけず、ジェフリーは私に言った。

「あんたは友達だから我慢するけどな」

冗談ではないことが判るほどには、表情が読めるようになってきた。機嫌良くしていても、鷹《おう》揚《よう》に構えていたって、やはりジェフリーは海賊だ。その魂は貪欲《どんよく》な色を帯びている。そう、何事もほどほどで満足できるような男ではなかった。恋をするときも同様で、心惹《ひ》かれる相手を見つけたら、脇目もふらずに追いかけ、我がものにするだろう。髪の一筋さえ、他人と分け合うことなど肯《がえ》んじない。無論、自分の全てを差し出すときにも躊躇《ちゅうちょ》がないはずだ。

（年頃からして『本物の恋』に出会うのは初めてだろうし、恋人にするには少々重い相手だが……まあ、頑張れ）

やんちゃな子猫のようにジェフリーの腕の中で暴れ続けるカイトを、私は心の中で応援した。見つかってしまったのなら、もう諦《あきら》めるしかない。この初めての恋が、最後の恋になるだろう。ジェフリーがよそ見を許すはずがないし、彼にはそうさせないだけの魅力が備わっている。初心《うぶ》な少年が想いに応えてくれる日がくるまで、その逞《たくま》しい腕の中に閉じ込めて、大事に守り続けていく姿が容易に想像できた。

「二人の場合、肩を並べて正面を向いた姿を描くことが多い。でも、君達は僅かに向き合っているのがいいかもしれないね」

私の提案に即座に賛成したのはジェフリーだ。

「いいぞ。うちの坊やを見飽きることはないからな」

一方カイトは腰が引けていた。

「ずっとはムリ。息苦しくなって、わーって叫びたくなっちゃう」

その気持ちは理解できる。長年宮廷に出入りし、美しい人々を見慣れているはずの私でも、ジェフリーの視線に曝されていると落ち着かない気分になる。その気がないはずなのに、心臓が高鳴ってしまうのだ。特にこちらを誘惑しているわけでもないのに。

「ずっと向き合っている必要はないよ」

私はカイトを励ました。

「普段の通りにしている姿を勝手に描いていくからね。私のことはいないと思ってくれていい」

ジェフリーはカイトを見下ろすと、ふいにニヤリとして髪の毛に負けないぐらい赤くなった頰に唇を押しつけた。それで私の思いやりも台無しだ。

「な、な、な……！」

羞恥《しゅうち》のあまり言葉を失ったカイトに、ジェフリーはぬけぬけと言った。

「いいだろ？　二人だけなんだし」

「ニコラスもいるし！」

「彼はいないものと思えと……」

「でも、いるし！」

「気になるなら目を閉じていれば……」

「それじゃデッサンができないだろ！　ああ、もう……！」

カイトは大きく身を捩《よじ》ると、腕の輪を緩めたジェフリーから逃げていく。

「転ぶなよ」

「xxxx……!」

異国の言葉を叫び返した少年は、潮風のように疾《と》く庭へ駆け込んでいった。

「罵《ののし》られても可愛い」

ジェフリーはくすくす笑いながら言った。

「今のは、どういう意味?」

「さあね。ジパングの言葉は判らない。だが、どこの国でもああいうときは罵倒《ばとう》するだろ」

私は思わず目を見開いた。

「ジパング人……!」

ウォルシンガム卿がカイトに疑いの目を向けたのも、故なきことではないのかもしれない。マルコ・ポーロによって紹介された東洋の神秘——その中でも憧れと欲望を掻き立てずにはおかない黄金の国ジパングは、スペインの息がかかったフランシスコ会の宣教師が訪れたことで、かの帝国の『領土』と見なされている。

本の記述とは違って、ジパングのそこかしこが黄金で彩られていたわけではなかった。だが、大量の銀を産出するらしい。

いつものスペイン王ならば艦隊を差し向けて、さっさと支配下に置く流れだ。そうしない、いやできないのはかの国が遠い上、常に荒れた海に囲まれ、さらに新大陸より気が荒くて精巧な武器を携えた住民がいるからだと聞いている。

常に侵略の危機があるという点では、我がイングランドと似ているだろう。しかし、大きな違いはスペインとジパングが交易をし、今のところ友好を保っていることだ。

「ウォルシンガム殿のカイトに対する疑いは深く、一向に自説を曲げないとキットが言っていた。その理由が判った気がする」

青い眼が真っ直ぐ私を射た。

「あの子は潔白だ。運悪くホーの丘の上でサンティリャーナに遭遇し、殺されかけたんだぞ」

「それを口封じでは、と疑うのが閣下の常で……」

「君は？」

実に穏やかではあるものの、返答しだいでは、と思わせる危険な響きが、ジェフリーの声に混じる。ロバートよ、早く来てくれ。彼が危険じゃないなんて嘘じゃないか。ああ、もう、どうして一緒に来てくれなかったんだと恨めしさを噛みしめながら、私は答えた。

「友達の言葉は信じることにしていてね。君が潔白だというなら、きっとそうだ」

ジェフリーはにやりとする。

「知り合えて嬉しいよ、兄弟」

本当に友人として受け入れられたのは、その瞬間だったのだろう。カイトを疑うものは彼の敵なのだ。だが、赤毛の少年がスペインの間諜だったとしても、ジェフリーの気持ちは変わらないはずだ。愛は人の目を塞《ふさ》ぎ、理性を狂わせる。それでも私はこの魅力的な友人を失いたくなかった。彼がイングランドを裏切るような事態にならぬことを、心密かに祈るしかない。

「ジェフリー？　毛布を敷くの、どのあたりにする？」

逃げ出したくせに一人では寂しくなったカイトが、庭の方で叫んでいた。

「一番大きな樫《かし》のところにするよ。それでいい？」

整った顔を蕩《とろ》けさせながら、ジェフリーが呟いた。

「敵の前では縮み上がったことのない俺の心臓も、あの子にはぎゅっと絞られっぱなしでね。ときにそれが苦しくなったりもするんだが、大抵はこの上なく幸せで嬉しい。端から眺めれば、こんな俺の姿は愚かしいのかもしれないが」

肯定も否定も、この場合、正解ではない。代わりに私は言った。

「早く行ってあげないと。可愛い子を一人歩きさせるのは危ない」

「同感だ」

ジェフリーが大きく足を踏み出す。その勢いにあわせて豪奢《ごうしゃ》な黄金の髪がなびいた。

乙女のように長い髪――それもまた滅多にお目にかかれないものの一つだった。寵臣として宮廷に上がっていたなら、無残に切り落とされていたに違いない。そうならなくて本当に良かった。彼の貪欲さが権力や身分に向けられていなくて幸いだ。

（これほど類《たぐ》い希《まれ》なものが、くだらないことで失われるなんて耐えられない）

ときに美というものは、慣習や常識を超えたところに生まれる。

画家にとって最も重要な務めは、その人知れぬ魅力を見いだし、我々の命よりも遥かに長い命を持つ絵として記録することだ。

私が生きている間には理解されなかったとしても、後の時代、新たな視点を持つ人々がその魅力に気づいてくれるかもしれないのだから。

(カイトが言ってくれたように、私がこの時代を代表する画家になることだってあり得る)

私は工房から持ち出してきた素描用の紙を思った。

(足りないかも……いや、絶対に足りない)

ジェフリーとカイトだけでも、きっと次から次に写し取りたい表情が見られるはずだ。それは確かな予感だった。

「ヨイショット……ウーン」

ドレイク邸の庭で最も大きい樫の根元に敷かれた毛布に座り、ジパングの言葉を口にしながら大きく伸びをしたカイトが、ごろりと横になる。

大きな足取りで近づいていったジェフリーが、当然のように少年の隣に寝そべった。

「風が気持ちいいね」

「海ならもっといい風が吹くぞ」

「うん。早く戻りたい」

そうだった。私に与えられた時間には限りがある。

画材を取り出した私は、服が汚れることも躊躇せず、地面に腰を下ろした。

そして、ひたすらに描き始める。

ゆったりと横たわり、顔を見合わせながら談笑している二人の姿を。

（ペンダントを胸に下げるのがカイトであれば、蓋《ふた》はサファイアをふんだんに使おう。それがジェフリーだったら、石はルビーに変更だ。いずれにしても高価だが、たぶん依頼主は気にも留めるまい）

どんなときも傍《かたわ》らに愛しい者がいれば、それに優る幸せはない。だが、人生の中にはそれが許されないときもある。そんなとき、せめて手中にその面影を見いだすことができれば慰めにはなるはずだ。人は成長し、いずれは老い、容貌《ようぼう》も心持ちも変わっていく。けれども、絵として残ったものは変わらない。それを描いた頃の幸せな記憶も掌《てのひら》に残る。

「細密画も悪くないじゃないか」

私は呟き、微笑んだ。

見事な大作は人々を驚愕《きょうがく》させ、熱狂させる。

だが、細密画は人々の心に寄り添う。ひっそりと、どこまでも優しく。

もはや『どちらが優れているのか』などという迷いはなくなった。

素描で紙を埋め尽くしながら、私の心は遠く羽ばたいていく。

庭を駆け抜ける初夏の風に乗って。

キャラ文庫
アンソロジーⅢ

瑠璃

著者
英田サキ　尾上与一　樋口美沙緒
松岡なつき　宮緒葵　夜光花

2020年6月30日 初刷

発行者
松下俊也

発行所
株式会社徳間書店
〒105-8055　東京都品川区上大崎 3-1-1
電話　049-293-5521（販売）　03-5403-4348（編集部）
振替　00140-0-44392

製本・印刷
株式会社廣済堂

装丁
カナイデザイン室

ISBN978-4-19-865117-6